A Faint Cold Fear Thrills Through My Veins
William Shakespeare

Zu diesem Buch

«Versuche nur ein bißchen negativer zu sein, und du wirst sehen, daß die Dinge besser und besser werden.» Diese Lebensweisheit stammt nicht von Al Capone, sondern von einem buddhistischen Zen-Meister und wird damit dem literarischen Motto von Janwillem van de Wetering gerecht:

«Kriminalschriftsteller sind Psychoanalytiker der menschlichen Schattenseite.»

Er stellt sich und seinen Lesern immer wieder provokant die Frage nach dem Sinn menschlicher Existenz. Ist Nihilismus destruktiver als organisierte Religion, und sind Kriminelle nicht auch individualistische Abenteurer? Antworten auf diese Fragen hat er vor allem in den Geschichten seiner japanischen Kollegen gefunden, die auf so unnachahmliche Weise und mit fernöstlicher Gelassenheit dem starren Dualismus von GUT und BÖSE eine Absage erteilen. In der zweiten Anthologie japanischer Kriminalstories, die Janwillem van de Wetering exklusiv für die Reihe rororo thriller zusammengestellt hat, präsentiert er wieder neun «düstere Geschichten» japanischer Kriminalschriftsteller und eine eigene Story, ergänzt von kurzen biographischen Essays und einem Vorwort. Eindrucksvoll stellt van de Wetering unter Beweis, daß sich Verbrechen zwar nicht für die Täter, aber um so mehr für die Leser auszahlen.

Janwillem van de Wetering, 1931 in Rotterdam geboren, reiste fünfzehn Jahre durch die Welt. – In der Reihe rororo thriller liegen vor: Outsider in Amsterdam (Nr. 2414), Eine Tote gibt Auskunft (Nr. 2442), Der Tote am Deich (Nr. 2451), Tod eines Straßenhändlers (Nr. 2464), Ticket nach Tokio (Nr. 2483), Der blonde Affe (Nr. 2495), Massaker in Maine (Nr. 2503), Ketchup, Karate und die Folgen (Nr. 2601), Der Commissaris fährt zur Kur (Nr. 2653), Der Schmetterlingsjäger (Nr. 2646), Die Katze von Brigadier de Gier (Nr. 2693), Rattenfang (Nr. 2744), Inspektor Saitos kleine Erleuchtung (Nr. 2766), Der Feind aus alten Tagen (Nr. 2797), So etwas passiert doch nicht! (Nr. 2915) und Kuh fängt Hase (Nr. 3017). Außerdem hat Janwillem van de Wetering 1991 das rororo thriller-Magazin 6 «Schwarze Beute» (Nr. 3000) und Drachen und tote Gesichter (Nr. 3036) herausgegeben.

Janwillem van de Wetering (Hg.)

Totenkopf und Kimono

Japanische Kriminalstories II

Rowohlt

rororo thriller
Herausgegeben von Bernd Jost

Originalausgabe
Veröffentlicht im Rowohlt Taschenbuch Verlag GmbH,
Reinbek bei Hamburg, August 1992
Copyright © 1992 by Rowohlt Taschenbuch Verlag GmbH,
Reinbek bei Hamburg
Copyright © 1992 by Janwillem van de Wetering
«Except as stated below, works of Japanese authors included
in this volume are published by special arrangement
with the Tuttle-Mori Agency, Inc., Tokyo.
The work of Kobo Abe is published by special arrangement
with the Orion Literary Agency, Tokyo;
the work of Edogawa Rampo, by special arrangement
with Ryutaro Hirai through Japan Foreign-Rights Centre, Tokyo.
All rights reserved.»
Redaktion Peter M. Hetzel
Umschlagfoto TAKE
Umschlagtypographie Peter Wippermann/Susanne Müller
Satz Sabon (Linotronic 500)
Gesamtherstellung Clausen & Bosse, Leck
Printed in Germany
990-ISBN 3 499 43062 2

Inhalt

Janwillem van de Wetering
9   Eine Art Vorwort

Ryunosuke Akutagawa
11   Tod eines Samurai

Edogawa Rampo
22   Die rote Kammer

Seiichi Morimura
43   Ein richtig kleiner Teufel

Kobo Abe
75   Der Traumsoldat

Takao Tsuchiya
85   Der Abschiedsbrief

Yoh Sano
104   Maskenmord

Haruto Ko
131   Schwarzmarkt Blues

Shizuko Natsuki
151   Schrei von der Klippe

Eitaro Ishizawa
178   Der Mann, der zuviel wußte

Janwillem van de Wetering
203   Totenkopf und Kimono

222   Bildnachweis

Janwillem van de Wetering
Eine Art Vorwort

Mit dem Lesen von Kriminalromanen schlagen wir Zeit tot, Zeit, in der wir selbst Verbrechen hätten begehen können.

Fragen Sie sich nicht manchmal, was geschehen würde, wenn Sie das Gesetz verletzten? Würden Sie, unter bestimmten Bedingungen, nicht *gern* das Gesetz brechen? Fragen Sie sich nicht, ob Sie, unter bestimmten Bedingungen, nicht das Gesetz brechen sollten?

Verbrechen machen sich vielleicht nicht bezahlt, sind vielleicht zu riskant, sind vielleicht nur von kurzem Erfolg, zu sprunghaft, um ein behagliches Leben zu ermöglichen. Eine leichtere Wahl scheint es zu sein, die angenehme Stetigkeit zu genießen, die mit den legalen Bemühungen zur Besserung des Selbst einhergehen. Bring eine stark beworbene, gut schmeckende Sorte süchtig machender Cholesterin-Plätzchen auf den Markt, und sei für den Rest deines Lebens ein Couch Potato, überfall eine Bank, und du bekommst augenblicklich eine Kugel in den Kopf, vom Kassierer, von der Polizei, von einem verärgerten oder intriganten Kollegen. Vielleicht gehört aber gerade diese Bank der Mafia und ist eine durch Drogengelder und Kinderpornographie finanzierte Gefahr für die Gesellschaft.

Was heißt also richtig und/oder falsch?

Was heißt Moral?

Sollte es Regeln geben und Obrigkeiten, die diese Regeln durchsetzen? Wie wär's mit einer wohltätigen Anarchie, einer utopischen Gesellschaft ohne Regierung, bestehend aus Individuen, die völlige Freiheit genießen?

Aber können solche Individuen existieren?

Sind menschliche Gene nicht darauf programmiert, gefährlich, egozentrisch zu sein, sollten wir uns selbst nicht voreinander schützen?

Ist Nihilismus destruktiver als organisierte Religion?

Ist ein Krimineller nicht bewundernswert, ein durch sich selbst angetriebenes Individuum, ein freier Denker, ein individualisierter Abenteurer? Ist der kriminelle Lebensstil nicht dem Job mit geregelter Arbeitszeit und zu geringer Rente (für etwas anderes als ein geregeltes Leben, ausgefüllt mit einer anderen Art von Monotonie) vorzuziehen?

All das sind gültige philosophische und psychologische Alltagsfragen, die in der Kriminalliteratur als lebendige Situationen herausgearbeitet werden.

In den nun folgenden japanischen Situationen werden ‹gut› und ‹böse› gegenübergestellt (einige gehen über diesen Dualismus gänzlich hinaus), manche basieren auf wahren Fällen, andere auf der realistischen Vorstellung phantasievoller Köpfe.

Die Japaner, auch wenn sie nicht so fremdartig sind, wie wir meinen, unterscheiden sich in mancher Hinsicht von uns. Sie lesen mehr. Japaner sind das belesenste Volk der Welt. Außerdem kaufen sie ihre Bücher, eine Gewohnheit, die ihre Autoren wohlhabend und glücklich macht. Ein gebundener Krimi wird mit einer Mindestauflage von zehntausend Stück verlegt, ein Taschenbuch erreicht leicht eine Viertelmillion verkaufter Exemplare. Bisher ist nur ein sehr geringer Teil japanischer Kriminalliteratur übersetzt worden, obwohl britische und amerikanische Krimis in Japan wohlbekannt sind.

Doch diese sich ständig ändernde Welt wird immer kleiner.

Deutsch von Klaus Schomburg

Ryunosuke Akutagawa
Tod eines Samurai

Ryunosuke Akutagawa (1892–1927, manche behaupten, daß seine überreizte Phantasie ihn in den Selbstmord trieb) schrieb eine Vielzahl von Geschichten, Theaterstücken und Gedichten und wird als ‹stilbildend› angesehen.

Auch Sie werden von ihm gehört haben. Erinnern Sie sich an den Film-Klassiker *Rashomon*? Ein Verbrechen wird von Täter, Opfer, Zeugen erzählt, und keine ihrer Schilderungen stimmen überein. Was geschah wirklich? Was ist also Realität? Gibt es überhaupt irgendeine Realität?

Ein Zen-buddhistisches ‹Koan› (Meditationsrätsel) par excellence. Vielleicht gibt es nur die Illusion? Existieren Sie? Existiere ich?

Die Aussage eines Holzfällers vor dem Polizeichef

Ja, Herr. Ganz bestimmt; ich habe die Leiche gefunden. Wie gewöhnlich ging ich an diesem Morgen los, um mein tägliches Kontingent Zedern zu schlagen, als ich die Leiche in einem Wäldchen in einem Bergtal fand. Die genaue Stelle? Ungefähr 150 Meter von der Straße nach Yamashina. Dort liegt ein Hain, wo Zedern und Bambus wachsen.

Der Tote lag flach auf dem Rücken und trug einen blauen Seidenkimono und so eine faltige Kopfbedeckung, wie man sie in Kyoto trägt. Ein einziger Schwertstoß hatte seine Brust durchbohrt. Die abgefallenen Bambushalme um ihn herum waren blutgetränkt. Nein, die Wunde blutete nicht mehr. Das Blut war schon getrocknet, glaube ich. Außerdem hatte sich eine Bremse festgesaugt, die sich von mir nicht stören ließ.

Sie fragen mich, ob ich ein Schwert oder so etwas gesehen habe? Nein, nichts dergleichen, Herr. Ich habe nur in der Nähe einen Strick an einer Zedernwurzel gefunden. Ah ja; außer dem Strick habe ich noch einen Kamm gefunden. Offensichtlich muß es einen Kampf gegeben haben, ehe er ermordet wurde, denn das Gras und die Bambushalme waren ringsherum niedergetrampelt.

«War ein Pferd in der Nähe?»

Nein, Herr. Es ist schon für einen Mann schwierig genug hineinzukommen, von einem Pferd ganz zu schweigen.

Die Aussage eines buddhistischen Wandermönchs vor dem Polizeichef

Um welche Zeit? Es war um die Mittagszeit, Herr, da bin ich sicher. Der Unglückliche befand sich auf der Straße von Sekiyama nach Yamashina. Er ging in Richtung Sekiyama und wurde von einer Frau auf einem Pferd begleitet, die, wie ich inzwischen erfahren habe, seine Ehefrau war. Sie trug einen Schal, der ihr Gesicht bedeckte. Alles, was ich sehen konnte, war die Farbe ihrer

Kleidung, ein lilafarbenes Kostüm. Das Pferd war ein Fuchs mit einer stattlichen Mähne. Die Größe der Dame? Oh, etwa einsfünfundsechzig. Da ich ein buddhistischer Priester bin, habe ich wenig auf ihr sonstiges Äußeres geachtet. Der Mann war mit einem Schwert bewaffnet sowie mit Pfeil und Bogen. Und ich erinnere mich, daß er gut zwanzig Pfeile in seinem Köcher trug.

Ich habe nicht erwartet, daß ihn solch ein Schicksal ereilen würde. Wahrlich, das menschliche Leben ist so vergänglich wie der Morgentau oder ein Blitzstrahl. Mein Mitgefühl läßt sich nur schwer in Worte fassen.

Die Aussage eines Polizisten vor dem Polizeichef

Den Mann, den ich festgenommen habe? Ein notorischer Straßenräuber namens Tajomaru. Als ich ihn festnahm, war er gerade vom Pferd gefallen und lag stöhnend auf der Brücke bei Awataguchi. Wann? Gestern am frühen Abend. Fürs Protokoll möchte ich hinzufügen, daß ich ihn bereits vorgestern festnehmen wollte, er mir aber leider entkommen ist. Er trug einen dunkelblauen Seidenkimono und ein langes flaches Schwert. Und, wie Sie wissen, hatte er sich Pfeil und Bogen besorgt. Sie sagen der Bogen und die Pfeile sähen aus wie die, die dem toten Mann gehörten? Dann muß Tajomaru der Mörder sein. Der mit Lederstreifen umwickelte Bogen, der schwarzlackierte Köcher, die siebzehn Pfeile mit Falkenfedern befanden sich, soweit ich weiß, alle in seinem Besitz. Ja, Herr; das Pferd war, wie Sie sagen, ein Fuchs mit einer stattlichen Mähne. Ich fand das Pferd mit herabhängendem Zügel grasend am Straßenrand etwas unterhalb der Steinbrücke. Es spricht einiges dafür, daß ihn das Pferd abgeworfen hat.

Von all den Räubern, die sich in der Gegend von Kyoto herumtreiben, hat dieser Tajomaru den Frauen aus der Stadt am übelsten mitgespielt. Letzten Herbst wurde eine Frau, die vermutlich eines Besuchs wegen zum Toribe-Tempel auf der anderen Seite des Pindoraberges gekommen war, zusammen mit einem Mädchen ermordet. Man hat angenommen, daß es sein Werk war. Wenn dieser Verbrecher den Mann ermordet hat, darf man gar nicht daran denken, was er der Frau angetan haben mag. Möge es Ihnen zur Ehre gereichen, sich auch mit diesem Fall zu beschäftigen.

Die Aussage einer alten Frau vor dem Polizeichef

Ja Herr; das ist die Leiche des Mannes, der meine Tochter geheiratet hat. Er ist nicht aus Kyoto. Er war Samurai in der Stadt Kokufu in der Provinz Wakasa. Sein Name war Kanazawa no Takehiko, und er war sechsundzwanzig Jahre alt. Er war ein sanftmütiger Mann, deshalb bin ich sicher, daß er nichts getan hat, was den Zorn anderer geweckt haben könnte.

Meine Tochter? Sie heißt Masago und ist neunzehn. Sie ist ein frohes lebenslustiges Mädchen, aber ich bin sicher, sie hat nie einen anderen Mann als Takehiko gekannt. Sie hat ein kleines, ovales dunkles Gesicht, mit einem kleinen Muttermal im linken Augenwinkel.

Gestern brach Takehiko mit meiner Tochter nach Wakasa auf. Was für ein Unglück, daß es so ein Ende nehmen mußte! Was ist mit meiner Tochter? Ich habe mich damit abgefunden, daß ich meinen Schwiegersohn verloren habe, aber das Schicksal meiner Tochter läßt mir keine Ruhe. Um Himmels willen, bitte lassen Sie nichts unversucht, sie zu finden. Ich hasse diesen Räuber Tajomaru, oder wie immer er auch heißen mag. Nicht nur mein Schwiegersohn, sondern auch meine Tochter... (Ihre weiteren Worte wurden von Tränen erstickt.)

Tajomarus Geständnis

Ich habe ihn umgebracht, aber sie nicht. Wo sie hin ist? Kann ich nicht sagen. Halt, wartet. Keine Folter kann mich zwingen, etwas zu gestehen, was ich nicht weiß. Jetzt, wo die Dinge so stehen, werde ich Ihnen nichts verschweigen.

Ich habe dieses Pärchen gestern kurz nach Mittag getroffen. Genau in dem Augenblick kam ein Windstoß, der ihren hängenden Schal hochwehte, so daß ich einen flüchtigen Blick auf ihr Gesicht werfen konnte, das sofort wieder bedeckt war. Vielleicht war das der Grund; sie sah aus wie eine Bodhisattva. In diesem Augenblick habe ich mich entschlossen, sie mir zu schnappen, selbst wenn ich dafür ihren Mann töten mußte.

Warum? Für mich ist Töten keine so große Angelegenheit wie Sie vielleicht meinen. Wenn eine Frau geschnappt wird, muß man ihren Mann so oder so umbringen. Zum Töten benutze ich das Schwert, das ich an meiner Seite trage. Bin ich der einzige, der tötet? Ihr, ihr braucht eure Schwerter nicht. Ihr tötet Menschen mit eurer Macht, mit eurem Geld. Manchmal tötet ihr sie, weil ihr sagt, es sei zu ihrem Besten.

Es stimmt, daß sie nicht bluten. Sie befinden sich in bester Gesundheit, aber dennoch tötet ihr sie.

Schwer zu sagen, wer von uns der größere Sünder ist. Sie oder ich. (Ein ironisches Lächeln.)

Es ist immer besser, sich eine Frau zu schnappen, ohne ihren Mann umzubringen. Ich wollte sie mir schnappen, möglichst ohne ihn umzubringen. Aber auf der Straße nach Yamashina ist da nichts zu machen. Deshalb habe ich sie in die Berge gelockt.

Das war ziemlich leicht. Ich wurde ihr Reisebegleiter und erzählte ihnen, es gäbe einen kleinen Erdhügel drüben am Berg und daß ich ihn aufgegraben und reichlich Spiegel und Schwerter gefunden hätte. Dann habe ich ihnen erzählt, ich hätte die Sachen in einem Wäldchen hinter dem Berg vergraben und würde sie billig verkaufen. Dann... wissen Sie, ist Gier nicht etwas Schreckliches? Er hatte angebissen, bevor er es richtig bemerkt hatte. In weniger als einer halben Stunde lenkten sie ihr Pferd in Richtung des Berges.

Als wir am Rand des Wäldchens angekommen waren, erzählte ich ihnen, daß die Schätze darin vergraben wären, und bat
sie mitzukommen. Der Mann hatte keine Einwände – er war vor
Gier geblendet. Die Frau sagte, sie würde auf dem Pferd warten.
Das war nur logisch, bei dem dichten Gehölz. Um die Wahrheit
zu sagen, alles verlief nach Plan, und so gingen wir in das Wäldchen und ließen sie zurück.

Das Wäldchen besteht nur anfangs aus Bambus. Nach etwa
fünfzig Metern öffnet es sich zu einer ziemlich lichten Zedern-
gruppe. Das war ein passender Ort für mein Vorhaben. Während ich meinen Weg durch das Wäldchen bahnte, machte ich
ihn glauben, die Schätze wären unter den Zedern vergraben. Als
ich ihm das erzählte, drängte er sich heftig in Richtung einer
schlanken Zeder, die durch das Gehölz sichtbar war. Nach einer
Weile lichtete sich der Bambus, und wir kamen zu einer Stelle,
wo die Zedern in einer Reihe stehen. Sobald wir dort waren,
packte ich ihn von hinten. Da er ein geübter, schwerttragender
Krieger war, war er ziemlich kräftig, aber da ich ihn überraschte,
konnte er sich nicht wehren. Bald hatte ich ihn an eine Zedernwurzel gefesselt. Woher ich das Seil hatte? Glücklicherweise
habe ich immer eines bei mir, da es mir als Räuber jederzeit passieren kann, daß ich eine Mauer überklettern muß. Selbstverständlich war es dann leicht, ihn zum Schweigen zu bringen, indem ich ihm den Mund mit Bambusblättern stopfte.

Als ich mich seiner entledigt hatte, bin ich zu seiner Frau gegangen und bat sie, mitzukommen und nach ihrem Mann zu
sehen, weil es schien, als fühle er sich unwohl. Selbstredend
funktionierte auch dieser Plan ausgezeichnet. Die Frau legte ihren Strohhut ab und ließ sich an meiner Hand in das Wäldchen
führen. Aber sobald sie ihren Ehemann sah, zog sie ein kleines
Schwert. Ich habe noch keine Frau so rasend gesehen. Hätte ich
nicht aufgepaßt, hätte sie mir glatt eins verpaßt. Ich duckte mich,
aber sie stach weiter auf mich ein. Sie hätte mich schwer verlet-
zen, ja töten können. Aber ich bin Tajomaru. Ich schaffte es, ihr
das Schwert zu entwenden, und ohne Waffe ist selbst eine zu
allem entschlossene Frau hilflos. Schließlich konnte ich mein
Verlangen nach ihr stillen, ohne ihren Mann zu töten.

Jawohl. Ohne ihn zu töten. Ich wollte ihn gar nicht umbringen. Ich wollte mich schon aus dem Wäldchen davonmachen und sie heulend zurücklassen, als sie sich krampfhaft an mich klammerte. Tränenüberströmt stammelte sie, daß entweder ihr Mann oder ich sterben müßte. Sie sagte, es wäre schlimmer als der Tod, daß zwei Männer sie berührt hätten. Sie stieß hervor, sie wolle die Frau desjenigen werden, der überlebte. Da hat mich ein rasendes Verlangen erfaßt, sie umzubringen. (Finstere Aufwallung.)

Wenn ich das so erzähle, sieht es so aus, als wäre ich grausamer als sie. Aber nur, weil Sie ihr Gesicht nicht gesehen haben. Besonders ihre glühenden Augen. Als ich ihr in die Augen blickte, wollte ich sie auf Teufel komm raus zu meiner Frau machen. Ich wollte sie zu meinem Weib machen... ich war nur von diesem Verlangen erfüllt. Das war nicht bloß Lust, wie Sie vielleicht denken mögen. Wenn ich in diesem Augenblick kein anderes Verlangen als Lust verspürt hätte, hätte es mir sicher nichts ausgemacht, sie niederzuschlagen und wegzulaufen. Dann hätte ich mein Schwert nicht mit seinem Blut befleckt. Aber als ich sie in diesem Moment anstarrte, habe ich beschlossen, nicht wegzugehen, bevor ich ihn getötet hatte.

Aber ich wollte mich nicht unfairer Mittel bedienen, um ihn zu töten. Ich band ihn los und befahl ihm, mit mir zu kämpfen. (Das Seil, das am Fuße der Zeder gefunden wurde, ist das, das ich dort liegenließ.) Rasend vor Wut, zog er sein breites Schwert und stürzte sich ohne ein Wort zu sagen auf mich. Ich brauche Ihnen nicht zu sagen, wie unser Kampf ausging. Der dreiundzwanzigste Hieb... merken Sie sich das bitte. Niemand unter der Sonne hat mir jemals mehr als zwanzig Hiebe abverlangt. (Ein stolzes Lächeln.)

Als er gefallen war, ließ ich mein Schwert sinken und drehte mich nach ihr um. Aber zu meiner Verblüffung war sie verschwunden. Ich überlegte, wohin sie gegangen sein könnte. Ich suchte sie zwischen den Zedern, lauschte, aber ich konnte nur das ächzende Geräusch aus der Kehle des Sterbenden hören.

Sie mochte weggelaufen sein, um Hilfe zu rufen, als wir unser Gefecht begannen. Als ich darüber nachdachte, wurde mir klar,

daß es für mich um Leben und Tod ging. So beraubte ich ihn
seines Schwertes, seines Bogens und seiner Pfeile und lief hinaus
auf die Bergstraße. Dort habe ich ihr Pferd gefunden, das immer
noch friedlich graste. Es wäre Zeitverschwendung, Ihnen die
Einzelheiten zu erzählen, aber noch bevor ich in die Stadt kam,
hatte ich mich bereits des Schwertes entledigt. Das ist alles, was
ich zu gestehen habe. Ich weiß, daß ich so oder so hängen werde,
also fordern Sie ruhig die Höchststrafe. (Eine verächtliche Geste.)

Die Beichte einer Frau,
die zum Shimizu-Tempel gekommen war

Nachdem er mich gezwungen hatte, mich ihm hinzugeben,
lachte der Mann im blauen Seidenkimono höhnisch, als er auf
meinen gefesselten Mann hinunterblickte. Wie geschockt mein
Mann gewesen sein muß. Aber wie er sich auch in seiner Hilf-
losigkeit wand, der Strick schnitt sich nur noch tiefer in seine
Gelenke. Schamerfüllt taumelte ich zu ihm hinüber. Oder besser
gesagt, ich versuchte es, aber der Mann schlug mich sofort nieder. In diesem Augenblick sah ich ein unbeschreibliches Leuchten in den Augen meines Mannes. Jenseits aller Erklärung...
Seine Augen lassen mich selbst jetzt noch erschauern. Dieser
plötzliche Blick meines Mannes, der kein Wort herausbrachte,
sagte mir alles. Die Glut in seinen Augen war weder zornig noch
besorgt... nur ein kaltes Licht, ein Ausdruck tiefster Abscheu.
Von seinen Blicken stärker getroffen als vom Schlag des Diebes,
bezichtigte ich mich selbst und sank bewußtlos zu Boden.

    Als ich wieder zu mir kam, stellte ich fest, daß der Mann ver-
schwunden war. Ich sah nur meinen Mann, der immer noch an
die Wurzel der Zeder gefesselt war. Mühsam erhob ich mich aus
dem Bambusschilf und schaute ihn an, aber der Ausdruck seiner
Augen war noch der gleiche wie zuvor.

    Hinter der kalten Verachtung in seinen Augen loderte Haß.
Scham, Kummer, Wut... ich weiß nicht, wie ich ausdrücken soll,

was ich in diesem Augenblick spürte. Mich aufrappelnd ging ich
zu meinem Mann hinüber.

«Takejiro», sagte ich zu ihm. «Nachdem es so gekommen ist,
kann ich nicht länger mit dir leben. Ich bin bereit zu sterben…
aber du mußt ebenfalls sterben. Du warst Zeuge meiner
Schmach. Ich kann dich so nicht weiterleben lassen.»

Das war alles, was ich herausbrachte. Trotzdem starrte er
mich weiter voller Verachtung und Abscheu an. Mit brechen-
dem Herzen suchte ich sein Schwert. Aber weder sein Schwert
noch sein Bogen und seine Pfeile waren irgendwo zu sehen. Zum
Glück lag mein kleines Schwert am Boden. Ich schwang es über
den Kopf und sagte nochmals: «Jetzt gib mir dein Leben. Ich
werde dir gleich folgen.»

Als er dies hörte, versuchte er seine Lippen zu bewegen. Doch
da sein Mund mit Blättern vollgestopft war, war seine Stimme
nicht zu verstehen. Aber mit einem Blick verstand ich. Sein ver-
achtender Blick sagte nur «Töte mich». Wie von Sinnen stieß ich
das kleine Schwert durch den lila Kimono in seine Brust.

Dann muß ich wieder ohnmächtig geworden sein. Als ich wieder in der Lage war aufzuschauen, hatte er – immer noch gefesselt – schon seinen letzten Atemzug getan. Ein Strahl sinkenden
Sonnenlichts durchbrach die Zedern und Bambusstämme und
beleuchtete sein fahles Gesicht. Meine Seufzer erstickend, löste
ich das Seil von seinem toten Körper. Und… jetzt; jetzt habe ich
nicht mehr die Kraft zu erzählen, was seitdem aus mir geworden
ist. Ich habe noch nicht einmal mehr die Kraft zu sterben. Ich
schnitt mir die Kehle mit meinem kleinen Schwert auf, stürzte
mich in einen Teich am Fuße des Berges und versuchte mir auf
alle erdenklichen Arten das Leben zu nehmen. Unfähig, mich
umzubringen, muß ich in Schande leben. (Ein verlorenes Lächeln.) Wertlos wie ich bin, würde mich wohl selbst der gnädig-
ste Kwannon verstoßen. Ich habe meinen eigenen Mann umgebracht. Ich wurde von einem Räuber mißbraucht. Was soll ich
tun. Was soll ich bloß… (Allmählich heftiger werdendes
Schluchzen.)

Die Geschichte des Ermordeten, durch ein Medium geschildert

Nachdem er sich an meiner Frau vergangen hatte, setzte sich der Räuber neben sie und sprach besänftigend auf sie ein. Ich konnte ja nicht sprechen. Mein Körper war fest an die Zedernwurzel gefesselt. Aber ich zwinkerte ihr ständig zu, als könnte ich ihr damit sagen: «Glaub dem Räuber nicht.» Zumindest versuchte ich, ihr dies zu vermitteln. Aber meine Frau, die niedergeschlagen auf den Bambusblättern saß, hielt ihren Blick krampfhaft gesenkt. Wie es schien, hörte sie dem Räuber zu. Ich war fast besinnungslos vor Eifersucht. Währenddessen setzte der Räuber seine Einschmeichelungen fort, redete über dies und das und rückte plötzlich mit seinem kühnen Vorschlag heraus: «Nachdem deine Tugend nun einmal befleckt ist, wirst du mit deinem Mann nicht mehr gut auskommen, warum wirst du statt dessen nicht mein Weib? Es war meine Liebe zu dir, die mich so gewalttätig werden ließ.»

Während der Verbrecher sprach, begann meine Frau wie betäubt den Kopf zu heben. Sie hat niemals schöner ausgesehen als in diesem Augenblick. Was antwortete meine wunderbare Frau wohl, während ich gefesselt daneben lag. Ich bin zwar vergangen, aber noch immer muß ich, glühend vor Zorn und Eifersucht an ihre Antwort denken. Sie hat wahrhaftig gesagt: «Dann nimm mich mit, wohin du auch gehst.»

Aber dies ist noch nicht das ganze Ausmaß ihrer Sünde. Wenn das alles wäre, müßte ich nicht gepeinigt in der Dunkelheit umherirren. Als sie an der Hand des Räubers wie schlafwandelnd das Wäldchen verließ, drehte sie sich plötzlich um, zeigte auf mich und sagte: «Bring ihn um! Ich kann dich nicht heiraten, solange er am Leben ist.» Wie von Sinnen schrie sie immer wieder: «Bring ihn um!» Selbst jetzt ist es noch, als stürzten mich diese Worte kopfüber in den bodenlosen Abgrund der Finsternis. Hat je ein Mund solch haßerfüllte Worte gesprochen? Sind solche Flüche je an ein menschliches Ohr gedrungen? Sogar so ein... (Ein plötzlicher, verächtlicher Aufschrei.) Bei diesen Worten wurde sogar der Räuber blaß. «Bring ihn um», schrie sie und klammerte sich an seinen Arm. Der Räuber starrte sie nur an und sagte weder ja noch nein... Bevor ich über seine Antwort nachdenken konnte, hatte er sie niedergeschlagen. (Ein weiterer verächtlicher Aufschrei.) Dann verschränkte er ruhig die Arme vor seiner Brust, blickte mich an und sagte: «Was wirst du tun. Sie töten oder retten? Du mußt nur mit dem Kopf nicken. Sie töten?» Allein für diese Worte war ich bereit, ihm sein Verbrechen zu verzeihen.

Während ich noch zögerte, rannte sie kreischend tiefer in das Gehölz hinein. Der Räuber versuchte noch, sie zu packen, erwischte aber nicht einmal mehr ihren Ärmel.

Als sie weg war, hob er mein Schwert, meinen Bogen und meine Pfeile auf. Mit einem raschen Schnitt befreite er meine Hände. Ich weiß noch, wie er murmelte: «Ich bin der nächste», als er verschwand. Danach war es still. Nein, ich hörte jemanden weinen. Während ich mich von meinen Fesseln befreite, lauschte ich angestrengt und merkte, daß ich es war, der weinte. (Langes Schweigen.)

Mühsam erhob ich mich. Vor mir schimmerte das kleine Schwert, das meine Frau fallen gelassen hatte. Ich hob es auf und stieß es mir in die Brust. Ein blutiger Klumpen füllte meinen Mund, aber ich fühlte keinen Schmerz. Meine Brust wurde kalt, und auf einmal wurde es totenstill. Was für eine Stille? Selbst das Gezwitscher der Vögel war über diesem Grab in den Bergen erstorben. Nur ein einsames Licht verweilte noch über den Zedern und Bergen. Nach und nach wurde es schwächer, bis die Bäume im Dunkeln versanken. Als ich bewegungslos im feuchten Laub lag, umhüllte mich eine tiefe Stille.

Plötzlich kroch jemand über mich. Ich versuchte zu erkennen, wer es war, aber die Dunkelheit hielt mich bereits umfangen. Jemand... Jemand zog mit unsichtbaren Händen das kleine Schwert vorsichtig aus meiner Brust. Noch einmal schoß mir das Blut in den Mund. Dann sank ich ein für allemal in die Unendlichkeit der Finsternis.

Deutsch von Gunter Blank

Edogawa Rampo
Die rote Kammer

Edogawa Rampo (1894–1965) ist nicht sein wirklicher Name. Der Autor hieß ursprünglich Hirai Taro. Er wählte das Pseudonym, weil es, im Japanischen schnell ausgesprochen, wie Edgar Allan Poe klingt.

Rampo studierte Betriebswirtschaft an Tokios berühmter Waseda-Universität, aber sein Diplom verschaffte ihm keinen Job. Sein Vater, ein reicher Unternehmer und Jurist, gab alle Hoffnung auf.

Entschlossen, auf irgendeinem Gebiet Hervorragendes zu leisten, schrieb Rampo im Alter von 29 Jahren seine erste Geschichte, die unmittelbar zum Erfolg wurde. Auch seine dreißig Romane waren sehr erfolgreich. Rampos Werk analysiert unbewußte Gedanken auf geniale Art und Weise. Seine Kriminalsituationen sind eloquent und mit geschickt untertriebenen Details dargestellt. Viele der Erzählungen haben eine zusätzliche, nicht auf Anhieb erkennbare Pointe am Schluß. «Die rote Kammer» zeigt Rampo in Hochform.

Die sieben ernsten Männer, zu denen auch ich gehörte, hatten sich wie gewöhnlich versammelt, um schreckliche Horrorgeschichten auszutauschen. In dem Raum, die «Rote Kammer» genannt, sanken wir in tiefe, mit scharlachrotem Samt bezogene Sessel und warteten begierig, daß der Erzähler dieses Abends mit seiner Geschichte begann.

In der Mitte der Versammlung stand ein großer runder Tisch, ebenfalls mit scharlachfarbenem Samt bedeckt, darauf ein verzierter Bronzekandelaber, in dem flackernd drei große Kerzen brannten. An allen Wänden – selbst vor den Türen und Fenstern – hingen in anmutigem Faltenwurf rotseidene Vorhänge von der Decke bis zum Boden. Die Kerzen warfen dunkle, wie von Blut gefärbte riesenhafte Schatten der Geheimgesellschaft auf die Vorhänge. Auf- und niedersteigend, schwellend und schrumpfend, krochen die sieben Schattenbilder wie schreckliche Insekten über den Faltenwurf der karmesinroten Stoffe.

In dieser Kammer hatte ich immer das Gefühl, als säße ich im Bauch eines ungeheuerlich großen, vorsintflutlichen Tieres, und meinte sogar, seinen langsamen, solcher Riesenhaftigkeit angemessenen Herzschlag spüren zu können.

Eine Weile schwiegen wir. Zusammen mit den anderen saß ich da wie verhext, starrte mit leerem Blick auf die dunkelroten, umschatteten Gesichter rund um den Tisch und erschauderte. Obwohl mir die Züge der anderen vollkommen vertraut waren, spürte ich, wie mir jedes Mal Kälteschauer über den Rücken rannen, wenn ich sie betrachtete, denn alle erschienen so vollkommen ausdrucks- und bewegungslos wie japanische Noh-Masken.

Tanaka, der erst kürzlich in die Gesellschaft aufgenommen worden war, räusperte sich schließlich und begann zu sprechen. Wie zum Sprung bereit saß er auf der Kante seines Sessels und starrte in die Kerzenflammen. Zufällig fiel mein Blick auf sein Kinn, aber was ich sah, glich mehr einem quadratischen Klotz aus Knochen, ohne Fleisch und Haut, wie überhaupt sein ganzes Gesicht Ähnlichkeit mit einer häßlichen Marionette hatte, die seltsamerweise zum Leben erwacht war.

«Nachdem ich als ein anerkanntes Mitglied in die Gesellschaft aufgenommen worden bin», begann Tanaka plötzlich
ohne jegliche Einleitung, «werde ich nun meine erste Horror-
geschichte vortragen.»

Da sich keiner von uns rührte noch etwas sagte, begann er
mit seiner Erzählung:

Ich glaube, daß ich bei klarem Verstand bin und alle meine
Freunde meine geistige Gesundheit bezeugen können, aber
ob ich wirklich bei Sinnen bin oder nicht, mögen Sie beurtei-
len. Ja, vielleicht bin ich wahnsinnig! Vielleicht handelt es
sich auch nur um eine leichte Neurose. Allerdings muß ich
erklären, daß ich des Lebens immer überdrüssig war... für
mich ist – und daran wird sich nichts ändern – das tägliche
Einerlei des Durchschnittsmenschen verhaßter Stumpfsinn.

Anfangs gab ich mich verschiedenen Zerstreuungen hin,
um meinen Geist abzulenken, aber unglücklicherweise schien
nichts meine tiefgreifende Langeweile zu vertreiben. Statt
dessen schien alles, was ich tat, meine Enttäuschung nur zu
verschlimmern. Beständig fragte ich mich: Gibt es kein Vergnügen für mich auf der Welt? Bin ich dazu verdammt, an
Langeweile zu sterben? Allmählich verfiel ich in einen Zustand der Lethargie, aus dem es kein Entrinnen zu geben
schien. An nichts, was ich tat, an absolut nichts, fand ich Gefallen. Jeden Tag nahm ich drei Mahlzeiten ein, und wenn der
Abend dämmerte, ging ich zu Bett. Langsam hatte ich das
Gefühl, ich würde vollkommen wahnsinnig werden. Essen
und schlafen, essen und schlafen – wie ein Hausschwein.

Hätten die Umstände es erfordert, daß ich mich für meinen
Lebensunterhalt hätte abrackern müssen, wäre ich vielleicht
von meiner beständigen Langeweile kuriert worden. Aber
dieses Glück war mir nicht beschieden. Damit meine ich
nicht, daß ich sagenhaft reich geboren wurde. Wäre das der
Fall gewesen, hätte vielleicht darin die Lösung meines Problems bestanden, denn Geld hätte mir sicherlich erregende
Abwechslungen verschafft – Orgien in luxuriöser Umgebung, exzentrische Ausschweifungen oder sogar blutige Vergnügungen wie in den Tagen Neros und der Gladiatoren, so-

lange ich nur das Geld dafür gehabt hätte. Aber zu meinem Unglück war ich weder völlig mittellos noch reich, einfach nur wohlhabend, mit Mitteln ausgestattet, ausreichend für die Sicherung eines durchschnittlichen Lebensstandards.

Einer gewöhnlichen Zuhörerschaft gegenüber würde ich mich an dieser Stelle über die Qualen eines langweiligen Lebens verbreiten. Aber gegenüber Ihnen, meinen Herren der Gesellschaft der Roten Kammer, weiß ich, daß das unnötig ist. Unzweifelhaft haben Sie die Gesellschaft genau zu dem Zweck gegründet, die Gespenster der Langeweile zu vertreiben, die Sie genauso wie mich verfolgt haben. Deshalb will ich nicht abschweifen, sondern mit meiner Geschichte fortfahren.

Wie gesagt, rang ich beständig mit der mich vollkommen in Anspruch nehmenden Frage: Wie kann ich mich vergnügen? Gelegentlich spielte ich mit dem Gedanken, Detektiv zu werden und Spaß daran zu finden, Kriminelle zur Strecke zu bringen. Dann wieder grübelte ich über die Möglichkeiten psychischer, sogar erotischer Experimente nach. Wie wäre es mit der Herstellung obszöner Filme? Oder noch besser, wie wäre es mit privaten pornographischen Bühnenaufführungen, mit Prostituierten und sexuell Besessenen als Darstellern? Ich kam auf die Idee, Irrenanstalten und Gefängnisse zu besuchen oder, falls es möglich wäre, Exekutionen beizuwohnen. Aber aus welchem Grund auch immer, keine dieser Ideen zog mich sonderlich an. Um es anders auszudrücken, sie erschienen so, als würde man einem schweren Alkoholiker, der sich nach einer Mixtur aus Gin, Absinth, Cognac und Wodka verzehrt, Fruchtsaft anbieten. Ja, das war es, was ich brauchte, einen guten, harten Drink aus Vergnügungen – wirkliches, seelenbefriedigendes Amüsement.

Plötzlich, gerade als ich zu der Einsicht gelangte, nie eine Lösung für mein Problem zu finden, kam mir ein Einfall – ein schrecklicher Einfall. Anfänglich wollte ich ihn abschütteln, denn mein Geist durchquerte inzwischen tückische Sümpfe, und ich wußte, ich wäre verloren, wenn ich meine plötzlichen Eingebungen nicht kontrollierte. Dennoch schien der Einfall

eine besondere Faszination auf mich auszuüben, die ich bis
dahin nie erlebt hatte. Kurz, meine Herren, bei dem Einfall
handelte es sich um... Mord! Ja, hier war endlich eine Idee,
die einem Mann meines Charakters würdig war, einem
Mann, der bereit war, für wirkliche Spannung aufs Ganze zu
gehen.

Nachdem ich mich schließlich davon überzeugt hatte, daß
ich meinen inneren Frieden nie finden würde, bevor ich nicht
ein paar Morde begangen hatte, begann ich verschiedene
teuflische Pläne in die Tat umzusetzen, aus nichts als dem
purem Vergnügen, mein Verlangen nach Ablenkung zu stillen. Bevor ich fortfahre, erlauben Sie mir, an dieser Stelle zu
gestehen, daß ich seit jenem Tag, an dem ich beschloß, ein
Mörder zu werden, für den Tod von nahezu hundert Männern, Frauen und Kindern verantwortlich bin. Ja, fast hundert unschuldige Leben, geopfert auf dem Altar meiner Ex-
zentrizität.

Vielleicht glauben Sie, ich bereue jetzt all die scheußlichen
Verbrechen, die ich begangen habe. Nun, das ist bestimmt
nicht der Fall. Um die Wahrheit zu sagen, ich bereue überhaupt nichts. Weit gefehlt, denn Tatsache ist, ich habe kein
Gewissen! Statt also von Selbstvorwürfen gemartert zu werden wie jeder normale Mensch, wurde ich sogar des blutigen
Reizes zu morden müde. Da ich wiederum nach neuen Ablen-
kungen suchte, begann ich mit dem Laster des Opiumrau-
chens. Allmählich wurde ich von der Droge abhängig, und
heute kann ich ohne eine Pfeife in bestimmten Abständen
nicht mehr auskommen.

Soweit, meine Herren, habe ich nur die Umstände meiner
Vergangenheit umrissen – die Morde an nahezu hundert
Menschen, von denen bisher keiner aufgedeckt wurde. Ich
weiß jedoch, daß der Höchste Richter, der mich für all meine
Verbrechen bestrafen wird, bereits von mir verlangt, durch
die Portale der Ewigkeit zu treten, um im Höllenfeuer zu
schmoren.

Nun werde ich von den verschiedenen Ereignissen berichten,
die mein vorsätzliches Mordfestival ausmachten. Ich bezweifle

keinen Augenblick, daß, wenn Sie all die scheußlichen Details gehört haben, mich als würdiges Mitglied ihrer geheimen Gesellschaft betrachten werden!

Alles begann vor ungefähr drei Jahren. In jenen Tagen, wie gesagt, war ich jeder normalen Zerstreuung überdrüssig und vertrödelte ziellos meine Zeit. Im Frühling desselben Jahres – es war immer noch sehr kalt, es mußte gegen Ende Januar oder Anfang März gewesen sein – hatte ich eines Abends ein seltsames Erlebnis, das mich dazu brachte, fast hundert Menschenleben zu rauben.

Ich war bis spät aus gewesen, und, wenn ich mich recht erinnere, war ich ein wenig beschwipst. Es war gegen ein Uhr morgens. Wie ich gemächlichen Schritts heimwärts ging, traf ich plötzlich einen Mann, der sich im Zustand großer Verwirrung zu befinden schien. Ich war erschrocken, als wir fast zusammenstießen, ihn schien dies nur noch mehr zu ängstigen, denn er blieb zitternd stehen. Kurz darauf starrte er mir im dämmrigen Licht einer Straßenlaterne ins Gesicht und begann zu meiner großen Überraschung plötzlich zu sprechen.

«Gibt es hier in der Gegend einen Doktor?» fragte er.

«Ja», antwortete ich sofort und fragte, was geschehen war.

Der Mann erklärte hastig, er sei Chauffeur und habe weiter unten an der Straße unabsichtlich einen Mann, anscheinend einen Vagabunden, überfahren und verletzt. Als er mir zeigte, wo der Unfall geschehen war, stellte ich fest, daß es in unmittelbarer Nachbarschaft meines Hauses war.

«Gehen Sie links ein paar Straßen hinunter», sagte ich, «und Sie kommen zu einem Haus mit einer roten Laterne auf der linken Seite. Das ist die Praxis von Dr. Matusi. Gehen Sie am besten dorthin.»

Ein paar Augenblicke später sah ich den Chauffeur den verletzten Mann zu dem Haus tragen, das ich ihm gezeigt hatte. Aus irgendeinem Grund blieb ich stehen und sah zu, bis die undeutlichen Gestalten in der Dunkelheit verschwunden waren. Da ich es für nicht ratsam hielt, mich in eine solche Angelegenheit einzumischen, kehrte ich in meine Junggesellenwohnung zurück und sank sofort in das Bett, das mir meine alte Haushälterin

zurechtgemacht hatte. Der Alkohol in meinem Körper ließ mich
bald einschlafen.

Hätte ich mit dem eintretenden Schlaf die ganze Unfallge-
schichte vergessen, wäre die Angelegenheit damit beendet gewesen. Als ich jedoch am nächsten Morgen aufwachte, erinnerte
ich mich an jede Einzelheit des Vorfalls in der vergangenen
Nacht. Ich begann mich zu fragen, ob der Mann, der überfahren
worden war, seinen Verletzungen erlegen war oder ob er über-
lebt hatte. Dann kam mir mit einem Schlag etwas zu Bewußtsein.
Infolge einer merkwürdigen Verdrehung meiner Gedanken, vielleicht aufgrund des Weines, den ich getrunken hatte, war mir bei
der Richtungsangabe für den Chauffeur ein ernstlicher Fehler
unterlaufen.

Ich war verblüfft. Wie betrunken ich auch gewesen sein
mochte, sicherlich hatte ich nicht den Verstand verloren. Warum
hatte ich dann den Fahrer des Wagens angewiesen, den bewußt-
losen Mann zur Praxis von Dr. Matsui zu tragen?

«Gehen Sie links ein paar Straßen hinunter, und Sie kommen
zu einem Haus mit einer roten Laterne auf der linken Seite...»
Ich konnte mich an jedes Wort erinnern. Warum, warum hatte
ich dem Mann nicht gesagt, die nächste Straße rechts zu nehmen
und um bei Dr. Kato, einem bekannten Chirurgen, Hilfe zu suchen? Matsui, der Arzt, den ich dem Chauffeur empfohlen hatte,
war ein Quacksalber üblen Rufs, ohne jegliche Erfahrung in der
Chirurgie. Dr. Kato hingegen war ein brillanter Chirurg. Da mir
das alles seit langem bekannt war, fragte ich mich immer wieder,
wie ich nur einen so dummen Fehler machen konnte?

Mein Fehler beunruhigte mich zunehmend heftiger, und ich
schickte meine alte Haushälterin los, um bei den Nachbarn ein
paar diskrete Nachforschungen anzustellen. Als sie von ihrem
Auftrag zurückkehrte, erfuhr ich, daß das Schlimmste eingetreten war. Dr. Matsui hatte bei seinen chirurgischen Bemühungen
elend versagt, und das Unfallopfer war gestorben, ohne das Bewußtsein wiedererlangt zu haben. Dem Tratsch der Nachbarn
zufolge hatte Dr. Matsui, als der verletzte Mann in seine Praxis
getragen wurde, mit keinem Wort erwähnt, daß er auf dem Gebiet der Chirurgie ein Neuling war. Selbst zu diesem Zeitpunkt

wäre der unglückliche Mann vielleicht noch zu retten gewesen, wenn er den Chauffeur zu Dr. Kato geschickt hätte. Aber nein! Unbesonnen hatte er den Mann selbst behandelt und versagt.

Als ich von diesem tragischen Sachverhalt erfuhr, stockte mir das Blut in den Adern. Wer war tatsächlich verantwortlich für den Tod des armen alten Mannes, fragte ich mich. Natürlich trugen der Chauffeur und Dr. Matsui einen Teil der Verantwortung. Und sollte jemand bestraft werden, würden sich die Gesetzeshüter sicherlich den Chauffeur herausgreifen. Dennoch, war nicht *ich* der Hauptverantwortliche? Wäre mir nicht der fatale Fehler unterlaufen, auf den falschen Arzt hinzuweisen, hätte der alte Mann gerettet werden können! Der Chauffeur hatte das Opfer nur verletzt… er hatte es nicht auf der Stelle getötet. Was Dr. Matsui betrifft, so war sein Fehler seinem Mangel an chirurgischem Geschick zuzuschreiben, und keinem anderen Grund. Aber ich – ich war von krimineller Nachlässigkeit gewesen und hatte einem unschuldigen Menschen das Todesurteil verkündet.

Tatsächlich war ich natürlich unschuldig, denn ich hatte nur einen groben Fehler begangen. Aber dann fragte ich mich, was wäre, wenn ich *absichtlich* die falsche Richtung angegeben hätte? Überflüssig zu sagen, daß ich in diesem Fall des Mordes schuldig gewesen wäre! Und dennoch, selbst wenn das Gesetz den Chauffeur bestrafen sollte, würde auf mich – den wirklichen Mörder – nicht der geringste Verdacht fallen. Selbst wenn ich irgendwie verdächtigt worden wäre, hätten sie mich hängen können, wenn ich ausgesagt hätte, daß ich betrunken war und alles über Dr. Kato, den guten Chirurgen, vergessen hatte? Alle diese Gedanken warfen ein faszinierendes Problem auf.

Meine Herren, haben Sie jemals in diesem Rahmen über Mord nachgedacht? Ich selbst habe das erst nach dem Ereignis getan, von dem ich gerade berichtete. Wenn Sie sich in dieses Thema vertiefen, werden Sie feststellen, daß die Welt tatsächlich ein gefährlicher Ort ist. Angenommen, Sie werden von einem Mann wie mir zum falschen Arzt geschickt – *in verbrecherischer Absicht*.

Um meine Theorie zu beweisen, gebe ich Ihnen ein anderes Beispiel von der Ausführung eines perfekten Mordes, ohne die geringste Gefahr eines Verdachtsmomentes. Angenommen, Sie bemerken eines Tages eine alte Bäuerin beim Überqueren einer Straße in der Stadt, gerade in dem Moment, in dem sie einen Fuß auf die Schienen der Straßenbahn setzt. Wir wollen auch annehmen, es herrscht dichter Verkehr aus Autos, Fahrrädern und Wagen. Sie bemerken, die alte Frau ist schrecklich nervös, was für eine Landfrau in einer großen Stadt normal ist. Angenommen, in genau dem Moment, als sie ihren Fuß auf die Schienen setzt, kommt die Straßenbahn auf sie zugerast. Wenn die alte Frau die Bahn nicht bemerkt und ihren Weg über die Schienen fortsetzt, wird nichts passieren. Sollte aber jemand rufen: «Aufgepaßt, alte Frau!», wie würde ihre natürliche Reaktion wohl aussehen? Ich muß nicht erklären, daß sie plötzlich verwirrt innehielte, um zu entscheiden, ob sie vor oder zurück gehen soll. Wenn nun der Fahrer der Straßenbahn nicht rechtzeitig bremsen könnte, wären die bloßen Worte «Aufgepaßt, alte Frau!» eine so gefährliche Waffe wie ein Messer oder ein Schießgewehr. Auf diese Weise habe ich einmal eine alte Bäuerin erfolgreich umgebracht – aber davon später mehr.

(Tanaka hielt einen Moment inne, und ein scheußliches Grinsen entstellte sein gerötetes Gesicht. Dann fuhr er fort.)

Ja, in solch einem Fall wird der Mann, der die Warnung ausstößt, zum Mörder! Allerdings, wer würde ihm mörderische Absichten unterstellen? Wer könnte sich vorstellen, er würde absichtlich eine vollkommen Fremde umbringen, nur um seine Lust am Töten zu befriedigen? Konnte man seine Tat anders bewerten als die eines freundlichen Menschen, der auf nichts anderes erpicht ist, als einen Mitmenschen vor dem Überfahrenwerden zu bewahren? Nicht einmal die Tote hätte ihm etwas vorzuwerfen! Vielmehr glaube ich, die alte Frau stürbe mit einem Wort des Dankes auf den Lippen... obwohl sie ermordet wurde.

Meine Herren, erkennen Sie jetzt die Schönheit meines Gedankenganges? Die meisten Leute scheinen zu glauben, wann immer ein Mann einen Mord begeht, wird er mit Sicherheit gefaßt und umgehend bestraft. Wenige, sehr wenige, scheinen zu begreifen, daß viele Mörder ungeschoren davonkämen, wenn sie nur die richtige Taktik anwendeten. Können Sie das abstreiten? Wie man sich aufgrund der beiden Vorfälle, die ich gerade angeführt habe, vorstellen kann, gibt es nahezu unbegrenzt viele Arten, einen perfekten Mord zu begehen. Was mich betrifft, so war ich vor Freude überwältigt, nachdem ich das Geheimnis entdeckt hatte. Wie großzügig der Schöpfer doch war, sagte ich Gott lästernd, daß er für so viele Möglichkeiten gesorgt hat, Verbrechen zu begehen, die niemals aufgedeckt werden können. Ja, diese Entdeckung machte mich fast wahnsinnig vor Freude. «Wie wunderbar», wiederholte ich immer wieder. Und ich wußte, nachdem ich einmal meine Theorien in die Praxis umgesetzt hatte, daß das Leben der meisten Leute vollkommen von meinen Launen abhing! Allmählich dämmerte mir, daß der Schlüssel zur Behebung meines Problems der beständigen Langeweile *Mord* war. Keine herkömmlichen Mordarten, sagte ich mir, sondern solche, die selbst Sherlock verblüffen würden! Die perfekte Kur gegen Trübsinn!

Während der folgenden drei Jahre widmete ich mich vollkommen dem intensiven Studium der Wissenschaft des Tötens – eine Beschäftigung, die mich sofort meine frühere Langeweile vergessen ließ. Ich sah mich in der Rolle eines modernen Borgia und schwor mir, wenigstens hundert Menschen umzubringen, bevor es mit mir zu Ende war. Der einzige Unterschied bestand darin, daß ich anstelle von Gift mit verbrecherischer List töten würde.

Bald darauf begann ich meine Verbrecherlaufbahn, und vor drei Monaten erreichte ich einen Stand von neunundneunzig ausgelöschten Leben, ohne daß irgend jemand weiß, daß ich dafür verantwortlich bin. Um die Hundert voll zu machen, mußte ich nur noch einen weiteren Mord begehen. Doch stellen wir diese Fragen einen Moment zurück, und ich frage Sie, ob Sie hören möchten, wie ich die ersten neunundneunzig tötete? Natürlich hegte ich gegenüber keinem irgendeinen Groll. Mein einziges Interesse war die Kunst des Tötens, sonst nichts. Folgedessen wandte ich die gleiche Methode nicht zweimal an! Jedes Mal benutzte ich eine andere Technik, denn gerade die Erfindung neuer Tötungsarten erfüllt mein Herz mit ruchloser Freude.

Doch die Zeit reicht nicht aus, um jede der neunundneunzig

Mordarten zu beschreiben, die ich nacheinander angewandt habe. Deshalb werde ich nur vier oder fünf der herausragendsten Techniken darstellen.

Ein blinder Masseur, der in meiner Nachbarschaft wohnte, wurde mein erstes Opfer. Wie häufig bei behinderten Personen der Fall, war er ein sehr eigensinniger Bursche. Wenn ihn etwa jemand vor einer bestimmten Handlung warnte, tat er auf eine Weise das Gegenteil, die klar zum Ausdruck brachte: «Mach dich nicht lustig über mich, weil ich blind bin. Ich komme ohne Ratschläge zurecht.»

Eines Tages, als ich eine befahrene Durchgangsstraße entlangschlenderte, sah ich zufällig den eigensinnigen Masseur aus der anderen Richtung kommen. Eingebildet, wie der Narr war, ging er ziemlich schnell, seinen Stock über der Schulter und ein Lied summend, die Straße hinunter. Nicht weit vor ihm sah ich, daß auf der rechten Straßenseite eine Gruppe von Arbeitern die städtische Kanalisation reparierte und eine tiefe Grube ausgehoben hatte. Da er blind war und das Schild «Vorsicht! Reparaturarbeiten!» nicht sehen konnte, ging er sorglos direkt auf die Grube zu. Plötzlich kam mir eine glänzende Idee.

«Hallo, Nemoto-San», rief ich leutselig, denn ich ließ mich oft bei ihm massieren. Im nächsten Moment, noch bevor er meinen Gruß erwidern konnte, warnte ich ihn. «Treten Sie nach links! Treten Sie nach links!» Das rief ich natürlich in scherzhaftem Tonfall.

Ganz wie ich vermutet hatte, schluckte der Masseur den Köder. Statt nach links zu treten, ging er, ohne die Richtung zu ändern, weiter.

«Ha, ha, ha!» lachte er lauthals. «Sie können mich nicht zum Narren halten!»

Unerschrocken, meine Warnung absichtlich in den Wind schlagend, machte er drei extra große Schritte nach rechts, und das nächste, was er bemerkte, war, daß er direkt in die Grube tappte, die die Kanalarbeiter ausgehoben hatten.

Im Augenblick seines Fallens rannte ich zum Rand der Grube und gab vor, sehr erschrocken und bekümmert zu sein. Innerlich fragte ich mich jedoch, ob es mir gelungen war, ihn zu töten. Tief

unten, am Boden des Loches, sah ich den Mann zusammenge-
knäult, mit heftig blutendem Kopf liegen. Bei näherem Hinsehen
erkannte ich, daß auch seine Nase und sein Mund mit Blut ver-
schmiert waren und seine Gesichtsfarbe ein fahles, ungesundes
Gelb angenommen hatte. Armer Teufel! Im Fallen hatte er sich
die Zunge abgebissen!

Bald versammelte sich eine Menge, und mit viel Mühe gelang
es uns, ihn auf die Straße hochzuziehen. Als wir ihn auf den Geh-
steig legten, atmete er noch, aber nur sehr schwach. Jemand
rannte los, um die Ambulanz zu rufen, aber sie kam zu spät: Der
arme Masseur weilte nicht mehr auf dieser Welt.

So hatte mein Plan erfolgreich funktioniert. Und wer sollte
mich verdächtigen? War ich mit diesem Mann nicht immer auf
bestem Fuße gestanden, hatte ich seine Dienste nicht oft in Anspruch genommen? Zudem, war nicht *ich* es gewesen, der ihm
geraten hatte, nach links zu treten, um ihn vor dem Fall in die
Grube zu bewahren? Bei einem solch perfekten Arrangement
hätte nicht einmal der schlaueste Detektiv auch nur für den
Bruchteil eines Augenblicks den Verdacht geschöpft, daß sich
hinter meiner «freundlichen Warnung» kalt berechnende
Mordabsicht verbarg!

Ach, welch schreckliche Art, sich zu amüsieren! Und doch,
wie unterhaltsam sie war! Die Freude, die ich verspürte, wann
immer ich eine neue Tötungsform ersann, ähnelte der eines
Künstlers, der zu einem neuen Gemälde inspiriert wird. Was die
nervöse Anspannung betrifft, die ich bei jedem einzelnen Fall
durchlief, so wurde ich durch die überwältigende Freude über
meinen Erfolg doppelt entschädigt. Ein weiterer schrecklicher
Aspekt meiner Verbrecherlaufbahn war, daß ich immer auf die
von mir geschaffenen Todesszenarien zurückblicken würde, und
wie ein Vampir, der sich nach einem Festmahl die Lippen leckt,
würde ich mich an der Erinnerung weiden, auf welche Weise die
unschuldigen Opfer meiner Skrupellosigkeit ihr kostbares Leben
ausgehaucht hatten.

Nun werde ich von einem anderen Fall berichten. Es war Som-
mer. In Begleitung eines alten Freundes, den ich bereits als nächstes Opfer ausgewählt hatte, fuhr ich zu einem Ferienaufenthalt

in ein entlegenes Fischerdorf in der Provinz Awa. Am Strand trafen wir nur wenige Besucher aus der Stadt; die meisten Schwimmer waren gut gebräunte Jugendliche aus dem Dorf. Gelegentlich sahen wir entlang der Küste ein paar vereinzelte Studenten mit Skizzenblöcken in der Hand, die in die Landschaft vertieft waren.

In jeder Hinsicht handelte es sich um einen sehr einsamen, langweiligen Ort. Ein großer Nachteil bestand darin, daß hier kaum die attraktiven Mädchen zu finden waren wie in den bekannten Badeorten. Unser Gasthaus glich den billigsten Pensionen von Tokio. Das Essen war nicht schmackhaft, und nichts, mit Ausnahme des frischen, rohen Fisches, der serviert wurde, entsprach unseren Vorstellungen. Mein Freund jedoch schien den Aufenthalt zu genießen und dachte nicht im Traum daran, daß ich ihn absichtlich und nur aus dem einen Grund hierher gelockt hatte: um ihn zu ermorden.

Eines Tages führte ich ihn zu einer ziemlich weit vom Dorf entfernten Stelle, an der die Küste plötzlich in Klippen abfiel. Ich entledigte mich schnell meiner Kleider, stand da, bereit, in das unter mir liegende Wasser zu springen, und rief: «Das ist ein idealer Ort zum Tauchen!»

«Du hast recht!» erwiderte mein Freund. «Das ist ein wundervoller Platz zum Tauchen!» Und er begann sich auszuziehen.

Nachdem wir einen Moment am Rand des Abgrunds gestanden hatten, streckte ich die Arme über den Kopf und rief so laut ich konnte: «Eins, zwei, drei!» Im nächsten Augenblick sprang ich mit einem einigermaßen eleganten Hechtsprung ins Wasser. Sobald jedoch mein Kopf das Wasser berührt hatte, drehte ich meinen Körper aufwärts, so daß ich nur bis zu einer Tiefe von ungefähr eineinhalb Meter eintauchte. In dieser Tiefe schwamm ich eine Weile, bevor ich auftauchte. Der Sprung in dieses flache Wasser war für mich keine außergewöhnliche Leistung, weil ich diese Technik seit meinen Oberschultagen beherrschte. Als ich schließlich in einer Entfernung von ungefähr zehn Metern von der Küste den Kopf aus dem Meer streckte, wischte ich mir das Wasser aus dem Gesicht und rief, mit den Füßen Wasser tretend, meinen Freund.

«Komm rein», rief ich. «Du kannst so tief tauchen, wie du willst. An der Stelle triffst du nicht auf den Grund!»

Nichts ahnend nickte mein Freund, stellte sich an den Rand der Klippen und sprang hinein. Er schoß mit einem Platsch ins Wasser, tauchte aber beträchtliche Zeit nicht auf. Für mich war das natürlich nicht überraschend, da ich wußte, daß sich in einer Tiefe von ungefähr zweieinhalb Metern ein großer zackiger Felsen befand, den man von oberhalb der Klippen kaum erkennen konnte. Ich hatte diesen Abschnitt des Meeres zuvor erkundet, und alles hatte meinen Vorstellungen entsprochen.

Wie Sie vielleicht wissen, ist ein Taucher um so besser, je flacher er ins Wasser eintaucht. Mir als Könner war es gelungen aufzutauchen, ohne in Berührung mit dem gefährlichen Felsen zu kommen. Aber mein Freund, ein Anfänger, war so tief als möglich eingetaucht. Die Folge davon war nur natürlich – Tod durch Schädelbruch.

Nachdem ich einige Zeit gewartet hatte, tauchte er tatsächlich wie ein toter Thunfisch an der Oberfläche auf, hilflos den Wellen preisgegeben. Ich spielte vermeintlich die Rolle des Lebensretters, packte ihn und schleppte seinen dahintreibenden Leichnam zum Strand. Dann ließ ich ihn auf dem Sand liegen, rannte ins Dorf zurück und schlug Alarm. Sofort reagierten ein paar Fischer auf meinen Hilferuf, die sich zufällig nach einem anstrengenden morgendlichen Fischzug ausruhten, und begleiteten mich zum Strand. Die ganze Zeit aber wußte ich, daß für meinen Freund alle irdische Hilfe zu spät kam. Zusammengekrümmt, ganz so, wie ich ihn verlassen hatte, den Kopf aufgeschlagen wie eine Eierschale, lag er am Strand und bot einen wahrhaft erbarmungswürdigen Anblick. Schon beim ersten Blick schüttelten die Fischer den Kopf.

«Hier können wir nichts mehr tun», sagten sie. «Er ist bereits tot!»

In meinem ganzen Leben bin ich nur zweimal von der Polizei vernommen worden, und dies war eine der Gelegenheiten. Da ich der einzige Zeuge dieses «Unfalls» war, war es ganz normal, daß sie mich befragten. Weil aber bekannt war, daß das Opfer und ich enge Freunde waren, war ich schnell entlastet.

«Ganz offensichtlich», sagte der ahnungslose Polizist, «wußten Sie Stadtleute nichts von dem Felsen.» Und das Urteil des
Untersuchungsrichters lautete: «Tod durch Unfall.»

Ironischerweise kondolierten mir die Beamten, die mich von
jeglicher Schuld reingewaschen hatten.

«Es tut uns sehr leid, daß Sie Ihren Freund verloren haben»,
waren ihre Worte.

Innerlich kreischte ich vor Lachen.

Nun, wie gesagt, ich befürchte, wenn ich alle meine Morde
beschreiben sollte, würde ich kein Ende finden.

Doch die Uhr an der Wand erinnert mich, daß es spät geworden ist. So werde ich heute Abend meine Erzählung von meinen
heimlichen Morden mit nur noch einem Beispiel beschließen –
doch diesmal geht es um Massenmord.

Dieser Vorfall ereignete sich letzten Frühling. Vielleicht erinnern Sie sich sogar an die damaligen Zeitungsberichte, daß ein
Zug auf der Strecke Tokio–Karuizawa entgleiste und sich über-
schlug, was einer Menge Menschen das Leben kostete. Nun, das
ist die Katastrophe, auf die ich Bezug nehme.

Tatsächlich war dies der simpelste Trick von allen, obwohl es
beträchtliche Zeit in Anspruch nahm, einen geeigneten Platz zur
Durchführung meines Plans auszuwählen. Doch von Anfang an
glaubte ich, ihn auf der Strecke nach Karuizawa zu finden. Die
Bahngleise führen durch einsame Berge, eine ideale Voraussetzung für meinen Plan, und außerdem war die Strecke wegen re-
gelmäßiger Unfälle berüchtigt.

Schließlich entschied ich mich für einen Abgrund in der Nähe
des Bahnhofs von Kumano-Taira. Da in der Nähe des Bahnhofs
eine gute Kurquelle ist, quartierte ich mich in einem dortigen
Gasthaus ein und gab vor, ein langfristiger Gast zu sein, der täglich in den Mineralquellen badete. Nachdem ich ungefähr zehn
Tage den richtigen Augenblick abgewartet hatte, glaubte ich,
mich ohne Gefahr ans Werk machen zu können. So begab ich
mich eines Tages auf einen Spaziergang entlang eines Bergpfades
in dieser Gegend.

Nach ungefähr einer Stunde erreichte ich den Gipfel eines hohen Felsens, ein paar Meilen von meinem Gasthaus entfernt.

Hier wartete ich, bis die Dämmerung einfiel. Direkt unter dem Felsen machten die Gleise eine scharfe Kurve. Auf der anderen Seite der Gleise gähnte ein tiefer Abgrund, jenseits davon, in Dunstschwaden, verlief ein rasch dahineilender Fluß.

Nach einer Weile war die von mir festgesetzte Stunde Null gekommen. Obwohl niemand zu sehen war, gab ich vor zu stolpern und stieß einen großen Felsbrocken, der so dalag, daß man ihn nur den Felsen hinabrollen lassen mußte, direkt auf die Gleise. Ich hatte geplant, dies mehrmals mit anderen Felsbrocken zu wiederholen, falls nötig, aber mit freudiger Erregung sah ich, daß der Felsen auf eines der Gleise gefallen war, genau wohin ich wollte.

In einer halben Stunde sollte nach Fahrplan ein Zug in Richtung Stadt kommen. In der Dunkelheit und da der Felsen hinter der Kurve lag, würde der Lokführer unmöglich etwas bemerken. Nachdem ich auf diese Weise die Bühne für mein Verbrechen vorbereitet hatte, eilte ich zum Bahnhof von Kumano-Taira – ich wußte, ich würde über eine halbe Stunde für den Weg brauchen –, raste ins Büro des Stationsvorstehers und stieß hervor: «Etwas Schreckliches ist passiert!»

Alle Bahnbeamten sahen ängstlich aus und fragten, was ich meinte.

«Ich bin Badegast hier», sagte ich schwer atmend. «Gerade vorhin habe ich ungefähr vier Meilen von hier am Rand des Felsens über der Bahnstrecke einen Spaziergang gemacht. Zufällig bin ich gestolpert und habe einen Felsbrocken auf die Gleise hinuntergestoßen. Fast im selben Augenblick wurde mir bewußt, daß dadurch ein Zug entgleisen könnte. Verzweifelt suchte ich einen Weg zu der Stelle nach unten, um den Felsbrocken wegzuschieben, aber weil ich in dieser Gegend fremd bin, habe ich keinen gefunden. Ich wußte, daß kein Augenblick zu verlieren war, und bin so schnell die Beine mich trugen hierhergekommen, um Sie zu warnen. Sicherlich können Sie etwas unternehmen, um eine Katastrophe zu verhindern.»

Als ich geendet hatte, wurde der Stationsvorsteher bleich. «Das ist eine ernste Sache», keuchte er hervor. «Der Zug in Richtung Stadt ist gerade durch den Bahnhof gefahren. Er muß die Stelle bereits erreicht haben!» Das war natürlich genau, was ich erwartet hatte zu hören.

Plötzlich läutete das Telefon, aber bevor noch jemand den Hörer abhob, wußte ich, wie die Nachricht lauten würde. Ja, das Schlimmste war geschehen! Der Zug war entgleist, und zwei Wagen hatten sich überschlagen.

Kurz darauf wurde ich zur Einvernahme auf die Polizeistation des Dorfes gebracht. Aber meine Tat war erst nach langen und sorgfältigen Überlegungen ausgeführt worden, daher hatte ich alle Antworten parat. Nach der Befragung wurde ich entlassen. Ich wurde natürlich streng zurechtgewiesen, aber das war alles.

So war es mir bei diesem «Unfall» mit nur einem Felsbrocken gelungen, nicht weniger als siebzehn Leuten das Leben zu nehmen.

Meine Herren, die großartige Summe an Morden, die ich bis jetzt begangen habe, beläuft sich auf neunundneunzig. Doch statt zerknirscht zu sein, wurden mir die blutigen Szenarien nur langweilig. Heute habe ich nur einen Wunsch, die Hundert voll zu machen… indem ich mir selbst das Leben nehme.

Ja, Sie dürfen die Brauen gern runzeln, nachdem Sie von all meinen grausamen Taten gehört haben. Sicherlich hätte mich nicht einmal der Teufel persönlich an Schurkenhaftigkeit übertreffen können. Und dennoch beharre ich weiterhin darauf, daß all meine Niedertracht nur das Ergebnis unerträglicher Langeweile war. Ich tötete – aber nur um des Tötens willen! Ich hegte keinen Groll gegenüber meinen Opfern. Kurz, Mord war für mich eine Art Spiel. Halten Sie mich für verrückt? Für einen wahnsinnigen Totschläger? Natürlich tun Sie das. Aber mir ist das gleichgültig, denn ich glaube, mich in guter Gesellschaft zu befinden. Gleich und gleich gesellt sich gern…

Nach dieser zynischen und beleidigenden Feststellung beendete der Erzähler seine abstoßende Geschichte, dabei starrte er uns mit seinen schmalen, blutunterlaufenen Augen an.

Plötzlich begann auf der Oberfläche der Seidenvorhänge nahe der Tür etwas zu glitzern. Zuerst sah es aus wie eine Silbermünze, dann wie ein Vollmond, der aus den roten Drapierungen hervorlugte. Allmählich erkannte ich das geheimnisvolle Objekt als ein großes Silbertablett, das von einer Bediensteten gehalten wurde, die magisch, wie aus dem Nichts aufgetaucht war, um uns Getränke zu servieren. Einen flüchtigen Moment lang trat mir eine Szene aus *Salome* vor Augen, in der das tanzende Mädchen den gerade abgeschlagenen Kopf des Propheten auf einem Tablett trägt. Ich dachte sogar, daß nach dem Tablett ein glänzendes Damaszenerschwert oder wenigstens eine chinesische Hellebarde aus den Seidenvorhängen auftauchen würde. Allmählich gewöhnten sich meine Augen an die geisterhafte Erscheinung der Bediensteten und mir stockte der Atem vor Bewunderung, denn sie war wahrhaftig eine Schönheit! Ohne Erklärung bewegte sie sich anmutig zwischen uns sieben und begann, Getränke zu servieren.

Als ich ein Glas nahm, stellte ich fest, daß meine Hand zitterte. Was für ein fremder Zauber war das, grübelte ich. Wer war sie? Und woher war sie gekommen? Stammte sie aus einer Feenwelt, oder war sie eine der Gesellschafterinnen aus dem Restaurant unten?

Plötzlich begann Tanaka, in beiläufigem Ton zu sprechen, mit derselben Stimme, mit der er seine Geschichte vorgetragen hatte – aber was er sagte, verblüffte mich.

«Jetzt werde ich dich erschießen», waren seine Worte, nachdem er einen Revolver aus seiner Tasche gezogen hatte und ihn auf das Mädchen richtete.

Im nächsten Augenblick schien sich alles zu vermengen, unsere entsetzten Schreie, der Revolverschuß und der durchdringende Schrei des Mädchens. Wir sprangen auf und stürzten uns auf den Wahnsinnigen. Doch dann hielten wir unvermittelt inne. Denn dort, vor unseren Augen, war die Frau, die erschossen worden war, lebendig und gesund und sah uns verständnislos an. «Ha! ha! ha! ha!» brach Tanaka plötzlich in das Gelächter eines Wahnsinnigen aus. «Es ist bloß ein Spielzeug, nur ein Spielzeug. Ha, ha! Du hast dich ganz schön hochnehmen lassen, Hanako. Ha! Ha!…»

War der Revolver wirklich nur ein Spielzeug, fragte ich mich. Allem Anschein nach hatte er tatsächlich echt ausgesehen – Rauch kräuselte sich aus der Mündung.

«Sie haben mich ganz schön erschreckt!» rief die Bedienstete.
Sie versuchte ein Lachen, aber ihre Stimme klang hohl, und ihr
Gesicht war so weiß wie ein Reiskuchen.

Kurz darauf ging sie zögernd auf Tanaka zu und bat, die
Waffe ansehen zu dürfen. Tanaka willigte ein, und das Mädchen
betrachtete eingehend den Revolver.

«Oh, er sieht wirklich echt aus, nicht wahr?» rief sie. «Ich
hatte keine Ahnung, daß es nur ein Spielzeug war.» Spielerisch
richtete sie den sechsschüssigen Trommelrevolver auf Tanaka
und sagte: «Jetzt erschieße ich Sie, womit ich mich für die Ehre
bedanke.»

Sie bog den linken Arm ab, legte den Lauf des Revolvers auf
den Ellbogen und zielte heimtückisch lächelnd auf Tanakas
Brust. Statt Angst zu zeigen, lächelte Tanaka nur. «Nur zu, er-
schieß mich!» sagte er herausfordernd.

«Warum nicht?» gab das Mädchen lachend zurück.

Peng! Wieder schien die Explosion unser Trommelfell zu zer-
reißen.

Diesmal stand Tanaka auf, ging taumelnd ein paar Schritte
und fiel dann mit dumpfem Knall zu Boden. Zuerst lachten wir
nur, obwohl wir den Eindruck hatten, der Scherz sei etwas schal
geworden. Aber Tanaka blieb ausgestreckt am Boden liegen,
vollkommen ruhig und leblos, und uns wurde unbehaglich zu-
mute. War das wieder einer seiner Tricks? Es war schwer zu
sagen, denn alles erschien beunruhigend real.

Unwillkürlich knieten wir neben ihm nieder, obwohl wir nicht
genau wußten, was wir tun sollten.

Der Mann, der neben mir gesessen hatte, nahm den Kerzen-
leuchter vom Tisch und hielt ihn hoch. In dessen Licht sahen wir
Tanaka grotesk verrenkt mit verzerrtem Gesicht auf dem Boden
liegen. Im nächsten Augenblick ergriff uns schlimmster Schrek-
ken, als wir sahen, daß Blut aus seiner Brust strömte und auf dem
Boden eine Pfütze bildete.

Aus all diesen Anzeichen schlossen wir rasch, daß in der zweiten Kammer des Revolvers, den er als Spielzeug ausgegeben
hatte, eine echte Kugel gewesen war. Lange standen wir sprach-
los da.

Allmählich konnte ich wieder logisch denken. Hatte Tanaka dies alles von Anfang an für diesen Abend geplant? Hatte er tatsächlich seine Drohung wahrgemacht, sich schließlich das Leben zu nehmen, um die Zahl seiner Morde auf hundert aufzurunden? Aber warum hatte er die Rote Kammer als Schauplatz für seine letzte Tat gewählt? Hatte er das Verbrechen absichtlich der Bediensteten zugeschoben? Aber sie war sicherlich schuldlos, denn sie hatte nicht gewußt, daß die Pistole echt war, als sie ihn erschoß.

Plötzlich ging mir ein Licht auf. Tanakas geliebte Trickkiste! Ja, das war es! Wie bei all seinen anderen Verbrechen hatte er die Bedienstete benutzt, um ihn zu ermorden, und dennoch sichergestellt, daß sie nicht bestraft werden würde. Natürlich würde sie mit uns sechs als Zeugen freigesprochen werden. Ich kam zu dem Schluß, daß ich mich nicht irren konnte. Der «Super-Mörder» hatte ein letztes Mal getötet. Alle die anderen Männer schienen in tiefe Gedanken versunken zu sein. Deutlich konnte ich erkennen, daß sie dasselbe dachten wie ich.

Eine unheimliche Stille fiel über die Versammlung. Die Bedienstete, die ungewollt zur Mörderin geworden war, saß am Boden und weinte hysterisch neben dem Körper ihres Opfers. Die Tragödie, die sich in der kerzenerleuchteten Roten Kammer zugetragen hatte, schien in jeder Hinsicht zu phantastisch, um wirklich zu sein.

Plötzlich übertönte eine seltsame Stimme das laute Schluchzen der Bediensteten. Ein kalter Schauer lief mir über den Rücken, ich warf einen verstohlenen Blick auf Tanaka, und diesmal wäre ich fast ohnmächtig geworden. Langsam rappelte sich der «tote Mann» auf die Füße…

Die Spannung des folgenden Moments durchbrach der «Leichnam», indem er lauthals zu lachen begann, wobei er sich die Seiten hielt, damit er nicht platzte. Dann wandte er sich an uns und sagte höhnisch: «Sie sind tatsächlich ein naives Publikum!»

Kaum hatte er gesprochen, als eine neue Überraschung unserer harrte. Auch die Bedienstete, die schluchzend am Boden saß, erhob sich und schüttelte sich in krampfhaftem Gelächter. Die

Augen reibend, blickten wir automatenhaft wie Roboter wieder auf Tanaka.

«Was – was ist geschehen?» fragte ich einfältig. «Sind wir verhext?»

Tanaka erwiderte: «Sehen Sie her.» Immer noch schmunzelnd, zeigte er uns eine undefinierbare rötliche Masse in seiner Handfläche und forderte uns auf, sie zu untersuchen. «Ein kleiner Beutel aus einer Kuhblase gefertigt», erklärte er. «Er enthielt Tomatenketchup und war unter meinem Hemd befestigt. Nachdem das Mädchen die Platzpatrone abgefeuert hatte, drückte ich auf den Beutel und gab vor zu bluten... Und nun ein weiteres Geständnis. Die ganze Lebensgeschichte, die ich heute abend erzählt habe, war von Anfang bis Ende nichts als Erfindung. Aber Sie müssen zugeben, ich war ein ziemlich guter Schauspieler. Sehen Sie, meine Herren, nachdem man mir gesagt hatte, sie alle litten unter Langeweile, wollte ich Ihnen bloß etwas Abwechslung bieten...»

Nachdem Tanaka all seine Tricks aufgeklärt hatte, drückte die Bedienstete, die als seine Komplizin gedient hatte, auf den Wandschalter. Ohne Vorwarnung standen wir plötzlich zusammengedrängt in gleißendem Licht mitten im Raum und blinzelten uns verständnislos an. Zum erstenmal, seit ich mich der Gruppe angeschlossen hatte, fiel mir auf, wie künstlich alles in dem angeblich geheimnisvollen Raum aussah. Und daß wir nichts anderes waren als ein Verein von Narren...

Kurz nachdem uns Tanaka und die Bedienstete gute Nacht gewünscht hatten, hielten wir ein weiteres Treffen ab. Diesmal wurden keine Geschichten erzählt. Statt dessen beschlossen wir einstimmig, uns aufzulösen.

Deutsch von Angelika Felenda

Seiichi Morimura
Ein richtig kleiner Teufel

Seiichi Morimura (1939) erhielt 1969 den Edogawa-Rampo-Preis
für seine Story mit dem Titel «A Dead Angle of a Skyscraper». Morimura schreibt so schnell, daß seine große Lesergemeinde Schwierigkeiten hat, Schritt zu halten. Wie eine Lawine verschütten uns seine
Romane und Kurzgeschichten. Morimura widmete sich zunächst
dem Detektiv-Genre mit rätselhaften Verbrechen, später interes-
sierte er sich für die Themen Neurose und Psychotherapie. Die in
diesem Band enthaltene Geschichte ist eine Studie über einen sehr
jungen und sehr *cleveren* Übeltäter.

1

Auf dem Rückweg vom Supermarkt wurde Makiko Sagara Zeugin eines erschreckenden Vorfalls. Normalerweise erledigte das Hausmädchen die Einkäufe, aber weil es seine freien Tage hatte, beschloß Makiko, zum erstenmal seit geraumer Zeit selbst zum Laden zu gehen.

Auf dem Nachhauseweg mußte sie eine zweispurige Straße überqueren. Obwohl der Weg durch eine Wohngegend führte, traten an dieser Stelle – verführt durch den guten Straßenbelag – viele Autofahrer aufs Gaspedal. Ein Stück weiter vorn auf dem Fußweg bemerkte Makiko eine Gruppe von fünf oder sechs Grundschulkindern.

So alt wie unser Masao, dachte Makiko. Während sie auf die Gruppe zulief, verglich sie im Geiste diese Kinder mit ihrem eigenen kleinen Sohn. Ein Auto fuhr an ihr vorbei und näherte sich rasch den Kindern. Als es mit ihnen fast auf einer Höhe war, schoß plötzlich eines der Kinder vor dem Wagen auf die Straße.

«Paß auf!» schrie Makiko und schloß die Augen.

Der Fahrer bremste scharf, die Reifen quietschten.

«Was tust du?» brüllte der Fahrer. «Willst du totgefahren werden?»

Dem Kind scheint jedenfalls nichts passiert zu sein, dachte Makiko, als sie vorsichtig die Augen wieder öffnete. Der kleine Junge, der vor das Auto gelaufen war, stand sicher auf der anderen Straßenseite und grinste schüchtern.

Der Fahrer, der sah, daß er es mit Kindern zu tun hatte und daß Schimpfen nichts nützen würde, fuhr wieder an.

Makikos Herz schlug immer noch heftig, als sie sich den Kindern zuwandte: «Ihr wißt doch wohl, daß ihr nicht auf der Straße spielen dürft?»

Eine Stimme aus der Kindergruppe rief: «Oh, Sie sind doch Masaos Mutter!»

Makiko schaute genauer hin und erkannte Soichi Ono, einen von Masaos Klassenkameraden; über ihn hatte sie unschöne Gerüchte gehört.

«Ah, Soichi Ono – richtig?»

«Ich möchte wetten, Sie waren überrascht.»

«Natürlich. Ich dachte, mein Herz bleibt stehen.»

«Das Spiel heißt Straße-Überqueren. Alle spielen es.»

«Straße-Überqueren?»

«Ja. Man wartet, bis ein Auto ganz nah herangekommen ist. Dann springt man davor und rennt über die Straße. Der, der am nächsten dran ist, hat gewonnen. Tanaka ist wirklich erst losgerannt, als das Auto schon fast da war. Alle haben ihn Feigling genannt, weil er nicht mitspielen wollte. Jetzt hat er's uns aber gezeigt. Na ja – ich finde, das kann man von einer Sportskanone auch erwarten. Er kann, wenn er will.»

Der kleine Tanaka war im Sport besonders gut.

«Ich kann es nicht glauben.» Das war zuviel für Makiko; sie war bestürzt. Dann überkam sie die Furcht von neuem, als sie darüber nachdachte, ob ihr eigener Sohn sich möglicherweise auch an dem gefährlichen Spiel beteiligte.

«Ihr dürft das nie wieder tun. Es ist entsetzlich. Niemand ist ein Feigling, wenn er dabei nicht mitmacht. Wenn ihr nicht aufhört, werde ich es eurem Lehrer sagen –»

«Warum regen Sie sich so auf? Wir wollen doch nur rausfinden, wie mutig wir sind.»

Soichi Ono bedachte Makiko mit einem unfreundlichen Blick. Der kräftige kleine Junge war als der Faxenmacher und Unruhestifter seiner Klasse bekannt. Sein Vater arbeitete als Wächter in der Firma, deren Präsident Makikos Mann war.

«Auf diese Weise kann man Mut bestimmt nicht testen. Du tust, was ich sage, oder ich gehe zu deinem Vater.»

Soichis Gesicht verlor seinen frechen Ausdruck. Offenbar hatte er Angst vor seinem Vater.

«Mama? Was ist denn passiert?»

Makiko erkannte die Stimme und drehte sich um. Hinter ihr stand ihr Sohn Masao und lächelte. Er war auf dem Heimweg vom Klavierunterricht, mit dem er kürzlich begonnen hatte. Im Gegensatz zu Soichi Ono war Masao ein lernbegieriger Junge und gehörte zu den Besten der Klasse. In der Grundschule genossen gute Schüler ein hohes Ansehen. Sogar ein kleiner Rabauke wie Soichi schien sofort vor Masao zu kapitulieren.

In seiner rechten Hand trug Masao ein ziemlich großes Paket, mit der linken stützte er eine gebeugte alte Dame.

«Masao, wer ist das?» fragte Makiko und betrachtete die alte Frau mißtrauisch.

«Oh, sind Sie die Mutter dieses wohlerzogenen jungen Mannes? Ich wollte zu einem Haus hier in der Nähe und fragte ihn nach dem Weg. Er bot an, mich hinzuführen, weil er selbst in die Richtung mußte. Das nette Kerlchen hat den ganzen Weg über mein Paket getragen. Ein reizender kleiner Junge.» Auf dem Gesicht der alten Frau breitete sich ein dankbares Lächeln aus. Sie verneigte sich anerkennend.

«Selbstverständlich, vielen Dank. Ich freue mich, daß er eine Hilfe gewesen ist.» Makiko war stolz, besonders nachdem sie gerade das Kind eines anderen für sein schlechtes Verhalten ausgeschimpft hatte. Mein Sohn ist anders, sagte sie zu sich selbst.

Wirklich, Makiko platzte geradezu vor Stolz. Allerdings bedauerte sie es ein wenig, daß die gute Tat ihres Sohnes sich hier abspielte, wo niemand sie sehen und anerkennen konnte. Sie wünschte, sein Lehrer wäre gerade zufällig vorbeigekommen. Eigentlich wollte sie diesen ungezogenen kleinen Kindern sagen, daß sie sich ein Beispiel an ihrem Sohn nehmen sollten, unterdrückte dann aber den Wunsch.

Bevor sie endgültig weiterging, drehte sie sich aber doch noch einmal zu den Kindern um: «Hört mal. Laßt euch nicht noch mal dabei erwischen, wie ihr dieses Spiel spielt.» Damit verabschiedete sie sich von der alten Dame und machte sich mit Masao auf den Heimweg.

«Was war denn los, Mama?» fragte der Junge.

«Gerade als ich vorbeikam, spielten Ono und die anderen Straße-Überqueren. Masao, du machst dabei doch nicht mit, oder?»

«Oh, Mama – wirklich. Ich habe mir schon gedacht, daß sie das spielen. Dabei hat der Lehrer es ihnen ausdrücklich verboten. O.k., morgen melde ich sie dem Klassenkomitee.»

«Aber wenn du das tust – werden Ono und die anderen nicht versuchen, es dir heimzuzahlen?»

Makiko machte sich Sorgen. Dieser Ono hatte etwas Heimtückisches, Gerissenes an sich, etwas Unkindliches. Die Unverschämtheit, mit der er sie angeguckt hatte, als sie mit ihm schimpfte – das war nicht der Ausdruck gewesen, den man normalerweise auf dem Gesicht eines Viertkläßlers findet. Wenn ein so schrecklicher kleiner Junge wie dieser einen Groll gegen Masao hegte, gegen ihr eigenes Kind, das sie vor allem zu beschützen versuchte, konnte man nicht wissen, was noch alles passieren würde.

Die Welt der Kinder war grausam, grausamer als die der Erwachsenen. Die Grausamkeit eines Kindes trat ganz offen zutage. Kinder schlossen die schwachen Mitglieder ihrer Gruppe aus und schikanierten sie. Einmal gefaßte Vorurteile und die Neigung, andere auszusondern, erhöhten noch den Reiz des Spiels. Die Regeln der Kinderwelt waren weit strikter und alles beherrschender als die Regeln der Erwachsenenwelt. Wie sehr ein Kind auch von den anderen geärgert und gequält wurde, es durfte unter keinen Umständen damit zu den Eltern oder zum Lehrer laufen. Wer petzte, wurde streng bestraft. Erwachsene wurden wenigstens nur gelegentlich durch irgendeine Schändlichkeit bedroht, im Leben der Kinder war diese Bedrohung dagegen geradezu allgegenwärtig.

Makiko glaubte nicht, daß irgend jemand Masao einschüchtern oder quälen würde. Aber in diesem Fall ging die Gefahr von Soichi Ono aus, und der konnte nicht nach dem Maßstab beurteilt werden, der für andere Kinder galt.

«Ach Mama, mach dir nicht so viele Gedanken», sagte Masao lachend.

«Aber – dieser Ono ist ein richtiger kleiner Teufel.»

«Es gibt keinen Grund, dabeizustehen und zuzugucken, wie er dummes Zeug macht. Egal wie stark er ist, wenn man tapfer ist, läßt man keinen anderen etwas tun, was er nicht tun sollte. Stimmt doch, oder?»

«Ja, du hast recht. Das versteht man unter wirklicher Tapferkeit.»

Natürlich, das zeichnete den wahren Mut aus. Es war
etwas anderes als das wüste Straße-Überqueren. Ihr Junge
war wirklich mutig. Makiko fühlte ihre Liebe zu ihm plötzlich so stark, daß sie den Wunsch verspürte, ihn an sich zu
drücken, hier und jetzt.

2

Der erste Vorfall, bei dem Soichi Ono unangenehm aufgefallen
war, hatte sich etwa sechs Monate früher zugetragen. Hitomi
Sagawa, eine Klassenkameradin von Masao und Soichi, beobachtete, wie Soichi einige kleinere Schulkinder ärgerte, und sagte
es dem Lehrer. Soichi stritt sofort alles ab, und ein paar Tage
vergingen ohne weitere Zwischenfälle.

Dann verschwand eines Tages Tommy, Hitomi Sagawas Kater. Bis zum Dunkelwerden suchte Hitomi überall nach ihm,
aber Tommy kam nicht nach Hause. Am nächsten Morgen trug
eine Hausfrau aus einem benachbarten Appartement ihren Abfall zur Verbrennungsanlage. Dort angekommen bemerkte sie,
daß eine Pappschachtel in den Ofen hineingestopft worden war.

Die Frau runzelte die Stirn. Jeder, der die Anlage benutzte,
sollte sich vergewissern, daß sein Abfall vollständig verbrannt
war. Es gab außerdem in dem Wohnblock eine Vorschrift, daß
nachts kein Müll verbrannt werden durfte. Einige gedankenlose
Leute warfen, wenn sie zu spät dran waren, einfach etwas in den
Ofen und kümmerten sich dann nicht mehr darum. Dies bedeutete eine Menge Ärger für den nächsten, der die Verbrennungsanlage benutzen wollte.

Weil sie den Schuldigen sowieso nicht ausfindig machen
konnte, beschloß die Hausfrau grummelnd, den zurückgelasse-
nen Abfall zusammen mit ihrem eigenen zu verbrennen. Sie zündete das Feuer an. Es war nur Papier im Ofen, und die Flammen
loderten rasch auf.

Als sie die Ofentür geschlossen hatte und gerade weggehen
wollte, hörte die Frau einen grauenvollen Schrei. Irgend etwas in

der Brennkammer kämpfte verzweifelt. Sie war entsetzt. Sich vorzustellen, daß jemand dort drinnen sein könnte!

Das Springen und Kreischen hielt an, aber jetzt wurde ganz deutlich, daß kein menschliches Wesen, sondern irgendein Tier dort drinnen lebendig verbrannt wurde. Das Papier im Ofen stand in hellen Flammen, und es gab nichts, was die Frau hätte tun können.

Als das Feuer heruntergebrannt war, holte sie einige Nachbarinnen herbei. Langsam öffneten sie die Tür. Der Gestank von verbranntem Fleisch, der ihnen aus dem Ofen entgegenkam, rief bei einigen der Frauen eine solche Übelkeit hervor, daß sie fortliefen.

Drinnen fanden sie den verkohlten Körper einer Katze. Weil das Brennmaterial nicht ausgereicht hatte, war der Kadaver nicht vollständig zerstört. Anhand der grauenhaft entstellten Überreste konnte Tommy identifiziert werden.

Eine der Frauen erinnerte sich, daß sie am Abend zuvor Soichi Ono bei der Verbrennungsanlage hatte herumlungern sehen. Zweifellos hatte er die Katze in die Schachtel gesteckt, diese zugebunden, damit Tommy nicht entwischen konnte, und ihn dann in den Ofen gestopft, wo er erbärmlich umkommen mußte.

Soichi wies den Vorwurf kurzangebunden zurück: «Darüber weiß ich nichts.»

«Wenn du wirklich die Wahrheit sagst, sieh mir gerade in die Augen.» Der Lehrer, der ihn befragte, war verwirrt.

Ohne ein Zeichen von Furcht schaute Soichi ihm direkt ins Gesicht. Der Lehrer guckte schließlich als erster weg.

Makiko rief sich den Vorfall ins Gedächtnis zurück.

«Masao? Ist heute in der Schule irgend etwas gewesen zwischen Soichi und dem kleinen Tanaka?»

«Ono und Tanaka?»

«Ja. Vielleicht war es nicht heute. Aber in den letzten paar Tagen haben sie Streit gehabt oder irgendwas?»

«Na ja, jetzt wo du es sagst...»

Masao schien etwas eingefallen zu sein.

«Was ist es?»

«Ono war dran mit Saubermachen, aber er hat seine Aufgabe nicht erledigt. Tanaka hat ihn beim Lehrer verpetzt. Der Lehrer hat Ono ganz schön zusammengestaucht.»

«Ich habe doch gewußt, daß da irgendwas war.»

«Was meinst du damit?»

«Nichts. Aber spiel ja nicht mehr mit diesem Ono.»

«Na gut. Er ist sowieso nicht in meiner Gruppe.»

«Auch wenn er in deine Gruppe wechseln sollte, spiel bloß nicht mit ihm.»

«Aber warum, Mama?»

«Kümmer dich nicht um das Warum. Tu einfach, was Mama dir sagt.»

«In Ordnung. Aber du bist komisch heute.»

«Und sag nichts davon zu Ono.»

Makiko machte sich Gedanken. Was für ein schreckliches Kind dieser Soichi Ono war. Er hatte ganz bequem darüber hinweggesehen, daß er selbst der Schuldige war, weil er seine Arbeit vernachlässigte, und hatte dann diesen gefährlichen und hinterlistigen Weg gewählt, um sich an dem Jungen zu rächen, der ihn beim Lehrer angeschwärzt hatte. Glücklicherweise war dem kleinen Tanaka nichts passiert. Aber wenn er von dem Auto erfaßt worden wäre, hätte das ein geschickt arrangierter Mord sein können. Schlimmer noch, der Mörder wäre ein Viertkläßler gewesen. Auch wenn es um Mord ging, ein Kind dieses Alters konnte für seine Taten nicht zur Verantwortung gezogen werden. Hatte Ono all dies einkalkuliert? Dann mußte man sich wirklich vor ihm fürchten.

Am Abend, als Masao schon im Bett lag, brachte Makiko ihrem Mann gegenüber wie zufällig das Gespräch auf Soichi Onos Vater.

«Ono? Er ist verläßlich und verantwortungsbewußt. Arbeitet hart. Warum fragst du?»

Makiko berichtete ihm von Soichi Ono.

«Er scheint ein schwieriges Kind zu sein, wirklich. Aber vergiß nicht, Kinder können sehr grausam sein. Als ich klein war, habe ich oft Frösche und Eidechsen zerlegt. Nimm es nicht zu ernst. Das verwächst sich.»

«Aber das ist etwas anderes, Frösche und Eidechsen töten. Dieser Junge hätte leicht zum Mörder werden können.»

«Nun übertreib mal nicht», sagte Sagara. «Du mußt auch daran denken, daß der Unfall und die Behinderung seines Vaters die Entwicklung des Jungen ganz sicher beeinträchtigt haben.»

Sagara trank in kleinen Schlucken seinen Tee, während er Makiko sanft tadelte.

Soichi Onos Vater war Taxifahrer gewesen. Ein unachtsamer Autofahrer hatte seinen Wagen gerammt. Ono wurde so schwer verletzt, daß er beide Beine nicht mehr gebrauchen konnte. Sagara hatte Mitleid mit ihm gehabt und ihn als Wächter in seiner Firma angestellt. Natürlich beschäftigte das Unternehmen professionelle Wachmänner für die Gebäudesicherheit. Onos Arbeit bestand darin, daß er einfache Kontrollen ausführte und als eine Art Auskunft fungierte. Wenn Sagara ihm den Job nicht gegeben hätte, wären Ono und seine ganze Familie obdachlos und ohne Einkommen gewesen. Ono war sich bewußt, wieviel er Sagara verdankte, und arbeitete so gut, wie er nur irgend konnte.

«Sorge dich nicht so sehr um anderer Leute Kinder», sagte Sagara. «Denk lieber an Masao.»

«Mit Masao ist alles in Ordnung. Wirklich, manchmal mache ich mir schon Gedanken, weil er zu gut ist.»

Makiko berichtete ihrem Mann von Masao und der alten Frau.

«So, so.» Sagara nickte und grinste zufrieden. Obwohl er als gewiefter Geschäftsmann bekannt war, wurde er doch vollkommen weich, wenn es um sein einziges Kind ging.

Makiko dachte plötzlich an etwas anderes, etwas, das sie durcheinanderbrachte. Es hatte nichts mit Masao zu tun oder mit Soichi Ono, aber sie fühlte sich irgendwie schuldig, als sie Sagara wie durch einen Schleier beobachtete.

Sagara war ihr Mann… Daran mußte sie denken… Und Masao war ihr beider Kind.

3

Hiroshi Naitos tropische Fische waren eine Berühmtheit. Er hielt
sie in einem großen Becken bei sich zu Hause. Er besaß Segelflos-
ser, Guppies, Schwarze Tetras und Sumatras – die Fischarten,
die Anfänger für gewöhnlich hatten. Sein Aquarium war mit
einer thermostatgesteuerten Heizung, einer Sauerstoffpumpe
und Filtern ausgestattet; außerdem gab es verschiedene Arten
von farbenprächtigen Unterwasserpflanzen. Hiroshi verab-
reichte seinen Haustieren eine ausgewogene Nahrung, die aus
Lebendfutter und Trockenkost bestand. Er beschäftigte sich
ernsthafter mit seinem Hobby, als für einen Grundschüler zu
erwarten gewesen wäre.

In seiner Klasse stand ein Bassin mit Segelflossern und Guppies, die er in die Schule mitgebracht hatte. Reihum wurde eines
der Kinder zum Fischwärter bestimmt, der die Tiere füttern
durfte. Hiroshi Naito kümmerte sich am gewissenhaftesten um
sie. Das Fischfutter war gewöhnlich eine von Hiroshi zusam-
mengestellte Komposition.

In der letzten Zeit war eine unerwartete Entwicklung eingetreten. Die tropischen Fische schienen das Futter, das Soichi Ono
ihnen gab, demjenigen vorzuziehen, das Hiroshi bereithielt.
Onos Futter unterschied sich von den Fertigmischungen, die es
zu kaufen gab, er stellte es nach einem eigenen Rezept zusammen. Seit die Fische Onos Futter fraßen, waren sie deutlich ge-
wachsen.

Die Kinder in der Klasse begannen ihre Meinung über Ono zu
ändern. Bisher hatte er entschieden einen schlechten Ruf gehabt.
Kinder waren kleine Erwachsene. Das Ansehen eines Kindes unter seinen Klassenkameraden wurde mehr von seinen Noten bestimmt als von seiner körperlichen Stärke. Ein rauhbeiniges
Kind, das stark war und prahlerisch auftrat, in seinen schuli-
schen Leistungen aber am unteren Ende der Gruppe rangierte,
wurde verachtet und ausgeschlossen.

In Onos Klasse waren mehrere Kinder anerkannte Autoritä-
ten auf ihren Spezialgebieten. Eines war der Meister im Hand-
stand. Ein anderes wußte am meisten über Tiere. Eines war ein

Experte für Käfer. Wieder ein anderes war ein außergewöhnlich guter Läufer. Hiroshi Naito war unzweifelhaft die Autorität auf dem Gebiet der tropischen Fische. Dank seiner Kenntnisse hatte er den Spitznamen Doktor Fisch erhalten. Seit Ono aber eine offensichtlich bessere Fischfuttermischung entdeckt hatte, begann er Hiroshi diesen Titel streitig zu machen.

Hiroshi legte sich mächtig ins Zeug, um seine Position zu behaupten, aber welche neue Mixtur er sich auch ausdachte, zur Fütterungszeit scharten sich die Fische regelmäßig um Onos Rezeptur. Diese Fische waren aufrichtig: Sie zeigten ihre Vorliebe mit einer Offenheit, die an Grausamkeit grenzte.

«Mensch! Das ist wirklich mal was, Ono.»

«Wie hast du das Futter bloß so hingekriegt?»

«Zeig es mir doch mal!»

«Ich wußte nicht, daß Ono so ein prima Fischfutter machen kann.»

«Von jetzt an ist Ono Doktor Fisch.»

So wie er früher der Ausgestoßene gewesen war, wurde Ono nun der Beliebteste in der ganzen Klasse. Hiroshi Naito konnte nichts dagegen tun. Er stand abseits und mußte zusehen, wie seine eigene Position sich allmählich in die eines gewesenen Stars verwandelte. Für einen Doktor Fisch war dies der Abgrund der Erniedrigung.

Einige Tage später hörte Hiroshi Naito auf dem Nachhauseweg von der Schule, wie ihn Soichi Ono rief. Ihre Häuser lagen in verschiedenen Richtungen, und sie trafen sich sonst nie auf dem Schulweg. Offenbar war Ono ihm gefolgt.

«Naito. Kann ich dich einen Moment sprechen?»

Soichi schaute erst einmal in die Runde, um sicher zu sein, daß keiner ihrer Mitschüler in der Nähe war, bevor er dies sagte.

«Was willst du denn?»

Hiroshi fürchtete sich ein bißchen. Er mochte Soichi nicht. Nicht nur, weil Soichi in letzter Zeit in das Gebiet der tropischen Fische eingedrungen war. Soichi versuchte immer, mit brutalen Mitteln zum Ziel zu kommen: ein Tritt, ein Karateschlag. Für Hiroshi war das eine unzivilisierte Art, sich zu benehmen. In der Grundschule war kein Platz für Gewalt. Kinder, die sich auf

diese Weise durchzusetzen versuchten, wurden mit einer Art
scheuer Furcht betrachtet, als ob sie Tiere wären.

Ono sprach in einem seltsamen, schmeichlerischen Tonfall.

«Was würdest du davon halten, wenn ich dir das Goldfisch-
futter gebe, das ich zusammengemixt habe?»

Hiroshi war verblüfft und starrte Soichi an.

«Weißt du, um die Wahrheit zu sagen», erklärte Soichi, «ich
bin nicht wirklich an Goldfischen interessiert, an tropischen Fischen, meine ich. Ich habe das Futter sowieso nicht hergestellt.
Ein Bekannter, ein früherer Nachbar, hat es für mich gemacht.
Ich weiß nicht, wie man es zusammenstellt. Jetzt ist er weggezo-
gen, und es wird kein Fischfutter mehr geben. Bevor mein Vorrat
zu Ende ist, dachte ich, daß ich dir den Rest geben könnte. Schau,
ich habe ihn mitgebracht. Du bist Doktor Fisch – du kannst bestimmt noch mehr davon machen.»

Soichi hielt eine Plastiktüte mit Fischfutter hoch.

«Du willst es mir wirklich geben?»

All das kam so plötzlich, daß Hiroshi Soichi halb glaubte und
ihm halb mißtraute. In manchen Momenten hatte er darüber
nachgedacht, ob er Soichi bitten sollte, das Fischfutter mit ihm
zu teilen, aber sein Stolz hatte das nicht zugelassen. Fragen hätte
bedeutet, daß er seine Autorität als Doktor Fisch aufgegeben
hätte. Das wäre einer totalen Niederlage gleichgekommen. Aber
nun stand Soichi hier und bot ihm das Futter an. Hiroshi wurde
unruhig. Vielleicht stellte Soichi ihm eine Falle.

«Wag es nicht, irgend jemandem davon zu erzählen. Ich
würde ganz schön dumm dastehen, wenn die anderen herausfän-
den, daß ich es gar nicht selbst gemacht habe.»

Soichis Tonfall wurde heftig. Diese Veränderung brachte Hiroshi zu der Überzeugung, daß Soichi nun wirklich er selbst war.
Seine Unruhe zerstreute sich. Hiroshi würde weit lächerlicher
dastehen als Soichi, wenn die Transaktion in der Klasse bekannt
würde. Indem er sich zum Schweigen verpflichtete, handelte Soichi geradezu in Hiroshis eigenem Interesse.

«Ich weiß nicht, ob ich das annehmen kann.»

«Nun mach schon. Ich steh nicht mehr auf Goldfische.» Soichi hob die Hand. «Na, bis bald dann.»

«Tschüß. Und – danke.»

Hiroshi war von Hochstimmung erfüllt, als er nach Hause ging. Seine Autorität als Doktor Fisch war gesichert. Der plötzliche Eindringling in seine Sphäre hatte das Interesse verloren und machte sich davon. Jetzt konnte er herausfinden, was das Besondere an Onos Futter war, und er konnte eine noch bessere Mischung herstellen, die jeden verblüffen würde. Der Gedanke machte ihn glücklich. Das Unglück folgte am nächsten Tag.

«Hiroshi! Komm schnell! All deine Fische treiben im Aquarium.»

Hiroshi lag noch im Bett, als die schrille Stimme seiner Mutter ihn aufschreckte. Er sprang auf den Fußboden und flitzte zum Fischbecken.

Seine liebevoll umhegten tropischen Fische trieben mit dem Bauch nach oben an der Wasseroberfläche. Sie waren alle tot.

«Mama –», brachte er mit tränenerstickter Stimme heraus, «was ist passiert?»

«Ich weiß nicht. Hast du ihnen gestern abend etwas Schlechtes zu essen gegeben?» Die Stimme seiner Mutter zitterte.

Der Thermostat und die Sauerstoffpumpe arbeiteten normal.

«Nein. Nur das normale Futter…»

Hiroshi hielt mitten im Satz inne. Gewöhnlich fütterte er die Fische dreimal am Tag; er gab ihnen immer nur so viel, wie sie innerhalb von zehn Minuten fressen konnten. Gestern abend bei der letzten Fütterung hatte er Soichi Onos Fischfutter benutzt. «Etwas Schlechtes konnte nur das Futter sein. Aber die Fische in der Schule hatten dasselbe Futter gefressen und waren dabei hervorragend gediehen. War es wirklich dasselbe, das Ono ihm gegeben hatte? Weil Onos Worte überzeugend geklungen hatten, hatte Hiroshi ihm geglaubt und das Geschenk akzeptiert. Was wäre, wenn Ono Gift in das Futter gemischt hätte. Es war erschreckend. Warum sollte Ono so etwas tun?

Plötzlich fiel ihm etwas ein. Ono hatte Hiroshi einmal gebeten, ihm sein Buch über Monster zu leihen. Das Buch war eine Kostbarkeit; es enthielt alles über die alten bekannten Monster wie Godzilla und Angilas, aber auch über die neuen wie Ultraman, Mirrorman und den Maskierten Reiter. In dem Buch wa-

ren ihre Größe, ihr Gewicht, ihre Geburtsdaten, Waffen und Fa-
miliengeschichten angegeben. Sämtliche Kinder, die er kannte,
würden sich ein Bein ausreißen, um in den Besitz des Buches zu
gelangen, aber es wurde nicht mehr gedruckt. Die einzige Möglichkeit, noch ein Exemplar zu ergattern, bestand darin, daß
man in Antiquariaten herumstöberte. Hiroshi fürchtete, daß er,
wenn er Ono das Buch leihen würde, Schwierigkeiten damit haben könnte, es zurückzubekommen. Er hatte gehört, wie sich
andere Klassenkameraden darüber beklagten, daß Ono Dinge
auslieh und sie nie zurückgab. Hiroshi hatte keine Lust, seinen
Schatz an einen so gefährlichen Typen zu verleihen. Er wies
Onos Wunsch zurück. Das könnte Ono so wütend gemacht haben, daß er sich diese schreckliche Rache ausgedacht hatte.

Für Ono hatte kein Anlaß dazu bestanden, ihm das Fischfutter
zu geben; er hätte anbieten sollen, es gegen das Monster-Buch
einzutauschen. Hiroshi hätte den üblen Trick vielleicht durch-
schauen können, aber jetzt war es zu spät. All seine wertvollen
Fische waren tot.

Hiroshi stampfte mit den Füßen auf den Boden und schrie:
«Ono, du Ratte! Du dreckiger Mistkerl – ich wünschte, du würdest tot umfallen!»

«Ono?» fragte Hiroshis Mutter. «Was hat er denn damit zu
tun?»

Hiroshi erzählte ihr alles. Sie beschloß sofort, daß der Fall
nicht ruhen dürfe. Das war zu bösartig, um noch als Kinder-
streich durchgehen zu können.

Sie berichtete ihrem Mann, der gerade aufgestanden war, von
dem Vorfall.

«Wir müssen etwas unternehmen», sagte sie.

Hiroshis Vater behielt in dieser Situation die Übersicht. Er
wandte sich an seinen Sohn. «Hast du noch was von dem Futter,
das du von Ono bekommen hast?»

Der Vater nahm den Beweis mit in die Schule. Die Lehrer und
die anderen Mitarbeiter waren überrascht. Obwohl er die Wahr-
scheinlichkeit eines solchen Anschlags ernsthaft bezweifelte,
analysierte der Naturkundelehrer das Fischfutter. Er entdeckte
Spuren eines organischen Phosphats, einer schwach giftigen

Substanz, wie sie in Insektenvertilgungsmitteln verwendet wurde. Er erklärte, daß diese wahrscheinlich ausreichte, um empfindliche tropische Fische zu töten.

Die Schulleitung befaßte sich nun eingehender mit der Angelegenheit. Absichtlich Insektizide ins Fischfutter zu mischen, um die Lieblingstiere eines Klassenkameraden zu töten, das war ein allzu ausgeklügelter Plan für einen normalen Grundschüler. Noch bedenklicher war aber, daß auch ein Mensch das Gift hätte einnehmen können, weil manche Leute die Gewohnheit hatten, das Futter selbst zu probieren, bevor sie es den Tieren gaben. Der Direktor, der Verwaltungsleiter und der Klassenlehrer zitierten Ono zu sich und unterzogen ihn einem Verhör. Ungerührt stritt er alles ab.

«Ich habe Naito nie irgendwelches Fischfutter gegeben», erklärte er. «Er ist eifersüchtig, weil mein Futter besser ist als seins. Deswegen verbreitet er Lügen über mich.»

Ono bestand darauf, die Wahrheit gesagt zu haben. Weil es keinen Zeugen dafür gab, daß er Naito das Futter gegeben hatte, war es unmöglich, ihn in dieser Angelegenheit weiter unter Druck zu setzen. Der Schulleitung blieb nichts anderes übrig, als von Ono die Aushändigung des restlichen Futters zu verlangen; es überraschte niemanden, daß sich darin kein Gift fand. Dennoch blieb ein starker Verdacht zurück, daß Ono nur einen Teil des Futters vergiftet und diesen dann Hiroshi Naito untergeschoben hatte. Es gab keine Möglichkeit, dies zu beweisen. Niemand glaubte wirklich, daß Hiroshi Naito gelogen hatte. Andererseits war es eine Tatsache, daß Onos neues Fischfutter Hiroshis Position als Doktor Fisch geschmälert hatte. Unleugbar war er – wie Ono beharrlich versicherte – eifersüchtig gewesen.

Die Lehrer wußten nicht, wie sie mit der ganzen Sache umgehen sollten. Sie neigten dazu, an Soichi Onos Schuld zu glauben, aber sie wollten sich nicht zu einer übereilten Stellungnahme hinreißen lassen. Es gab keinen schlüssigen Beweis. Der Fall blieb ungelöst.

Aber die Überzeugung, daß Soichi Ono ein gräßlicher kleiner Junge war, verankerte sich fest in den Köpfen der Lehrer.

4

Masao war im Garten. Rasch erspähte er seine Mutter durch das Wohnzimmerfenster.

«Mama, wo bist du gewesen?»

Makiko war überrascht. «Du bist heute aber früh zu Hause», sagte sie. Dies war der Tag an dem Masao Extrastunden hatte.

«Sie hat uns früher nach Hause gehen lassen. Sie hat heute mit einem speziellen Studienprojekt zu tun. Aber wo bist du gewesen?»

«Einkaufen. Warum bist du so schmutzig? Du bist von oben bis unten voller Matsch.»

«Wir machen einen Friedhof.»

«Einen Friedhof? Wofür? Vergrab bloß nicht einen Haufen merkwürdiger Sachen im Hof.»

«Für die Fische, Mama.»

«Fische?»

Masaos Freund, der mit ihm zusammen gegraben hatte, blickte zu Mutter und Sohn herüber.

Makiko erkannte ihn. «Hallo, Hiroshi.»

«Hi, Sagarasan.»

«Mama. Hiroshis tropische Fische sind allesamt tot.»

«Ich weiß.»

Makiko war versucht zu sagen, sie wisse, daß Ono sie vergiftet habe, aber sie hielt sich zurück. Die Geschichte war unter den Eltern und Familien von Onos Mitschülern eingehend diskutiert worden, aber die Sache war immer noch völlig ungewiß, weil es keine Beweise gab.

«Hiroshi wohnt in einem Appartementhaus und hat keinen Hof. Er wollte die Fische nicht irgendwo draußen auf einem Feld begraben. Ich habe ihm unseren Garten angeboten.»

«Ach ja?»

«Wenn es Ihnen nichts ausmacht, Sagarasan.» Hiroshi Naito ließ den Kopf hängen.

Makiko freute sich über Masaos Aufmerksamkeit, mit der er ihren Garten als Friedhof für die Haustiere seines Freundes «angeboten» hatte.

«Natürlich macht es mir nichts aus. Macht ein schönes kleines Grab für sie.» Makiko nickte befriedigt und wollte in ein anderes Zimmer gehen, blieb aber stehen, als Masao sie rief.

«Mama, ich habe es dir bisher nicht erzählt, aber –» Er zögerte.

«Was ist es denn, Masao?»

«Ja, weißt du –»

«Was ist denn Masao? Sag schon.»

Makiko war ein bißchen länger fortgeblieben als beabsichtigt und mußte sich nun beeilen, um mit der Hausarbeit fertig zu werden, bevor ihr Mann nach Hause kam.

«Es geht um Hitomi Sagawas Katze.»

«Was ist mit der Katze?»

Das mußte die Katze gewesen sein, die Ono dem Feuertod ausgeliefert hatte.

Masao setzte seine Erklärung fort. «Ich habe nichts darüber gesagt, aber ich habe ihr erlaubt, die Katze in unserem Hof zu begraben. Hitomi lebt ebenfalls in einem Appartement. Ich habe ihr auch unseren Hof angeboten.»

«Na, hör mal!»

«Es tut mir leid, daß ich es dir nicht gesagt habe. Aber die Katze sah nicht besonders gut aus – viel schlimmer als die Fische. Ich dachte, es wäre besser, den Mund zu halten.»

«Ist schon in Ordnung. Ich vergebe dir. Du sollst deiner Mama aber immer alles sagen. Und – begrabt die Fische nicht zu nah bei der Katze, sonst frißt sie sie noch auf.»

«Wir begraben sie ein bißchen voneinander entfernt. O. k.?»

«Wenn die Beerdigung vorbei ist, komm rein und iß einen Happen. Aber wasch dir zuerst die Hände.»

5

Drei Monate waren seit den Aufregungen um die tropischen Fische vergangen. Trockenes kaltes Wetter setzte ein, typisch für
den Tokioer Winter. Sechzig Tage lang fiel kein Regen. Das
brach alle bisherigen Rekorde. Bei dieser Witterung waren
Brände an der Tagesordnung. Manchmal gab es mehrere an
einem Tag. Die Leute empfanden das als Bedrohung.

Die Luft war so trocken, daß schon das Herumlaufen in einem
Raum statische Aufladungen erzeugte. Funken flogen, sobald jemand Metall berührte. Viele Leute riefen allen Ernstes bei der
Feuerwehr an, um sich zu erkundigen, ob die statisch-elektri-
schen Funken einen Brand verursachen könnten.

Makiko Sagara wohnte etwa eine Zugstunde vom Herzen
Tokios entfernt in einer Gegend, die bis vor kurzem ihren länd-
lichen Charakter bewahrt hatte, jetzt aber rapide mit Wohn-
blocks und Gewerbebetrieben zugebaut wurde. Bei trockenem
Wetter gab es auch hier eine Reihe von Bränden. Wenn ein Feuer
einmal ausgebrochen war, griff es so rasend schnell um sich, daß
die Feuerwehr sich nur noch darum bemühen konnte, eine weitere Ausbreitung zu verhindern. Normalerweise konnten sie das
in Flammen stehende Gebäude nicht mehr retten. Die Leute hatten sich mit der Vorstellung abgefunden, daß Feuer stets totalen
Verlust bedeutete.

Während dieses besonders trockenen Winters verstärkten
einige unschöne Vorkommnisse noch die Ängste der lokalen Be-
völkerung. Mit einer kindlichen Handschrift versehene Briefe
wurden mehreren Haushalten per Post zugestellt. Auf den Zetteln stand: «Beileid wegen des Feuers», «Hüten Sie sich vor
Bränden» oder «Gehen Sie mit allen brennbaren Substanzen
vorsichtig um».

Zunächst erschienen sie als bloße Warnungen. Die Leute, die
solche Botschaften erhielten, kümmerten sich nur wenig darum,
weil sie dachten, irgendein Bekannter hätte sie geschickt. Die
Zettel waren nicht unterschrieben. Wahrscheinlich rief in dieser
langen regenlosen Periode nur jemand zu erhöhter Vorsicht auf.

Alle diese Zettel enthielten dieselbe Mitteilung. Sie wurden

jeden zweiten oder dritten Tag immer wieder in dieselben Brief-
kästen gesteckt, solange, bis die Leute anfingen, sich Sorgen zu
machen, weil es fast täglich in der Nachbarschaft brannte.

Was konnte das bedeuten?

Diejenigen, die Zettel mit der Aufschrift «Beileid wegen des
Feuers» erhielten, waren besonders bestürzt.

«Vielleicht ist es die Drohung eines Brandstifters», vermute-
ten einige. Sie übergaben die Zettel der Polizei, die sofort mit
Nachforschungen begann. Wenn das ein grober Scherz sein
sollte, so zeugte es von sehr schlechtem Geschmack.

Die Umschläge trugen durchweg den Stempel des lokalen
Postamtes. Dies deutete darauf hin, daß der Missetäter am Ort
wohnte, falls die Briefe nicht absichtlich von irgendwo anders
hierher gebracht worden waren.

Die Handschrift erwies sich als aufschlußreich. Die Mitteilungen waren sehr kindlich geschrieben, sie enthielten viele Fehler
von der Art, wie sie ein kleines Kind machen würde. Ein Hand-
schriftenspezialist untersuchte die Blätter und erklärte, er könne
keinen Hinweis darauf entdecken, daß die Kinderschrift als Tarnung benutzt worden sei. «Sieht so aus wie die Schrift eines
Grundschulkindes. Es könnte ohne weiteres eines sein», erklärte
der Experte.

Als nächstes versuchte die Polizei, Gemeinsamkeiten zwischen
den Empfängern der Briefe festzustellen. Alle Familien hatten
Kinder, die die nahegelegene Grundschule besuchten, und die
Kinder gingen in dieselbe Klasse. Das vereinfachte die Untersuchungen.

Es dauerte nicht lange, bis man Soichi Ono, dessen Handschrift perfekt mit der Schrift auf den Zetteln übereinstimmte,
als den Schuldigen entlarvt hatte. Ono wurde zum Verhör gerufen und mit den Fakten konfrontiert. Er war ein Junge von zehn
Jahren. Auf hartnäckiges Befragen hin erklärte Ono, er habe nur
einige seiner Mitschüler vor der besonderen Feuergefahr in dem
trockenen Winter warnen wollen.

«Warum hast du die Briefe dann nicht unterschrieben?»

«Ich habe sie zu Mädchen nach Hause geschickt. Es war mir
peinlich, meinen Namen darunter zu setzen.»

«Warum hast du so viele Zettel verschickt?»

«Es gab jeden Tag Feuer. Das macht mir angst. Ich wollte die Zettel verschicken, bis es wieder anfangen würde zu regnen.»

Der Verdächtige war ein Kind. Wenn er auf seiner Geschichte beharrte, würde es schwierig sein, ihm böswillige Absichten nachzuweisen. Der Inhalt der Zettel bezog sich nur auf Vorsichtsmaßnahmen; nichts daran verletzte irgendein Gesetz. Natürlich stimmte es, daß wiederholte Botschaften dieses Inhalts in dieser Trockenperiode die Furcht vor Brandstiftung schürten. Ono erklärte, er habe einfach nur zeigen wollen, wie gern er die Mädchen habe. Tatsächlich waren es genau die Mädchen, an denen er sonst auch Interesse zeigte. Vielleicht war es ein bißchen zu früh für Ono, um sich mit dem anderen Geschlecht zu befassen. Aber der Weg, den er gewählt hatte, um seine Gefühle auszudrücken, war genau der, den man von so einem Kind erwarten konnte. Selbst wenn er die Familien bedroht hätte, er war ein zehnjähriges Kind und konnte strafrechtlich nicht belangt werden.

«Wenn dieser Junge genug über das Gesetz weiß, um zu kapieren, daß er andere bedrohen kann, ohne dafür bestraft zu werden, ist er ganz schön aufgeweckt.»

«Was sagst du? Er geht erst in die vierte Klasse. Unser Junge ist genauso alt – er ist praktisch noch ein Baby.»

«Es ist ganz schön beunruhigend, wenn man daran denkt, daß er Warnungen vor Bränden an seine Freundinnen geschickt hat statt Liebesbriefe.»

Nachdem sie herausgefunden hatte, wer die Zettel verschickte, entschied die Polizei, daß keinerlei Verbrechen verübt worden war. Die fünf Mädchen aus Onos Klasse erzählten ihre Version der Geschichte.

«Soichi Ono hat uns gebeten, ihm unsere Notizen für Naturkunde zu leihen.»

«Wir hatten Angst, daß er sie uns nicht zurückgibt, wenn wir sie ihm leihen.»

«Vielleicht war er deswegen böse. Da hat er uns dann diesen Streich gespielt.»

Dies sah nach einem Motiv aus, aber weil die Mädchen alle

sehr gut waren, wollten wahrscheinlich auch eine Menge anderer kleiner Jungen ihre Aufzeichnungen borgen. Auch wenn Ono über die Weigerung der Mädchen wütend gewesen wäre, konnte man das unmöglich mit den Feuerwarnungen in Verbindung bringen. Ono bisheriges Sündenregister beeindruckte die Polizei nicht.

Aber das Lehrerkollegium und die betroffenen Eltern reagierten gereizt. «Er hat eine Begabung für Bosheiten», sagte einer der Lehrer. Obwohl sie sicher waren, daß die Katzenverbrennung, der Vorfall mit den tropischen Fischen und jetzt die Feuerwarnungen auf Onos Konto gingen, konnten sie ihn nicht festnageln. Niemand hatte beobachtet, daß er die Katze in den Ofen gesteckt oder daß er Gift in das Fischfutter gemischt hatte. Er entzog sich den Beschuldigungen ohne Mühe. Vielleicht hatte er keine detaillierten Kenntnisse über die Gesetze, aber es sah so aus, als ob er damit rechnete davonzukommen, weil er ein Kind war.

Makiko Sagara hatte nichts über das Straße-Überqueren-Spiel verlauten lassen. Aber wenn man die vorsätzliche Böswilligkeit bedachte, die hinter diesem Vorfall steckte, hatte Ono vier perfekte Verbrechen begangen. Er hatte wirklich ein Talent für Bosheit. Die Situation war ernst. Aber es gab keine Beweise gegen Ono. In der Schule wurde er als eine Art lebende Bombe angesehen.

6

«Wir können uns nicht mehr treffen.»

Makiko sprach in kühlem Ton mit Obata. Ihre schweißnassen Körper waren immer noch leidenschaftlich ineinander verschlungen, aber die Schauer der Lust ebbten allmählich ab. Nachdem sie ihre Wünsche als Frau befriedigt hatte, wandte Makiko ihre Aufmerksamkeit nun wieder ihrer Rolle als Mutter zu.

«Warum?» fragte Obata. «Ahnt dein Mann irgendwas?» Der Liebesakt war vorüber, aber der junge Mann sprach immer noch

mit inniger Zärtlichkeit, während er Makikos volle Brüste lieb-
koste.

«Nein. Es ist schwer, Masao zu täuschen. Es wird immer
schwieriger. Dabei kommt es mir so vor, als ob er gerade gestern
noch ein kleines Baby war. Jetzt ist er schon fast erwachsen. Er
ist ein schlaues Kerlchen. Als ich neulich nach Hause kam, nachdem ich dich getroffen hatte, sagte er: ‹Du gehst aber viel aus in
letzter Zeit, Mama!› Das hat mich erschreckt.»

«Ich glaube nicht, daß es so viel zu bedeuten hat.»

Obata dachte darüber nach, was passieren würde, wenn diese
Frau ihn verließe. Bis jetzt hatte er nur zu fragen brauchen, und
sie hatte ihm großzügig ihren begehrenswerten Körper überlassen. Natürlich kostete ihn das nichts. Vielmehr war es so, daß sie
ihm ein Taschengeld zusteckte, nachdem er sich mit ihr befriedigt hatte.

«Ich bin sicher, er denkt, daß etwas mit mir nicht stimmt. Er
fragt immer, wo ich gewesen bin. Der Supermarkt und der
Schönheitssalon ziehen nicht mehr. Letzthin, als ich sagte, ich sei
beim Friseur gewesen, fragte er, warum mein Haar noch genauso aussehe wie vorher. Das macht mir angst.»

«Ach, zerbrich dir doch darüber nicht den Kopf.»

Obata hätte alles getan, um Makikos Sorgen zu zerstreuen.

«Ich bin sicher, er weiß, daß etwas zwischen uns ist.»

«Hör mal, er ist doch noch ein Kind.»

«Früher hat er vor seinem Vater eine Menge über dich geredet.
In letzter Zeit erwähnt er nicht mal mehr deinen Namen. Er
durchschaut schon eine ganze Menge. Ich glaube, er spürt
etwas.»

«Er interessiert sich eben jetzt für jemand anderen. Für Masao
bin ich eine Person, die er hinter sich gelassen hat. Laß uns nicht
mehr darüber sprechen. Laß es uns noch mal tun.»

«Nein. Jetzt nicht. Ich muß gehen. Masao kommt heute früh
nach Hause.»

«Geht er denn heute nicht zum Privatunterricht?»

«Seine Lehrerin ist weggefahren. Sie hat Masao gebeten, ein
anderes Mal zu kommen. Hast du mir eben überhaupt zuge-
hört?»

Makiko glitt aus dem Bett und begann sich anzuziehen. Er sah zu, wie der wohlgeformte weibliche Leib, der eben noch so begierig auf seinen Körper gewesen war, nach und nach unter den Kleidern verschwand, die sie in die Frau eines anderen verwandelten. Jetzt war sie seinem Zugriff entzogen, war wieder in ihre Rolle als Frau und Mutter geschlüpft. Es lag Sehnsucht in seinem Blick, während er beobachtete, wie sie sich entfernte.

«Wann können wir uns wiedersehen?»

«Ich melde mich. Ruf nicht an. Eine Menge Augen sehen, was ich tue. Zieh dich an. Du kannst mich zum Taxi fahren.»

Obata verfügte über große sexuelle Kräfte, genau das, was Makiko brauchte, um die Leidenschaft der körperlichen Begierde zu stillen, die ihr müder Ehemann nicht befriedigen konnte. Ihrem jungen Liebhaber ging es ebenfalls vorrangig um seine sexuellen Wünsche und er achtete deshalb darauf, nichts zu tun, was diese zweckdienliche Verbindung in Gefahr bringen könnte. Die Affäre hatte einen geschäftlichen Charakter, sie bestand im wohlkalkulierten Vermieten eines Körpers.

Obata war in finanziellen Schwierigkeiten. Es war keine Frage, daß sie zueinander gehörten. Beide genossen die Treffen. Da war es nur natürlich, daß derjenige, der Geld hatte, bezahlte – eine Art Tribut seines Fleisches. Makiko bestritt alle Kosten ihrer Rendezvous. Und sie zahlte ihm jedesmal etwas. Das deckte nicht nur die Miete für seinen Körper, sondern stattete Makiko zugleich mit einer Art Versicherung aus.

Er hielt an den Bedingungen fest und überschritt niemals die Grenzen eines körperlichen Pachtverhältnisses. Es paßte ihm gut. Zunächst einmal verspürte er niemals das rasende sexuelle Verlangen, das viele seiner Junggesellenfreunde quälte. Darüber hinaus erhielt er außer sexueller Befriedigung auch Geld. Für diese Art Extra-Verdienst arbeiteten einige seiner Freunde zeitweilig in sogenannten Gastgeberclubs und verkauften ihren Körper an Frauen. Sie konnten ihre Partnerinnen nicht aussuchen. Er war besser dran. Er hatte Spaß mit einer begehrenswerten Frau und wurde obendrein noch finanziell belohnt. Ein besseres Arrangement war kaum zu finden.

Er begehrte Makiko wirklich sehr stark. Ihre Treffen waren

ein vollkommenes körperliches Vergnügen, und so lief es jetzt seit zwei Jahren. Die fehlende psychische Bindung machte das Vergnügen nur um so größer.

In letzter Zeit hatte sich etwas verändert. Früher hatten sie sich regelmäßig zu einer bestimmten Zeit und an einem bestimmten Ort getroffen, ohne besondere Abmachungen. Manchmal war Makiko verhindert gewesen, obwohl sie gerne gekommen wäre. Als Masao größer wurde, hatte Makiko zunehmende Schwierigkeiten damit, die Abwesenheit ihres Mannes in dem Maße auszunutzen, in dem sie es sich wünschte. Die Privatstunden ihres Sohnes und die Elternsprechtage kamen gelegentlich dazwischen. Ihr Mann war öfter zu Hause, jetzt, wo er erfolgreich war. Alle diese Dinge raubten etwas von der Zeit, die ihren heimlichen Treffen vorbehalten war.

Das Gleichgewicht zwischen Angebot und Nachfrage war gestört. Für Makiko war Obata nie mehr gewesen als ein zeitweiliger Ersatz für ihren Mann, ein Akzent ihres Ehelebens, das sonst leicht in einen immer gleichen Trott verfallen wäre. Daß die Zahl ihrer Treffen mit Obata abnahm, bedeutete für sie keine Enttäuschung. Für ihn stellte sich die Situation jedoch anders dar. Makiko war das einzige Ventil für sein sexuelles Verlangen. Ihrer beraubt würde er körperlich Not leiden. Er würde sich außerdem in einer finanziellen Krise befinden. Dieser Unterschied brachte die Dinge durcheinander.

Ich sollte mich von Obata trennen, sagte Makiko zu sich.

Als sie zurückdachte, war sie sich darüber im klaren, daß sie beide ihre gemeinsame Zeit genossen hatten. Obwohl er bei der Liebe nicht so behutsam und erfahren vorging wie ihr Mann, war ihr Liebhaber doch eine unerschöpfliche Quelle sexueller Energie. Aus diesem Grund war er in der Lage, ihre überwältigende weibliche Begierde zu besänftigen. Aber wenn sie sich von dem Vergnügen weiter blenden ließe und sich ihm weiterhin unersättlich hingäbe, würde sie vielleicht irreparable Schäden anrichten. Nein. Es war sehr viel besser, jetzt aufzuhören, wo ihr Mann noch nichts ahnte und wo sie und der junge Mann nichts als erfreuliche Erinnerungen behalten würden. Ja, dachte sie. Die Zeit ist gekommen, Lebewohl zu sagen.

Nach ihren Treffen brachte der junge Mann Makiko jedesmal vom Motel zu einem Taxi. Er fuhr immer an dieselbe Stelle, und es erschien sicherer, als einen Wagen zum Motel zu bestellen. Es war nicht schlimm, wenn sie in Obatas Wagen gesehen wurde. Wichtig war nur, daß niemand sie beim Betreten oder Verlassen des Motels beobachtete.

«Ich steige kurz vor der Fußgängerbrücke aus, da vorne.»

Als der Wagen das Motel verließ, kauerte sich Makiko auf dem Rücksitz zusammen. Sie setzte sich erst auf, als sie eine Gegend erreichten, die sie als sichere Zone einstufte.

«Sieht wie ein Unfall aus da vorne.»

Ein Polizeimotorrad und ein Krankenwagen standen genau an der Brücke.

«Verdammt!» sagte Makiko und zog die Stirn in Falten.

«Es ist schon in Ordnung. Ich lasse dich gleich hinter der Brücke raus.»

Nach außen hin gab es nichts, was ihre Schuld bewiesen hätte. Aber nachdem sie ihren Mann betrogen hatte, empfand es Makiko als unangenehm, von der Polizei gesehen zu werden. Obata schien ihre Gefühle zu teilen und beschleunigte.

7

Soichi Ono wartete in der Kälte mitten auf der Brücke. Ein blauer Toyota hätte schon längst hier vorbeifahren sollen. Er hatte sich die Autonummer gemerkt, und er sollte weitere Anweisungen erhalten, wenn der Wagen sich näherte.

Unter ihm zog ein ununterbrochener Strom von Autos vorbei. Es war ruhig auf der Brücke. Während er hinuntersah, kam es ihm so vor, als ob die Autos auf einem Fließband transportiert würden. Von Zeit zu Zeit überquerten Fußgänger die Brücke. Sie beachteten Soichi nicht weiter: «Wahrscheinlich wieder so ein Kind, das verrückt nach Autos ist.»

«Hallo. Hallo. Wagen kommt. Blauer Corolla. Nummer Shinagawa 166–654. Nähert sich der Brücke. Sei auf dem Posten!»

Die Stimme tönte aus einem kleinen Walkie-talkie, das um Soichis Hals hing.

Soichi antwortete. Dann fummelte er an etwas herum, das er dicht vor seiner Brust hielt.

Makiko und Obata näherten sich der Brücke. Eine Figur in der Mitte der Brücke zog Makikos Aufmerksamkeit auf sich. Es schien ein Kind zu sein. Dann, als das Auto direkt unter der Brücke war, verlor Makiko die Figur aus den Augen. In diesem Augenblick löste sich ein kleiner schwarzer Gegenstand aus der Hand des Kindes und sauste auf das Auto hinunter.

«Paß auf!»

Noch während sie schrie, schlug der Gegenstand auf das Verdeck auf und zerbarst augenblicklich mit einem Feuerschwall. Bremsen kreischten, der Corolla überfuhr die Mittellinie und geriet in die Spur eines entgegenkommenden Fahrzeugs. Nach dem gewaltigen Zusammenprall schoß eine Feuersäule in die Höhe, und sie verlor das Bewußtsein. In dem Augenblick, als eine Stimme durch das Funkgerät rief, «Stop! Stop!», war der Molotow-Cocktail Soichi Onos Hand bereits entglitten und traf fast unmittelbar danach auf dem Auto auf.

Soichi war verwirrt, als er sah, daß eine so kleine Bewegung seiner Hand ein solch grauenvolles Resultat hervorrufen konnte. Dann durchbrachen Polizeipfiffe und die Sirene eines Krankenwagen seine Lethargie, und er rannte los. Ein kleinerer Verkehrsunfall hatte sich in der Nähe ereignet und die Polizei, die an den neuen Unglücksort geeilt war, faßte Soichi Ono.

Obata wurde auf dem schnellsten Wege ins Krankenhaus gebracht, aber bei der Ankunft war er schon tot. Der Fahrer des anderen Wagens war so schwer verletzt, daß er für Monate in stationärer Behandlung würde bleiben müssen. Makiko kam mit einigen Kratzern davon. Die Wucht des Zusammenpralls hatte auf sie nur eine geringe Wirkung gehabt, weil sie sich auf dem Rücksitz zusammengekauert hatte, um nicht von der Polizei gesehen zu werden. Der psychische Schock war jedoch groß.

Während der Befragung durch die Polizei gab Soichi Ono an, er habe mit dem Molotow-Cocktail gespielt. So wurden drei Menschen getötet oder verletzt.

Die Polizei überprüfte Soichis Walkie-talkie. Es war ein gutes Gerät, dessen Übertragungsradius in der Stadt mehr als zwei Kilometer, auf dem offenen Land sogar zwanzig Kilometer betrug. Da er dieses Funksprechgerät hatte, mußte er mit irgend jemandem gesprochen haben. Dieser Jemand schien für den Fall von erheblicher Bedeutung zu sein.

Die Polizei nahm an, daß Ono das Walkie-talkie hatte, um ein Signal zu empfangen, durch das ihm mitgeteilt wurde, wann er den Molotow-Cocktail fallen lassen sollte. Angenommen, die Person am anderen Ende des Kommunikationssystems war ein Erwachsener? Der Gedanke, daß jemand ein Kind benutzen könnte, um einen Mord zu begehen, war schrecklich. Es schien jedoch keinen Erwachsenen zu geben, der Soichi in dieser Weise hätte mißbrauchen können. Es gab auch keinen Grund anzunehmen, daß Soichi irgendeines der Unfallopfer gehaßt hatte. Die Polizei beschloß, jeden in der Umgebung zu befragen, der ein Funksprechgerät besaß, in der Hoffnung jemanden zu finden, der zufällig das Gespräch zwischen Ono und dem anderen Beteiligten mitangehört hatte. Sie war sicher, daß diese Kommunikation den Schlüssel zu jener Person enthielt, die Ono als ihr Werkzeug benutzt hatte.

8

Drei Tage nach dem Unfall erschienen zwei Kriminalbeamte bei Makiko. Einer von ihnen war der Leiter der örtlichen Polizeistation. Nachdem er wegen der tragischen Ereignisse sein Mitgefühl ausgedrückt hatte, kam er zur Sache. «Es gibt da einige Fragen –»

Makiko hatte das erwartet. Als sie das Notfallkrankenhaus betrat, hatte ein Polizist sie einige einfache Dinge gefragt, aber bis heute hatte es keine weiteren Befragungen gegeben.

Makiko machte sich bereit. «Was wollen Sie?»

«Zunächst, wie waren Ihre Beziehungen zu Obatasan, der getötet wurde.»

«Ich habe das bereits erklärt. Obatasan war ein graduierter Student der Waseda Universität. Vor einem Jahr ungefähr hat er meinem Sohn Privatunterricht gegeben.»

«Warum saßen Sie in seinem Auto?»

«Er hat mich mitgenommen.»

Diese Geschichte hatte sie schon ihrem Mann erzählt.

«Ganz zufällig?»

Das schmale Lächeln auf den Lippen des Kriminalbeamten löste bei Makiko ein unbehagliches Gefühl aus. Hat er einen Verdacht? fragte sie sich.

«Sagarasan, wir haben nicht die Absicht, in Ihr Privatleben einzudringen. Aber nichtsdestoweniger würden wir gern die Wahrheit hören.»

«Ich sage Ihnen die Wahrheit.» Aus irgendeinem Grund klammerte sie sich an den Vorwand.

«Sagarasan, in einer von Obatas Taschen haben wir eine Schachtel Streichhölzer mit dem Namen eines Hotels gefunden. Wir haben bereits mit den Leuten dort gesprochen.»

Indem er das sagte, zog der Mann eine Zigarette heraus und zündete sie mit einem Streichholz an. Die Schachtel stammte aus dem Motel. Makiko wurde blaß.

«Sie beide haben sich eine Zeitlang gesehen, oder?»

Der Kriminalbeamte stieß eine blasse Rauchwolke aus.

Makikos Gelassenheit war wie weggeblasen. «Ich habe nichts verheimlichen wollen. Bitte – halten Sie meinen Mann da raus.»

«Wir wollen uns nicht einmischen. Deswegen sind wir jetzt gekommen, weil wir wußten, daß Ihr Mann nicht da sein würde.»

«Was wollen Sie noch?» Sie fühlte sich erleichtert, als ihr klar wurde, daß ihr Verhältnis mit Obata nicht der eigentliche Anlaß für ihren Besuch war.

«Haben Sie irgendeinen Grund anzunehmen, daß Ihr Sohn über Sie und Obata Bescheid wußte?»

«Vielleicht. Er ist sehr scharfsichtig.» Makiko dachte an den Argwohn, den sie in letzter Zeit in Masaos Augen beobachtet hatte. «Warum fragen Sie?»

«Wenn Ihr Sohn es gewußt hat, glauben Sie, daß er Obata haßte?»

Sie runzelte die Stirn. «Ich weiß nicht –» Worauf wollte er hinaus. Sie spürte, was sich hinter den Worten verbarg. «Sie können doch nicht annehmen, daß mein Sohn so etwas tun würde!»

«Nun, wir mögen den Gedanken daran auch nicht, aber –»

«Ono hat etwas gesagt, was Sie mißtrauisch gemacht hat.»

«Ono hatte ein Funksprechgerät.»

«Das hat mit meinem Sohn nichts zu tun.»

«Wir haben festgestellt, daß Ono in Kontakt mit Ihrem Jungen stand ganz kurz vor dem Unfall.»

«Aber ich saß in dem Wagen. Egal wie sehr er Obata gehaßt haben mag, er würde mich da niemals hineinziehen. Masao ist ein sanfter Junge.»

Der Mann machte einen lächerlichen Fehler. Er mußte übergeschnappt sein. Er mußte wirklich verrückt sein, wenn er Masao verdächtigte. Makiko wurde ungehalten.

Der Kriminalbeamte schien es nicht zu bemerken. Er sprach weiter. «Wir wissen, daß es Gerüchte über Soichi Ono gibt. Wir haben alle Leute zusammengetrommelt, die in die von ihm ausgelösten Vorfälle verwickelt waren. Dabei haben wir eine neue Spur gefunden.»

«Hat das irgend etwas mit Masao zu tun?»

«Leider ja.» Er starrte sie an. «Erstens ist da Hiroshi Naito, dessen Fische vergiftetes Futter gefressen haben. Er ist der Beste in der Klasse in Naturkunde. Ihr Sohn ist der Zweitbeste.»

«So?»

«Bitte, hören Sie zu! Hitomi Sagawa, deren Katze lebendig verbrannt wurde, ist die Beste in Arithmetik. Ihr Sohn ist Zweitbester. Und die fünf kleinen Mädchen, deren Familien die Feuerwarnungen erhalten haben, sind alle in Musik besser als Ihr Junge.»

«Na und? Masao ist kein Superman. Er kann nicht überall der Beste sein.»

«Richtig, da stimme ich Ihnen zu. Normalerweise ist Masao immer der Beste in der Klasse. Aber auf manchen Gebieten ist er

nur der Zweitbeste oder noch darunter. Lesen Sie dies», sagte er
und hielt ihr ein Stück Papier hin. «Es ist ein Aufsatz, den Masao
geschrieben hat.»

Während sie sich darüber wunderte, daß der Detektiv so
etwas mitgebracht hatte, nahm Makiko das Blatt und las:

«Wenn ich groß bin, möchte ich Präsident der Firma sein, wie
mein Vater. Der Präsident ist die Nummer Eins. Ich möchte nur
der Erste sein. Ich wäre lieber letzter als Zweiter. Ich werde so
viel lernen, wie ich kann, um in Stil, Arithmetik, Naturkunde,
Musik, Sport und überall sonst der Beste zu sein.»

Plötzlich fiel Makiko etwas ein. Der kleine Tanaka, der das
gefährliche Straße-Überqueren gespielt hatte, war sehr gut in
Sport. Die Klasse nannte ihn Doktor Sport. Also auch hinter diesem Spiel …

In ihrem Kopf nahm eine grauenhafte Vorstellung Gestalt an.
Masaos Vater hatte ihn immer dazu angehalten, der Erste zu
sein. Masao schaffte fast alles, was er sich vornahm, aber er war
nicht der Typ, der auf einem bestimmten Gebiet überragende
Fähigkeiten aufwies. Statt dessen war er überall gut. Obwohl er
in einigen Fächern oft nur Zweiter oder Dritter war, hatte er mit
seinem Durchschnitt immer an der Spitze gelegen. Trotzdem ärgerte er sich maßlos. Er mußte überall der Beste sein. Makiko
hatte schon früher das Gefühl gehabt, daß die Besessenheit ihres
Sohnes, immer an der Spitze zu stehen, etwas Annormales hatte.
Sie hatte ihn deshalb davon zu überzeugen versucht, daß er sich
weniger um diese Dinge kümmern und mehr spielen sollte, so
wie andere Kinder seines Alters. Masao hatte darauf nicht reagiert. Trotzdem, die Polizei mußte sich irren, wenn sie annahm,
daß Masao seine Rivalen aus dem Feld räumen wollte und Soichi
Ono dazu verleitet hatte, ihm zu helfen.

«Sie können doch nicht behaupten, Masaos Wunsch, überall
der Beste zu sein, stünde in Beziehung zu den Dingen, die Soichi
Ono getan hat. Das wäre eine unbegründete Verdächtigung, die
das unschuldige Gemüt eines Kindes schädigen könnte.»

«Sie ist aber nicht unbegründet, Sagarasan. Wir haben Beweise.»

«Beweise?»»

«Ono hatte ein Walkie-talkie. Wir schlossen daraus, daß er unmittelbar vor dem Unfall mit jemandem in Kontakt gestanden haben muß. Wir befragten alle Leute in der Umgebung, die ein solches Gerät besitzen.

Der Beamte sah Makiko an, als wolle er sie um die Erlaubnis bitten, fortfahren zu dürfen. Sie nickte abwesend.

«Einige Restaurants und Geschäfte benutzen Funksprechgeräte. Wir haben überall in der Nachbarschaft der Unfallstelle herumgefragt. Wir fanden heraus, daß kurz vor dem Zusammenprall einige Gerätebesitzer gehört hatten, wie eine Kinderstimme sagte, «Blauer Corolla. Nummer Shinagawa 116–654. Nähert sich der Brücke. Sei auf dem Posten!» Aber die nächsten Worte sind die entscheidenden.» Er machte eine Pause.

«Welche Worte?» fragte Makiko ungeduldig.

«‹Nein! Mama ist im Auto. Stop – stop, sag ich. Stop!›»

Makiko fühlte sich hilflos. Ihr fiel ein, daß sie nicht an der üblichen Stelle aus dem Auto gestiegen war, weil die Polizei dort gestanden hatte. Masao hatte die Absicht gehabt, nur Obata zu töten. Als er entdeckte, daß seine Mutter im Wagen saß, hatte er verzweifelt versucht, Ono zurückzuhalten.

«Die Zulassungsnummer ist die von Obatas Wagen. Masao ist noch ein Kind. Niemand sonst würde Sie Mama nennen.»

«Aber warum? Warum?»

Makikos Augen verdunkelten sich. Sie hörte die Stimme des Beamten wie aus weiter Ferne; der Kampf in ihrem Innern nahm sie vollständig gefangen. Sie konnte nicht glauben, daß ihr Masao – ein Junge, der alten Damen half und der seinen Freunden erlaubte, in seinem Hof einen Friedhof für ihre toten Haustiere anzulegen – so etwas Furchtbares getan haben könnte.

Wenn sie darüber nachdachte, wurde Makiko klar, daß Masao abnormes Verlangen, in allen Dingen die Nummer Eins zu sein, gerade zu der Zeit begonnen hatte, als sie anfing, sich mit Obata zu treffen. Bevor sich sein Herz gegenüber seiner Mutter verhärtete, hatte Masao sich lieber durch die Serie von Zwischenfällen abreagiert, in die Soichi Ono verwickelt gewesen war.

«Soichi Ono hat uns alles erzählt. Masao erpreßte ihn. Onos

Vater arbeitet für die Firma Ihres Mannes. Masao erklärte Soichi, wenn er seinen Anweisungen nicht folge, würde er Ihren Mann dazu bringen, Onosan zu feuern. Soichi wußte, daß sein Vater, falls er diese Arbeit verlöre, wegen seiner starken Behinderung schwerlich einen neuen Job finden würde. Soichi ist ein weichherziger Junge, der seinen Vater liebt. Masao trägt die Maske eines liebenswürdigen Kindes und eines herausragenden Schülers. Aber er benutzt die Stellung und Autorität seines Vaters, um jemanden unter Druck zu setzen, dem die Kraft fehlt, um sich zu wehren.»

Makiko sah ihn an.

«Das Fischfutter, die Brandwarnungen, alle diese Dinge waren Masaos Idee. Ono hat das Walkie-talkie, den Molotow-Cocktail von Masao bekommen. Masao hat möglicherweise absichtlich die Schreibfehler in die Zettel mit den Feuerwarnungen eingebaut. Es ist ziemlich grauenhaft. Aber, Sagarasan, Sie sind diejenige, die das grauenhafte Gesicht hinter der unschuldigen kindlichen Maske hat entstehen lassen.»

Die Worte des Kriminalbeamten schrillten Makiko in den Ohren. Für sie bedeuteten sie nur eins: «Sie waren es, die die Katze, die Fische und Obata getötet hat.»

Gerade da hörte sie Kinderstimmen aus dem Garten. Sie drehte sich um. Durch das Wohnzimmerfenster sah sie Masao, Hitomi Sagawa und ein paar ihrer Klassenkameraden. Offensichtlich kamen sie direkt aus der Schule.

«Mama», rief Masao durch das Fenster. «Heute ist der erste Todestag von Hitomis Kater Tommy. Wir werden am Grab eine Feier abhalten.»

Die sanfte, tiefstehende Wintersonne spielte auf den pummeligen Wangen des Jungen und verlieh ihnen einen goldenen Schimmer. Eine sanfte Brise zerzauste sein glattes schwarzes Haar.

Der Beamte sah hinaus zu ihm und sagte ernst: «Er ist wirklich ein reizendes Kind.»

Deutsch von Beatrix Gehlhoff

Kobo Abe
Der Traumsoldat

**Kobo Abe (1924) gilt als ‹literarischer› Autor, obwohl sich ein gro-
ßer Teil seines Werks mit Verbrechen befaßt. Seine Wurzeln sind in
existentialistischen Grundfragen und dem Surrealen zu suchen.
Kafka und Camus hätten ohne Zweifel aufgeblickt, wenn sie mit
Abes bekanntestem Roman, *Die Frau in den Dünen* (auch ein berühmter Film, 1964, heute ein Kultfilm), konfrontiert worden wären. Abes Theaterstücke sind in Amerika und Europa inszeniert worden. Sein häufigstes wiederkehrendes Thema ist die Illusion dessen,
was der menschliche Intellekt zwanghaft als Realität definiert.**

> An einem Tag so kalt, daß Träume froren,
> Hatte ich einen fürchterlichen Traum.
> Am Nachmittag,
> Setzte der Traum meine Mütze auf
> Und machte sich davon,
> Und ich schob den Riegel vor meine Tür.

Die Geschichte ereignete sich vor etwa fünfzehn Jahren. Obwohl die Wahrheit als zeitlos gilt, war es Zeit, was diese Geschichte am dringendsten benötigte. Vielleicht, weil es in dieser Geschichte keine Wahrheit gibt.

Verborgen in den Bergen nahe einer Provinzgrenze, war das Dorf seit der vorigen Nacht völlig von einem Schneesturm eingeschlossen. Der Wind heulte. Eine Gruppe Soldaten, die seit dem frühen Morgen einer Ausdauerübung unterzogen wurden, bahnte sich, aus der Stadt kommend, ihren Weg über die Berge. Zu den Klängen einer Marschmelodie schleppten sie ihre Strohschuhe durch den tiefen Schnee, durchquerten mit unsicheren Schritten das Dorf und verschwanden schattengleich im Schneesturm.

Als die Nacht hereinbrach, legte sich der Wind. Im Polizeiposten am Eingang des Dorfes schälte ein einsamer alter Polizist gemächlich Kartoffeln, während er seine Fußsohlen an einem glühend heißen Ofen wärmte. Das Radio war eingeschaltet und dröhnte eine Melodie, auf die er nicht achtete. Er war in einer Folge von Tagträumen versunken.

«Es gibt ein oder zwei Dinge, die ich über dieses Dorf weiß. Ich weiß, daß der Bürgermeister und sein Gehilfe mit ihrem Kumpanen, dem Hohepriester?, emsig die Dorfrationen beiseite schaffen, die sie unter dem Fußboden der Kirche verstekken. Aber ich sage kein Wort. Sie wissen, daß ich schweige. Nichtsdestotrotz lassen sie mir von Zeit zu Zeit ein paar Sachen zukommen, weniger um mich bei Laune zu halten, denn als Geste guten Willens. Wenn ich pensioniert werde, werde ich mich nicht davonschleichen müssen wie andere Beamte. Ich könnte sogar bleiben und mich hier niederlassen. Vielleicht kann ich mich mit einer Witwe, die etwas Land besitzt, zusammentun und den Rest meiner Tage in Frieden verbringen. Solange man bescheiden ist, gibt es kein besseres Leben als das eines Farmers. Und dann, wenn mein Sohn aus der Armee heimkehrt, könnte ich sogar ein Haus haben, um ihn darin willkommen zu heißen… Dank des Krieges hat das Dorf drei weibliche Landbesitzer. Natürlich, so wie die Dinge stehen, gehört zu jedem Haus ein Sohn. Aber wer vermag

schon zu sagen, ob die nicht ihr Leben für das Vaterland geben. Zweifellos sollte ich einen ordentlichen Schnitt machen
können. Ich kann mich nicht erinnern, irgend etwas getan zu
haben, wofür mich die Dorfbewohner hassen könnten, und
die Anzahl landbesitzender Witwen steigt beständig. Na, na,
halt deine Pferde im Zaum, kein Grund, den Kopf zu verlieren, du mußt die Dinge nur ruhig zu Ende denken. Die Größe
der Reisfelder zur Anzahl der Verwandten gezählt, geteilt
durch zwei...»

Plötzlich klingelte das Telefon und der Polizist ließ seine
halbgeschälte Kartoffel in die Asche fallen. Er hob sie auf,
rieb sie an seinen Hemdzipfel, richtete sich auf dem lehmigen
Fußboden auf und reckte sich. Mit der seinem Beruf eigenen,
beiläufigen Bewegung nahm er den Hörer ab und antwortete
mit unbeteiligter Stimme. Plötzlich jedoch erstarrte er, und
die Hand, in der er die Kartoffel hielt, begann zu zittern.

Nachdem sie das Dorf verlassen hatten, marschierten die
Soldaten weiter geradewegs in Richtung Berge. Auf ihrem
Weg passierten sie Täler und Wälder und übten Hochland-
Manöver. Es war bereits nach drei, als sie die letzte Bergkette
erreichten. Obwohl die Soldaten völlig außer Atem waren,
wurde ihnen befohlen, auf nichts als ihren leeren Mägen
kehrtzumachen und mit doppelter Geschwindigkeit zurück-
zumarschieren. Obwohl sie die strengen Strafen kannten, die
sie erwarteten, fielen sechs Soldaten aus der Reihe. Da es sich
um eine besondere Übung handelte, mit der die Auswirkun-
gen von Hunger, Kälte und Erschöpfung erprobt werden sollten, war dies erwartet worden, und deshalb folgte ihnen ein
Korps von Sanitätern. Als sie zu ihrem Standort zurückkehr-
ten, wurde jedoch festgestellt, daß die Sanitäter nur fünf der
Nachzügler aufgelesen hatten. Einer der Soldaten, so schien
es, war verschwunden.

Der Soldat wird verhungern. Er wird sich im Dorf melden
müssen. Aber sollten die Dorfbewohner sich der Gefahr eines
Angriffs aussetzen, falls er gewalttätig würde?

Der alte Polizist legte den Hörer auf. Mit eingezogenen
Schultern kehrte er zu seinem Platz am Ofen zurück. Er sog

geräuschvoll den Atem durch die Nase und war eine Weile
damit beschäftigt, seinen bald kahlen Kopf zu kratzen. Dann
hob er seinen Blick, um auf die Uhr zu schauen. Es war halb
acht. Er wollte seinen Posten nicht verlassen. Es war zu kalt
draußen. Außerdem war es bis jetzt noch kein eindeutiger
Fall von Fahnenflucht. Immerhin hatte ein schrecklicher
Schneesturm getobt. Konnte es nicht einfach sein, daß er von
seinen Kameraden getrennt worden war und sich verirrt
hatte? Er wäre ein Narr, versuchte er bei solch einem Wetter
zu desertieren. Er würde im Schnee Spuren hinterlassen, und
sie würden ihn gewiß fassen. Er wird bloß vom Weg abge-
kommen sein. Mittlerweile mußte er steifgefroren sein. Andererseits, wenn der Wind weiter so blies, böte der Schnee
Schutz. Der Wind verwischt Fußspuren. Vielleicht hatte er
damit gerechnet. Es konnte sich um ein geplantes Verbrechen
handeln. Zudem hatte sich der Wind vollständig gelegt. Er
kann geradewegs in eine Falle gestolpert sein. Ich schätze, es
gibt keine ausreichenden Anzeichen für ein Verbrechen. Ich
habe einen Bericht erhalten. Aber das heißt nicht, daß ich
einen Befehl erhalten habe. Wie auch immer, dieser Bursche
fällt in die Kompetenz der MP, folglich brauche ich mich nicht
um ihn zu kümmern. Im Vergleich zu entflohenen Sträflingen
sind Deserteure letztlich bloß naive Feiglinge. Laß ihn in Ruhe,
laß ihn in Ruhe. Vom Schnüffeln in anderer Leute Angelegenhei-
ten ist noch nie etwas Gutes gekommen. Außerdem habe ich
noch nie von einem Deserteur gehört, der es geschafft hätte.

Er glaubte, ein schwaches Klopfen an der Tür zu hören, und
fuhr herum. Er lauschte angestrengt, konnte aber kein Geräusch
hören. «Vielleicht habe ich Einbildungen», dachte er. Dennoch,
aus irgendeinem Grund fühlte er sich plötzlich unsicher. Es war
keine gewöhnliche Unsicherheit, eher ein Gefühl, das so nah an
der Furcht lag, daß er es sich selbst nicht erklären konnte. Natürlich galt seine Furcht in keinster Weise dem Deserteur.

Er verspürte keinen zwangsläufigen Haß, wenn es um Kriminelle ging. Und da er keinen Haß verspürte, bemerkte er die Existenz von etwas, das ihm zu hassen befahl.

Dies war etwas, das ihm bis dahin nicht bewußt gewesen war,

hatte er sich doch stets in der sicheren Position des Verfolgers befunden. Doch jetzt blickte er plötzlich in die Hölle, die den Verfolger vom Verfolgten trennt. Er stand auf. Von Gewissensbissen geplagt, wollte er aufschreien. «Ich laß es nicht zu», brach er aus. Aber Gebrüll war noch nie von großem Nutzen, wenn es darum ging, Unsicherheit zu vertreiben. Dieses Gefühl von Unsicherheit war bis dahin nur ein leichtes Nagen in seinem Innern, aber von außen begann ihn ein sehr viel mächtigeres Gefühl der Furcht zu überwältigen. Das innere Gefühl resultierte letztlich aus der Furcht, sich zum Komplizen zu machen. Es war eine Furcht, die wohl jeder im Dorf gespürt hätte. Aber die Unfähigkeit, sein Unbehagen abzuschütteln, steigerte seine Aufregung.

«Ich schätze, ich werde langsam alt», sagte er zu sich selbst. Unwille stieg in ihm auf. «Wenn die Zeit gekommen ist, die Angelegenheit zu regeln, wird sie geregelt. Das ist kein Fall, in dem ich allein die Verantwortung zu tragen habe.» Er spürte, wie ihm die Kehle trocken wurde. Er drehte die Luftzufuhr des Ofens zu, schnallte sein Schwert um, schlug den Kragen seines Mantels hoch und ging nach draußen.

Der Pulverschnee knisterte und knirschte angenehm bei jedem Schritt. Es ist einfach, Fußabdrücke zu erkennen, aber es ist unmöglich festzustellen, ob sie von Schuhen stammen oder nicht. Unmittelbar nach dem er um die Ecke, an der sich der Fischmarkt befand, gebogen war, erreichte er das Haus des Bürgermeisters. Es war das einzige Haus im Dorf, das ein Fenster nach westlichem Vorbild aufweisen konnte. Im Fenster brannte eine helle Lampe, und ein kehliges Lachen drang auf die Straße. Es war die Stimme des Hohepriesters. Anstatt wie gewöhnlich durch die Hintertür einzutreten, stieß der Polizist beherzt die Vordertür auf.

Die Atmosphäre im Raum gefror, als wäre jedermann bestürzt, ihn zu sehen. Die dumpfe Stimme des Bürgermeisters bebte über dem klirrenden Geräusch eilig beiseite geschafften Porzellans: «Wer ist da? Um diese Zeit.»

«Ein wenig zu früh, sich zu erschrecken.» Der Polizist räusperte sich, unterließ es jedoch zu antworten. Der *shóji* Schirm

öffnete sich und enthüllte das Gesicht des Bürgermeistergehil-
fen: «Na, na, wenn das nicht die hiesige Polizei ist.»

«Immer herein, immer herein», sagte der Hohepriester und
beugte sich vor. Der *shóji* Schirm glitt vollends zur Seite. Alle
drei rochen nach Sake.

«Es ist etwas Schreckliches passiert», begann der Polizist.

«Nun, was gibt's denn? Aber holen Sie doch erst mal Luft und
kommen Sie herein. Schließen Sie diese Schiebetür und trinken
Sie etwas.»

«Ein Soldat hat sich in Richtung Kitaberg davongemacht»,
fuhr der Polizist fort.

«Ein Deserteur?» Der Hohepriester schluckte und starrte
über den Rand seiner Brillengläser. «Wenn er Richtung Kitaberg
geht, kommt er auf jeden Fall hier vorbei.»

«Das ist die Nachricht, die ich erhalten habe… und wie es
scheint, kommt er geradewegs auf das Dorf zu.»

«Geradewegs auf das Dorf?» Der Bürgermeister rieb sich die
Nase, als fühlte er sich belästigt.

«Ja, und sie sagen, er wäre verdammt hungrig», fügte der Polizist hinzu.

«Das heißt, wir kriegen Ärger.»

«Warum», mischte sich der Gehilfe eilfertig ein. «Deserteure
sind im allgemeinen Verräter, oder? Was hindert uns daran, zum
Berg hinüber zu gehen, ihn aufzuspüren und festzunehmen?»

«Sachte, sachte. Er hat eine Waffe. Und er ist hungrig, er
könnte zu allem fähig sein.»

«In China», seufzte der Bürgermeister, «haben sie überall
diese steinernen Mauern zwischen den Dörfern.»

«Das sind keine steinernen Mauern», erwiderte der Gehilfe.

«Nein, das sind keine steinernen Mauern.»

«Das sind ganz einfache Lehmmauern.»

«Ja, bloß Lehm, weiter nichts.»

Plötzlich hörten sie alle ein knarrendes Geräusch und drehten
sich instinktiv um. Es war die Wanduhr, die sich anschickte, acht
zu schlagen. Der Hohepriester nahm ungeduldig seine alte Lage
wieder ein. «Und nun, was werden wir unternehmen?»

«Wie ich schon sagte, den Burschen festnehmen und in Stücke

reißen!» Es gab eine gute Erklärung, weshalb sich der Gehilfe des Bürgermeisters so aufspielte. Er war im ganzen Dorf der einzige Mann in den Dreißigern, der noch immer nicht beim Militär war. Immerhin, verglichen mit seinem vorherigen Ausbruch hatte er seine Lautstärke bereits beträchtlich gemindert.

Da er niemanden entmutigen wollte, nickte der Polizist und sagte, «Ja, immerhin ist der Bursche ein verräterischer Hund. Andererseits...», er senkte seine Stimme und neigte den Kopf zur Seite, «er ist bewaffnet, und man kann nie sagen, was mit einem in die Enge getriebenen, verhungernden Verräter, der ein Gewehr hat, passiert.»

«Ja, das ist wie Kinder mit Schwertern spielen lassen», gab der Hohepriester zu bedenken und gestikulierte in Richtung des Gehilfen, während er dem Polizisten ins Gesicht blickte.

«Was denken Sie, was wir tun sollten?»

«Was wir tun sollten, sagen Sie? Tja, das...» Der Bürgermeister ließ seine Worte gemächlich austrudeln, während er sich an die Nase faßte. «Sind Sie sicher, daß der Bursche nicht von hier ist?»

Die Kinnlade des Gehilfen fiel nach unten. «Das ist unmöglich. Nein, so einer kommt von irgendwo, wo es warm und gemütlich ist», sagte er mit lauter, überzeugter Stimme.

«Aber warum desertiert er dann in solch einer kalten Gegend?»

«Um alles in der Welt, wenn ich das wüßte, ...jedenfalls kommt er nicht davon... tut mir leid für die Eltern.»

«Übrigens, ich habe von einer Witwe in irgendeinem Dorf gehört, die hat einen Deserteur über zwei Monate auf ihrem Boden versteckt.»

«Ja, aber das ist eine alte Geschichte, solche Verräter gibt's heutzutage nicht mehr.»

«Da haben Sie recht.»

«Schau, schau, alle das Herz auf der Zunge», dachte der Polizist bei sich. «Aber ich schätze, jeder wäre unter diesen Umständen beängstigt. Sie fürchten sich davor, mit einem Verbrecher zu tun zu bekommen. Wenn sie dahinterkommen, werden sie es nicht unter den Teppich kehren können, ohne sich die Hände schmutzig zu machen. Wenn sie sich die Ohren zuhalten, werden ihre Hände die Hilfeschreie des Burschen hören. Ohrenzuhalten an sich ist schon ein Zeichen dafür, daß man sich zum Komplizen macht... soll heißen, die stecken schon unter einer Decke.»

«Also, wenn Sie meine Meinung hören wollen...» sagte er ausdruckslos und schnaubte geräuschvoll. «Ich meine, wir sollten jeden im Dorf wissen lassen, per Rundschreiben oder so ähnlich, daß, da sich ein Deserteur dem Dorf nähert, alle Türen sicher verriegelt sein sollten und niemand vor die Tür geht. Daß wie bei einem Fliegeralarm kein Licht durch die Ritzen dringen soll, und wenn jemand etwas von ihnen will, sie nicht befugt sind zu antworten. Eine Unterhaltung zu beginnen bedeutet, verwikkelt zu werden. Zum Beispiel: zuerst fragt er nach Wasser. ‹Nun gut, wenn's weiter nichts ist› und der Mann gibt ihm Wasser, aber dann will er Essen, und der Mann gibt ihm etwas zu essen, danach will er seine Kleider wechseln und nach den Kleidern, Geld. Und wonach fragt er als nächstes? Er ist komplett versorgt worden, aber das nützt ihm alles nichts, denn nun kann ihn jemand wiedererkennen, und am Ende heißt es Peng!»

Die anderen drei hielten ihren Atem an und warteten auf die nächsten Worte des Polizisten, aber als er keine Anstalten machte fortzufahren, fragte der Bürgermeister ruhig: «Und das wär's dann, oder?»

«Danach ist es ein Fall für die MP, nehme ich an...»

Der Hohepriester streckte sich und sagte, als wäre ihm die ganze Angelegenheit äußerst unangenehm: «Ich denke, ich muß jetzt gehen. Ich habe es doch recht weit bis nach Hause.»

Während der Bürgermeister zum Telefon eilte, um den Armeeposten zu verständigen, stand der Gehilfe ebenfalls auf und folgte dem Priester. «Ich schätze, der Bursche kann jeden Augenblick hier auftauchen.»

Es dauerte weniger als eine Stunde, die Nachricht im Dorf zu verbreiten. Wie bei einer Taifunwarnung waren an allen Häusern die Läden geschlossen und alle Schwachpunkte verbarrikadiert. Es gab sogar Dorfbewohner, die Bambusspeere und Beile neben ihren Schlafstätten bereitgelegt hatten. Um zehn Uhr war die gesamte Ortschaft mit Ausnahme des Polizeipostens in völlige Dunkelheit versunken. Eine tierartige Furcht lag über dem Ort.

Trotz ihrer Furcht legten sich die meisten Familien allmählich schlafen. Nur der alte Polizist, als wartete er auf etwas Bestimmtes, blieb die ganze Nacht über wach und lauschte angestrengt nach draußen. Natürlich hatten die Dorfbewohner hinter ihren Läden und Verschlägen davon keine Ahnung…

Gerade als der nächste Morgen dämmerte, kam von hinter den Hügeln das schrille Geräusch der Zugpfeife, die lange Zeit kurze aufeinanderfolgende Pfiffe ausstieß. Gnadenlos wälzte sich der unheilschwangere Schrei unter der tiefen Wolkendecke durch das Dorf und riß die meisten Bewohner aus dem Schlaf. Die, die begriffen, was er bedeutete, öffneten eilig ihre Läden.

Mit vom Schlafmangel blutunterlaufenen Augen starrte der Polizist durch das südwärtige Fenster auf die Hügel. Seine Augen konnten die einzelne, gerade, graue Linie erkennen, die sich unterhalb der Hügel entlangzog. Die Pfeife verstummte. Nach einer Weile erschien der Gehilfe des Bürgermeisters auf Schneeschuhen, in Begleitung zweier Männer. «Wie es scheint, hat sich jemand vor den Zug geworfen. Ich denke, ich werde mal nachsehen. Es könnte der Verräter gewesen sein. Wollen Sie mitkommen?»

«Nein, ich bleibe besser hier, könnte sein, daß jemand aus der Stadt anruft.»

Wenig später hatten die drei Männer die graue Linie, die am Fuße der Hügel entlangführte, erreicht. Einander zunickend begannen sie ihr zu folgen. Der alte Polizist verließ schließlich sein Fenster und kauerte sich vor den Ofen.

Als der Bürgermeistergehilfe zurückkehrte, fand er den Polizisten am Ofen eingeschlafen. Der Gehilfe bemühte sich, ruhig zu warten, bis der alte Mann erwachte. Gerade als er aufgeben wollte, öffnete der alte Mann die Augen und fragte flüsternd:

«Und… haben Sie etwas sehen können?»

«Ja, natürlich.»

«Dann haben Sie…»

«Sie müssen es die ganze Zeit gewußt haben?»

«Ja, ich hab's gewußt.»

«Dann waren Sie es, der ihn dazu getrieben hat?»

«Nun, sehen Sie... Ich weiß, Sie wissen, wie ich mich schäme... er hätte es nicht so nah beim Dorf tun sollen. Er muß es aus Abscheu vor mir getan haben... Ich kann nicht glauben, daß so einer mein Sohn ist... aber, Sie können mir einen Gefallen tun und schweigen.»

«Aber die zwei Männer, die mich begleiteten, wissen es bereits.»

«Ich glaube, Sie haben recht. Ich werde damit leben müssen.»

«Sein Körper war nicht sehr verstümmelt oder so. Sein Gewehr hing direkt neben ihm an einem Ast.»

«Nun...»

«Ach übrigens, sollten wir nicht besser die Fußspuren unter Ihrem Fenster beseitigen?»

«Da haben Sie wohl recht.»

Zehn Tage später verließ der alte Polizist, einen kleinen Karren hinter sich herziehend, das Dorf.

An einem Tag so heiß, daß Träume schmolzen
Hatte ich einen sonderbaren Traum
Am Nachmittag
Kehrte nur meine Mütze zurück.

Deutsch von Gunter Blank

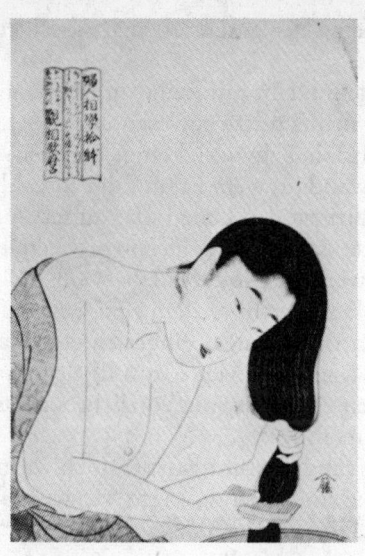

Takao Tsuchiya
Der Abschiedsbrief

Takao Tsuchiya (1948) ist ein ‹engagierter Autor›. Er verwirrt nicht nur, er sorgt sich auch – und bedient sich einer weiteren Neuheit im japanischen Kriminalroman: einer weiblichen Amateurdetektivin. Der Kern des Verwirrspiels, das Sie gleich lösen helfen, ist ungewöhnlich für den westlichen Leser, denn wir müssen uns mit der komplizierten japanischen Schreibweise auseinandersetzen. Ein kniffeliges chinesisches Zeichen, das eine japanische Dame in ihre Abschiedsmitteilung schreibt, stellt sich als Kampfansage heraus.

Shun Akitsu, Hochschullehrer an der städtischen Universität, besuchte für zwei Tage ein Symposion über Umweltverschmutzung in Kyoto. Am Abend seiner Rückkehr in sein Haus in Tokio fand er seine Frau Misae tot vor. Sie hatte eine Überdosis Schlaftabletten genommen und den folgenden, auf normalem Briefpapier geschriebenen Abschiedsbrief hinterlassen:

«Alles in allem bleibt mir keine andere Wahl. Als Ehefrau
bin ich Dir zu nichts nütze gewesen, und noch nach meinem
Tod werde ich Dir Schwierigkeiten bereiten. Der Gedanke
daran ist bitter und tut weh. Es tut mir schrecklich leid wegen
Mitsue, aber dies ist das Leben, das zu leben mir geschenkt
wurde. Ich bitte darum, daß die entsprechenden Vorkehrungen getroffen werden. Lebe wohl.»

Die Leiche lag quer über dem Bettzeug auf dem Tatami-
Boden des im japanischen Stil eingerichteten Hauptraumes im
Erdgeschoß. Misae hatte Make-up aufgelegt. In einem Mundwinkel klebte eine winzige Spur von Erbrochenem. Ihr Gesicht
war friedlich im Tod.

Als Shun sie fand, war ihr Körper noch warm. Der Polizeibeamte, der sie untersuchte, sagte, sie wäre seit etwa zwei
Stunden tot. Man schätzte, daß sie das Schlafmittel zwischen
Mitternacht und zwei Uhr morgens eingenommen haben
mußte. Als sie die Augen schloß, um die Tabletten zu nehmen,
hatte ihr Mann in einer Bar in Kyoto gelacht und sich unterhalten. Während er der Erklärung des Beamten lauschte, was
höchstwahrscheinlich passiert war, brach Shun zitternd auf
dem Körper seiner toten Frau zusammen. Ein merkwürdig
warmer Wind wehte an dem Abend Anfang Januar, als dies
alles geschah.

1

Die Uhr auf dem Bord zeigte elf. Ihr altmodisches Zifferblatt und
ihre Schlichtheit hatten Misae gefallen, und so hatte sie die Uhr
an unserem Hochzeitstag im vergangenen Jahr gekauft. Solche
Dinge gingen mir durch den Kopf, als ich mich in meinem Arbeitszimmer gegen den Schreibtisch lehnte.

Misaes Duft ist immer noch allgegenwärtig, dachte ich. Und
doch ist sie schon seit einer Woche tot. Wahrscheinlich wehrt
sich mein Verstand gegen die Vorstellung, als Ehemann durch

den Selbstmord seiner Frau gedemütigt worden zu sein. Ich ließ mich von meiner Arbeit an der Universität krank schreiben. Ich besitze nicht das Selbstbewußtsein, mich den neugierigen Blicken all dieser Studentinnen zu stellen. Meine Kollegen, die mich zu trösten versuchen, denken alle das gleiche: «Wie konnte so etwas nur passieren.»

Ich fragte es mich auch. Ich war derjenige, der nach dem Warum fragen wollte. Warum ist es passiert? Warum?

Als ich die Hand nach einer Zigarette auf dem Schreibtisch ausstreckte, hörte ich Schritte auf der Treppe. Vor der Tür des Arbeitszimmers verharrten sie.

«Du bist noch auf?»

Erschreckt drehte ich mich um. «Misae!»

Doch die Tür öffnete sich, und es war Misaes jüngere Schwester Mitsue.

«Oh. Mitsue», sagte ich mit einem Seufzer.

«Habe ich dich erschreckt?»

«Du bist ihr so ähnlich.»

«Man hat uns oft am Telefon verwechselt.»

Sie waren zwei Jahre auseinander. Was das Aussehen und die Persönlichkeit betraf, waren sie sehr verschieden. Als ich ihnen vor sechs Jahren vorgestellt worden war, zögerte ich keine Sekunde, die ältere Schwester zu wählen. Ihr ruhiges, zartes Gesicht und die klaren Augen gefielen mir sofort. Sie wirkte so hilflos: der Inbegriff mädchenhafter Anmut. Mitsue besaß einen kräftigeren Körperbau. Ihre üppige Schönheit erinnerte mich an eine stolze Persönlichkeit, die nicht zu mir paßte.

«Warum bist du so spät noch wach?» fragte ich, warf einen Blick zur Uhr auf dem Bord. «Willst du etwas?»

«Könnte ich einen Augenblick hereinkommen?»

«Setz dich dort hin», sagte ich ihr, deutete auf das Sofa und die Sessel in einer Ecke des Zimmers. «Aber es ist schon spät… ich kann nicht lange mit dir reden.»

Seit Misaes Selbstmord wohnte Mitsue im Haus. Sie schien zu denken, daß die Worte «Ich bitte darum, daß die entsprechenden Vorkehrungen getroffen werden» im Abschiedsbrief sie betrafen. Aus diesem Grund half sie bei der Hausarbeit.

Meine Schwägerin war eine unverheiratete Frau von achtund-
zwanzig Jahren. Sie führte ein unbekümmertes Leben allein in
einer eigenen Wohnung und arbeitete in einem kleinen Verlags-
haus. Außerdem schrieb sie Romane. Ich will ihre guten Absichten nicht in einem schlechten Licht erscheinen lassen, konnte
aber nicht umhin, mich zu fragen, was die Leute wohl denken
mochten. Es beunruhigte mich.

«Shun», sagte sie, sah mich dabei direkt an.

«Was?»

«Ich möchte dich gern etwas fragen.»

«In Ordnung.»

Das Weiß ihrer Knie und Schenkel, unter ihrem kurzen Rock,
blendete mich. Ich schaute fort.

«Kennst du den wahren Grund für Misaes Selbstmord?»

«Den Grund…?»

«Von mir aus auch das Motiv. Die Wahrheit hinter allem – oh,
das klingt wie der Titel eines Romanes. Aber wie auch immer,
kennst du das wahre Motiv?»

«Wahr oder falsch, es hat in ihrem Abschiedsbrief gestanden.
Sie sagte: ‹Alles in allem bleibt mir keine andere Wahl.›»

«Ja, aber es ist dieses ‹Alles in allem›, was so merkwürdig ist.
Mir scheint, wenn sie einen solchen Ausdruck benutzte, müßte
doch eigentlich vorher etwas gestanden haben. Etwas, das sie
unglücklich gemacht hat, etwas Unerwartetes. Misae hat damit
gekämpft. Sie hat versucht, sich davon zu befreien. Ich denke,
das ist der Grund, warum sie ‹Alles in allem bleibt mir keine
andere Wahl› geschrieben hat. Nichts in diesem Abschiedsbrief
erklärt dieses ‹alles in allem.›»

«Mitsue», sagte ich mit beherrschter Stimme. «So etwas zu
sagen ist grausam. Du hast recht, es gibt in diesem Brief keine
detaillierte Erklärung, aber sie hat gedacht, ich würde die Bedeutung schon verstehen.»

«Und? Hast du?»

Natürlich reagierte ich gekränkt. «Du verstehst es doch
selbst», sagte ich. «Du weißt doch, daß sie im vergangenen September eine Fehlgeburt hatte, als sie im vierten Monat schwanger war. Ich habe damals mit ihr geschimpft, weil die Fehlgeburt

ihre Schuld war. Sie hat geweint und sich entschuldigt. Aber nach etwa einem Monat wurde sie neurotisch. Ich habe alles in meiner Macht Stehende getan, um sie wieder aufzumuntern. Aber… das weißt du doch alles. Du hast ja sogar genau das gleiche dem Polizeibeamten erzählt, der an diesem Abend hier war, um den Selbstmord zu untersuchen.»

Ich erinnerte mich an die unangenehme Szene.

2

Seneca hat einmal gesagt, der Selbstmord sei ein besonderes Privileg des Menschen. Andere haben gesagt, im Selbstmord läge die äußerste menschliche Freiheit. Aber dieses Recht, diese Freiheit hat enorme Konsequenzen für die Menschen, die von dem Selbstmord berührt werden. Misaes Tod hat mich, sehr zu meinem Kummer, gelehrt, wie wahr dies ist.

Ich war in dieser Nacht außer mir und völlig durcheinander. Was wohl kaum weiter überraschend ist. Ich hatte mir vorgestellt, zu Hause von einer lächelnden Ehefrau erwartet zu werden. Und urplötzlich wurde ich mit diesem schockierenden Anblick konfrontiert. Die Absurdität, von einer Leiche begrüßt zu werden, trieb mich beinahe in den Wahnsinn.

Ich vermute, ich werde wohl kurz angebunden und unfreundlich zu dem Beamten gewesen sein, der mir Fragen stellte. Als älterer Mann legte er seinen Arm um meine Schulter und sagte: «Verstehen Sie, wir wollen nicht unhöflich sein, wenn wir Ihnen diese Fragen stellen. Uns gefällt es auch nicht, aber so ist die Vorschrift. Es ist eine unerfreuliche Arbeit.»

Wie er mir erklärte, mußten alle unnatürlichen Todesfälle polizeilich untersucht werden. Handelte es sich um Selbstmord, waren Methode und Ursache zu ermitteln. Untersuchungen mußten durchgeführt werden, ob jemand anderer zu dem Selbstmord angestiftet oder dabei aktiv geholfen hatte. Es sollte nach Abschiedsbriefen gesucht werden, und dann, wenn sie gefunden wurden, mußte deren Richtigkeit bewiesen werden.

«So ist es nun mal. Wir hoffen, daß Sie so freundlich sind, mit uns zusammenzuarbeiten», sagte er.

Ich willigte ein, und er begann nach Motiven zu fragen, genau das Thema, über das Mitsue gesprochen hatte.

Der Beamte sagte: «Der Abschiedsbrief ist mir nicht ganz klar. Wie wäre es, wenn Sie uns etwas detaillierter aufklären würden?»

Ich zögerte. «Ich kenne den tatsächlichen Grund doch auch nicht.»

«Ist Ihnen in letzter Zeit eine Veränderung oder etwas Merkwürdiges am Verhalten oder den Äußerungen Ihrer Frau aufgefallen?»

«Also ... ja.»

Ich erzählte von der Fehlgeburt. Als sie unachtsam eine Straße überquerte, war sie von einem Kind auf einem Fahrrad angefahren und zu Boden gerissen worden. Sie gab zu, daß sie nicht aufgepaßt hatte. Der Unfall war Folge von Gedankenlosigkeit.

Ich hatte mich bereits sehr auf die Geburt unseres ersten Kindes gefreut. Von dem Zeitpunkt, an dem ich erfuhr, daß sie schwanger war, hatte ich ihrem Zustand ganz besondere Beachtung geschenkt. Die Fehlgeburt stellte eine ungeheure Enttäuschung für mich dar. Ich wurde sehr wütend. Was sie vermutlich sehr getroffen haben muß. Lange Zeit weinte sie nahezu unentwegt und sprach kein Wort mehr. In letzter Zeit hatte sie sich allerdings wieder beruhigt, doch das Thema war zwischen uns auch weiterhin tabu geblieben.

Der Polizeibeamte machte sich Notizen, während er aufmerksam zuhörte. Dann sagte er: «Es handelte sich also um eine durch die Fehlgeburt ausgelöste Neurose?»

«Das vermute ich, ja. Einen anderen Grund kann ich mir nicht vorstellen.»

«Ich verstehe.»

Ich drehte mich um und schaute Mitsue an. Ich hatte sie angerufen. Sie erschien zehn Minuten nach dem Polizeibeamten.

«Sie sind Mrs. Akitsus jüngere Schwester, richtig?»

«Ja.» Ihr bleiches Gesicht war unbeweglich. Ich wandte meinen Blick ab.

«Haben Sie eine Erklärung, warum Ihre Schwester sich umgebracht hat?»

«Ich denke, das, was mein Schwager gesagt hat, ist der einzig mögliche Grund.»

Mitsue äußerte sich eindeutig. Ich war ihr zutiefst dankbar dafür, sich wie eine echte Verwandte zu verhalten.

«Mit anderen Worten, es ist auf den durch die Fehlgeburt entstandenen Schock zurückzuführen. Meinen Sie das?»

«Ja. Seither war sie häufig deprimiert und niedergeschlagen. Einmal ist sie in meine Wohnung gekommen und hat einen halben Tag nur geweint. Ich habe ihr gesagt, sie sollte den Kopf nicht hängen lassen. Ich habe ihr gesagt, sie könnte noch andere Babys bekommen. Ich sagte, wenn sie Zwillinge bekäme, würde sie das für das verlorene Kind entschädigen. Aber sie hat nicht einmal gelächelt. Der Schock muß sehr tief gesessen haben. Schon als Kind hat sie immer alles sehr ernst genommen, war auch damals schon häufig niedergeschlagen und bedrückt.»

Der Beamte schien mit dieser Erklärung zufrieden. Dann deutete er auf das Briefpapier, auf dem der Abschiedsbrief geschrieben worden war, und fragte: «Ist das die Handschrift Ihrer Frau?»

«Ja.»

«Ein Irrtum ist ausgeschlossen», sagte Mitsue. «Ich erkenne ihre schlanken Schriftzeichen, die leichte Schräge. Ja, das ist die Handschrift meiner Schwester.»

Ich wurde ein wenig wütend. Wollte er damit vielleicht andeuten, der Abschiedsbrief wäre gefälscht? Denn wenn es so war, dann wäre Misae ermordet worden. *Aber ich wußte besser als jeder andere, daß sie Selbstmord begangen hatte.*

Das Verhör war dumm. Wieso führte die Polizei solche sinnlosen Ermittlungen durch? Eines jedoch rief meine uneingeschränkte Bewunderung hervor. Sie machten das Geschäft ausfindig, in dem sie die Schlaftabletten gekauft hatte.

In unserem Viertel gab es zwei Apotheken. Da ich gelegentlich Schlaftabletten nahm, stellte es für Misae, die man in beiden Geschäften kannte, wahrscheinlich keinerlei Problem dar, das gewünschte Medikament zu kaufen. Der Inhaber der Apotheke, in der sie schließlich ihren Kauf tätigte, sagte aus, daß sie die Pillen am Tag zuvor gekauft hätte, um acht Uhr abends, und daß sie zu diesem Zeitpunkt einen völlig normalen Eindruck auf ihn gemacht hätte.

Als der Beamte dies erfuhr, machte er sich ein paar Notizen und sagte schließlich: «Damit handelt es sich hier um einen eindeutigen Fall von Selbstmord.»

Als er fort war, brachen Mitsue und ich neben Misaes Leichnam zusammen. Ich war unfähig, meine Tränen länger zu unterdrücken. Mitsue saß schluchzend neben mir. Das war vor einer Woche.

Ich konnte einfach nicht verstehen, warum Mitsue so hartnäckig nach dem «wahren Motiv» fragte. Was dachte sie? Es war etwas, für das ich keine Erklärung hatte.

3

«Warum hast du dieses Thema angeschnitten?» fragte ich, suchte nach etwas in ihren Augen.

«Etwas läßt mir keine Ruhe.»

«Was?»

«Bevor wir darauf kommen, sag mir doch bitte, wann du nach Kyoto abgereist bist.»

«Donnerstag vor einer Woche. Die Konferenz begann am Nachmittag desselben Tages und dauerte den ganzen folgenden und den halben übernächsten Tag. Als sie zu Ende war, bin ich mit dem Nachmittags-Expreß zurückgekommen.»

«Das bedeutet, du hast Tokio drei Tage vor ihrem Tod verlassen.»

«Richtig.»

«Wann genau hast du das Haus verlassen?»

«Früh. Ich bin mit dem Sieben-Uhr-zwanzig-Expreß gefahren, der um zehn nach zehn in Kyoto eintrifft. Jede Menge Zeit, um es zur Konferenz am Nachmittag zu schaffen. Aber das alles hat nichts mit Misaes Selbstmord zu tun.»

«Vielleicht doch.» Ein herausfordernder Ausdruck trat in ihre Augen. Um ihrem Blick auszuweichen, starrte ich in die lautlose Flamme des Gasofens. Nach einem Moment sagte sie: «Am Tag deiner Abreise habe ich hier angerufen. Ich hatte Misae über einen Monat nicht gesehen und hatte plötzlich das Bedürfnis, sie zu besuchen.»

«Sie war natürlich zu Hause?»

«Ja. Aber als ich fragte, ob ich herüberkommen könnte, sagte sie nein. Sie sagte, sie würde sowohl an diesem Abend wie auch am nächsten Tag zu tun haben. Da hat sie übrigens auch erwähnt, daß du nach Kyoto abgereist warst. Aber während unseres Telefongespräches habe ich etwas gehört...»

Ich sagte nichts.»

«Es war das Klappern einer Schiebetür, die geöffnet wurde. Dann rief eine Stimme: ‹Misa.› Und unsere Unterhaltung wurde unterbrochen.»

«Die Leitung war tot?»

«Nein. Ich glaube, Misae hat ihre Hand über die Sprechmuschel gelegt. Ich habe mehrere Male ihren Namen gerufen. Dann hat sie gesagt: ‹Tut mir leid. Gerade ist ein Nachbar vorbeigekommen. Ich muß jetzt Schluß machen. Gute Nacht.› Und damit war unsere Unterhaltung beendet.»

Ich steckte mir eine Zigarette an. «Ich verstehe nicht. Ich kann nichts Merkwürdiges an diesem Geräusch finden, das du am Telefon gehört hast.»

«Ach ja? Ich glaube, du verstehst sehr gut...»

«Sei nicht albern.» Ich wurde wütend. Ich weiß, daß ich sie scharf fixiert habe. Auch wenn sie meine Schwägerin war, gefiel es mir nicht, mich von einer jungen Frau als Dummkopf hinstellen zu lassen. Natürlich lasse ich mir so etwas nicht gerne sagen.

«Dann ahnst du also nicht, worauf ich hinauswill?»

«Nein.»

«Ich werde es dir erklären. Das Telefon steht auf dem Regal im Eßzimmer. Die meisten Türen hier besitzen Scharniere. Die einzige Schiebetür ist die zwischen Eßzimmer und Bad. Was bedeutet, das Geräusch, das ich gehört habe, wurde von jemandem verursacht, der aus dem Bad gekommen ist. Ich konnte es ganz deutlich hören, da sich die Schiebetür unmittelbar neben dem Telefon befindet…»

«Mit anderen Worten, während ihr euch unterhalten habt, hat jemand ein Bad genommen?»

«Ich denke, ja.»

Das war etwas völlig Neues für mich. Mit einem verdrießlichen Blick stieß ich den Rauch aus.

«Und es war die Stimme eines Mannes, die ‹Misa› gerufen hat.»

«Misae hat doch gesagt, es wäre ein Nachbar.»

«Ja. Aber ein Nachbar hätte doch sicher ‹Mrs. Akitsu› oder vielleicht noch ‹Misae› gesagt. Aber Misa ist ein Name, der nur von sehr wenigen Schulfreunden meiner Schwester benutzt worden ist.»

Es folgte ein weiteres bedrückendes Schweigen. Mitsue vertraute mir das Geheimnis an, daß meine Frau, während meiner Abwesenheit, einen alten Freund zu Gast gehabt und ihm erlaubt hatte, ein Bad zu nehmen. Mein Herz klopfte laut.

Meine Stimme war belegt. «Ich denke, du weißt, wer dieser Mann war.»

Statt ja oder nein zu sagen, erwiderte sie: «Hast du schon mal den Namen Mitsu Matoba gehört?»

Mitsu Matoba. Vielleicht war das Mitsues Antwort. Ich schüttelte den Kopf.

4

«Mitsu ist unser Cousin, ein Jahr älter als Misae», sagte sie, senkte dabei ihren Blick. «Früher hat er in einer Bank in der Innenstadt gearbeitet, aber vor zehn Jahren ist er dann plötzlich verschwunden.»

«Warum?»

«Das weiß niemand. Er ist einfach verschwunden. Wir haben Annoncen in die Zeitungen gesetzt und Privatdetektive engagiert, aber herausgekommen ist dabei nichts. Schließlich hatte sich die Familie damit abgefunden, daß er fort war. Dann, letzten Monat, ist er urplötzlich in meiner Wohnung aufgetaucht. Er muß meine Adresse herausgefunden haben, als er in einer Zeitung davon las, daß ich für eine meiner Kurzgeschichten einen Preis erhalten hatte.»

Ich erinnerte mich, daß eine ihrer Kurzgeschichten von einem Magazin mit einem Preis für neue Autoren ausgezeichnet worden war. Misae hatte sie mir zu lesen gegeben. Die mehrfachen plastischen Beschreibungen von Liebe und sexuellem Verlangen in der Geschichte erschreckten mich, gaben mir eine grobe Vorstellung von der Art des Privatlebens, das Mitsue führte. Ebenfalls erinnerten sie mich an den Duft ihrer weißen Haut.

«Ich war richtig schockiert, ihn nach zehn Jahren wiederzusehen. Ich wollte wissen, was er all die Jahre über gemacht hatte, aber er lächelte nur. ‹Kein Kommentar› war alles, was er gesagt hat. Er fragte mich nach Misaes Adresse.»

«Und du hast sie ihm gegeben?»

«Nein. Sein ausgemergeltes, ungesundes Aussehen hat mir nicht gefallen. Ich sah keinerlei Veranlassung, ihm etwas zu sagen, da er sich ja auch weigerte, über seine Vergangenheit zu sprechen oder mir auch nur seine augenblickliche Anschrift zu geben. Er muß allerdings ihre Adresse in meinem Telefonbuch gefunden haben, während ich Tee aufsetzte. Das Buch lag offen auf meinem Schreibtisch, als ich ins Wohnzimmer zurückkehrte.»

Um meine wachsende Nervosität zu beruhigen, sagte ich: «Du meinst, die Stimme, die du an diesem Abend gehört hast…»

Während mein Satz unvollendet blieb, sagte sie: «Mitsu war Misaes erste große Liebe.»

Ich fühlte mich todunglücklich, und Mitsue, wie um es noch schlimmer zu machen, fuhr fort: «Sie wollten heiraten. Als er dann verschwand, wurde sie ernstlich krank. Sie waren immer viel spazierengegangen und hatten Konzerte besucht. Vielleicht hatte sie ihm ja sogar erlaubt, sie zu küssen…»

Ich hob meine Hand. In ihren Augen loderte ein Licht, das Wut oder auch Eifersucht bedeuten konnte.

«Lassen wir es dabei bewenden», sagte ich. «Es ist schon spät.»

Ich stand auf.

«Nur noch eine Minute», sagte sie. «Ich bin noch nicht fertig.»

«Ich habe aber genug gehört.»

«Aber was ist mit dem wahren Grund, warum sie sich umgebracht hat? Ich habe immer noch nicht gehört, was du zu sagen hast.»

Sie war verdammt hartnäckig.

«Ich habe nichts zu sagen. Ich kann mir nur vorstellen, daß sie sich wegen der Fehlgeburt umgebracht hat.»

«Okay. Erlaube mir eine Frage. An dem Tag, als du sie gefunden hast, um wieviel Uhr hast du Kyoto verlassen? Und wann bist du nach Hause gekommen?»

Mit wachsender Empörung beobachtete ich sie.

5

Der Polizeibeamte hatte mich das alles bereits gefragt. Ich hatte den Expreß 310 genommen, der Kyoto um zwei Uhr fünfundvierzig verließ. Ein junger Dozent von der Universität begleitete mich. Als wir um fünf nach halb sechs auf dem Tokioter Hauptbahnhof eintrafen, trennten wir uns. Ich nahm die U-Bahn bis zur Haltestelle Koenji und ging von dort zu Fuß nach Hause. Es dauert vielleicht vierzehn oder fünfzehn Minuten. Ich bemerkte, daß im Haus kein Licht brannte. Ich dachte, sie wird wohl einkaufen gegangen sein, schloß die Haustür mit meinem Schlüssel auf. Ich betrat den Raum, in dem ich dann ihren immer noch warmen Leichnam fand. Da ich glaubte, sie könnte möglicherweise noch gerettet werden, rief ich einen befreundeten Arzt an. Meine Hände zitterten, als ich die Nummer wählte. Als er eintraf, sagte er, sie wäre bereits seit zwei Stunden tot. Auf seinen Vorschlag hin verständigte ich das in der Nähe gelegene Polizeirevier und rief anschließend in Mitsues Wohnung an.

Der Polizist war beunruhigt, da seiner Ansicht nach zuviel Zeit vergangen war zwischen meiner Ankunft in Tokio und dem

Moment, an dem ich mein Haus betrat, die Leiche entdeckte und den Arzt anrief. Es war dumm. Es gab überhaupt kein Problem. Das folgende Frage-und-Antwort-Spiel fand zwischen dem Polizisten und mir statt:

– Sie sind sicher, daß Sie den Expreß 310 genommen haben?

– Ja. Sie können das bei Professor Sato nachprüfen. Er war bei mir.

– Und Sie sind um fünf nach halb sechs in Tokio angekommen?

– Ja, das ist richtig.

– Sie sind dann mit der U-Bahn bis nach Koenji gefahren und zu Fuß vom Bahnhof nach Hause gegangen. Dafür haben Sie vierzehn oder fünfzehn Minuten benötigt? Das bedeutet, Sie hätten die Leiche kurz nach sieben finden müssen. Aber es war bereits nach halb neun, als Sie den Arzt angerufen haben. Somit bleibt über eine Stunde, für die Sie keine Rechenschaft ablegen können. Wo waren Sie während dieser Zeit?

– Ich bin nicht mit der ersten U-Bahn gefahren. Zuerst wollte ich ein Taxi nehmen. Ich konnte allerdings keines finden. Das muß so etwa zwanzig oder dreißig Minuten gedauert haben.

– Ich verstehe. Und dann?

– Dann gab ich auf und beschloß, doch mit der U-Bahn zu fahren. Aber es war Abendbrotzeit, und ich hatte Hunger. Ich dachte, ich sollte vielleicht etwas essen, bevor ich nach Hause ging, und schaute mich nach einem Restaurant in der Nähe um.

– Wo haben Sie gegessen?

– Ich bin in keines der Restaurants gegangen. Das Essen in meinem Hotel in Kyoto war sehr fett gewesen. Als ich durch die Straßen schlenderte, entschied ich, daß ich nur etwas Leichtes wollte und daher statt dessen zu Hause eine Schale Reis und Brühe essen würde. Also beeilte ich mich, zur U-Bahnstation zu kommen. Ich vermute, daß ich etwa eine Stunde unentschlossen herumspaziert sein muß.

Ich weiß, daß ich mich wiederhole, aber die ganze Diskussion war ausgesprochen dumm. Denn immerhin, das eigentliche Problem ist doch der Zeitpunkt, an dem Misae die Schlaftabletten eingenommen hat. Und zu dieser Zeit war ich in einer Bar in

Kyoto. In meiner Begleitung befanden sich mehrere Personen. Ich bin bereit, bei Gott zu schwören, daß ich nichts mit Misaes Selbstmord zu tun hatte. *Ich wußte nichts davon.*

Als Mitsue mich nach der Uhrzeit meiner Rückkehr nach Tokio fragte, empfand ich Feindseligkeit und Empörung.

«Mitsue, warum fragst du mich das? Ich habe der Polizei bereits alles erklärt. Sie waren überzeugt. Du warst doch selbst dabei, du hast alles gehört.»

«Ich war nicht überzeugt.»

«Was?»

«Du haßt Taxen. Du fährst immer mit der U-Bahn oder mit Bussen. Aus welchem Grund solltest du plötzlich, ausgerechnet an diesem bewußten Abend, ein Taxi suchen wollen?»

Ich sagte nichts.

«Seit eurer Hochzeit war es Tradition für Misae, dir etwas ganz Besonderes zum Abendbrot zu kochen, wenn du von deinen Geschäftsreisen zurückkehrtest.»

Und auch jetzt erwiderte ich nichts.

«Ich kann einfach nicht glauben, daß du dieses eine Mal eine Familientradition gebrochen haben sollst. Ich denke, alles, was du der Polizei gesagt hast, war nur erfunden, um diese Lücke von einer Stunde in deinen Aktivitäten zu erklären.»

«Lächerlich!» Ich schleuderte ihr das Wort entgegen, um meine Nervosität zu verbergen. «Was habe ich denn deiner Meinung nach während dieser Stunde gemacht?»

«Praktisch alles. Du könntest zum Beispiel Misaes langen Abschiedsbrief gelesen haben.»

«Der Abschiedsbrief bestand aus einem einzigen Blatt. Es dauerte weniger als dreißig Sekunden, diese paar Zeilen zu lesen.»

«Oh, nein. Ich denke, das war nur die letzte von vielen Seiten, vielleicht von Dutzenden Seiten einer detaillierten Erklärung des Warum, ‹Alles in allem bleibt mir keine andere Wahl.›»

Ich spürte, wie mein Gesicht aschfahl wurde. Alle Farbe verschwand aus meinen Lippen.

«Was soll denn deiner Meinung nach in diesem Brief gestanden haben?» sagte ich.

«Ich glaube, es ging um Mitsu. Ich glaube, er war hier, während du in Kyoto gewesen bist. Er war ihre erste große Liebe. Es war das erste Mal, daß sie sich nach zehn Jahren wiedergesehen hatten. Wie aus heiterem Himmel taucht plötzlich eine alte Liebe auf. Ihn umhüllte die dunkle Wolke seiner unbekannten Vergangenheit. Er war am Boden und gebrochen. Misae muß überwältigende Liebe und Mitleid für ihn empfunden haben. Sie hat sich an ihn geklammert…»

«Du bist ein echter Romancier. Die gefühlsbetonten Szenen sind sehr realistisch.»

Mitsues Tonfall war scharf. «Hör auf damit.»

Ich war still, doch die Zigarette in meinen Fingern zitterte.

«Nach der Fehlgeburt ist sie völlig aus der Fassung geraten. Sie war leicht erregbar und hat nur noch geweint. Als wäre es geplant gewesen, tauchte Mitsu genau in dem Augenblick auf, als sie besonders schwach war. Es besteht überhaupt kein Zweifel daran, daß ich an diesem Abend Mitsus Stimme am Telefon gehört habe. Ich denke, ich kann mir genau vorstellen, was sie in dieser Nacht gemacht haben.»

Ich brachte keine Silbe heraus.

«Ich vermute, Mitsu hat sie gebeten, dich zu verlassen und ihn zu heiraten. Im Griff der Leidenschaft, in den Armen des ersten Mannes, den sie je geliebt hatte, verlor Misae wahrscheinlich vollkommen die Selbstbeherrschung und willigte in sein Bitten ein. Sie versprach, sich wieder mit ihm zu treffen. Doch nachdem er gegangen war, muß sie schreckliche Gewissensbisse bekommen haben. Sie erkannte, daß sie sich gegen dich versündigt hatte, aber es gab keine Möglichkeit, das Geschehene ungeschehen zu machen. Vor lauter Angst und Bedauern gelangte sie allmählich zu dem Schluß, daß die einzige Möglichkeit der Wiedergutmachung darin bestand, zu sterben. Das war der wirkliche Grund für ihren Selbstmord, nicht wahr?»

Tränen kullerten über ihre bleichen Wangen.

Sie sagte: «Als ich den Abschiedsbrief das erste Mal gesehen habe, fand ich ihn gleich merkwürdig. Dort stand: ‹Es tut mir schrecklich leid wegen Mitsue.› Aber in meinem ganzen Leben hat Misae mich noch nie bei meinem vollen Namen genannt. Für sie war ich immer nur Miko.»

«Die Menschen schreiben nicht immer genau wie sie sprechen.»

Es war ein kläglicher Versuch.

«Nein. Der Name, der dort geschrieben stand, lautete Mitsu, nicht Mitsue. Mitsu tat ihr leid, weil sie ihr Versprechen nicht erfüllen konnte, ihn zu heiraten, wie sie es von ganzem Herzen wollte. Das war ihre Art, sich zu entschuldigen. Aber du wolltest nicht, daß jemand anderer seinen Namen sah. Du hast schon allein die Vorstellung seiner Existenz geleugnet. Du hast einfach ein e an seinen Namen angehängt, wodurch daraus mein Name wurde. Und damit hast du den gesamten Inhalt des Briefes verändert. Indem du einen einzigen Buchstaben hinzugefügt hast, hast du gleichzeitig den wahren Grund für Misaes Selbstmord ausgelöscht…»

Sie war brillant. Ich war geschlagen. Ich schluckte schwer. «Mitsue, warum hast du nichts davon der Polizei gesagt?»

Sie antwortete schnell. «Nicht nötig. Außerdem… na ja, ich liebe dich.»

Ich konnte es nicht glauben. Mitsue liebte mich; sie liebte mich.

6

Schließlich sagte ich: «Es ist schwer zu glauben. Du hast es mir nie gezeigt.»

«Ja, so bin ich eben», sagte sie mit einem schwachen Lächeln. «Ich glaube, ich liebe dich schon, seit ich dir das erste Mal begegnet bin. Aber ich konnte nichts sagen. So eine Frau bin ich eben.»

«Ich hatte ja keine Ahnung. Ich dachte, du wärest mutiger, erfahrener.»

«Vielleicht kann ich einen Mann gerade deshalb nicht bitten, mich zu lieben, weil ich mutiger bin. Als du Misae deinen Heiratsantrag gemacht hast, wußte ich, daß ich verloren hatte. Es hat weh getan. Es hat so weh getan, daß ich die ganze Nacht geweint habe, als ich es erfuhr.»

Ihre Worte trafen mich. Ihre Liebe hatte meine feige, gefährliche Tat verborgen. Es war jetzt sehr still. Es gab nichts weiter zu sagen. Ich hörte nur noch das Ticken der Uhr, und dieses Geräusch war schmerzhaft. Plötzlich fühlte ich mich gezwungen, *davon* zu erzählen. Jetzt, vielleicht könnte ich es... jetzt sagen...

Ich unterdrückte den Impuls. Ich konnte mich nicht zu sehr auf das verlassen, was sie gesagt hatte. Vielleicht war die Liebe, von der sie gesprochen hatte, nur Tarnung für das Ränkeschmieden einer achtundzwanzigjährigen Frau. Nichts bewies, daß sie immer noch auf meiner Seite stehen würde, wenn ich ihr *davon* erzählte. Nein. Ich mußte es den Rest meines Lebens verbergen.

«Sieh nur, wie spät es schon ist», sagte Mitsue, drehte sich um. Und dabei rutschte ihr kurzer Rock noch ein Stück höher, entblößte das üppige Weiß ihrer Schenkel. Ich holte tief Luft. Verlangen flammte in meinen Lenden auf. «Zeit fürs Bett», sagte sie, stand auf, um zu gehen. «Tut mir leid, daß ich dich so lange aufgehalten habe.»

«Schon in Ordnung», sagte ich schroff. «Danke.»

Als sie die Tür öffnete, sagte sie, ohne sich umzudrehen: «Es tut mir nicht leid, dir gesagt zu haben, daß ich dich liebe. Was auch immer geschieht...»

«Gute Nacht.»

Ihre Schritte verhallten auf der Treppe. Ich atmete erleichtert auf.

7

Sie hatte richtig geraten. Sie hatte den wahren Grund für Misaes Selbstmord herausgefunden. Aber das war nur ein Teil der Geschichte, nicht die ganze Wahrheit. Es gab noch weitere, schreckliche Fakten.

Noch einmal brachte ich mir alles in Erinnerung, was an jenem Abend geschehen war. Nachdem ich auf dem Tokioter Bahnhof angekommen war, fuhr ich sofort mit der U-Bahn nach Koenji. Bis dahin hatte Mitsue völlig recht. Als ich den Hauptraum im Erdgeschoß betrat, blieb ich wie angewurzelt stehen. Dort lagen Misae und ein Mann. Sie lagen in zärtlicher Umarmung ausgestreckt auf dem Bettzeug. Als ich mich von meinem ersten Schock erholte, kniete ich mich neben sie. Misae atmete nicht mehr. Das Atmen des Mannes kam tief und regelmäßig. Zu diesem Zeitpunkt lebte er noch.

Ich hatte ihn noch nie zuvor gesehen. Er hatte eine dunkle Hautfarbe. Er war vermutlich vier- oder fünfunddreißig. Die Jacke seines schwarzen Anzuges hatte er ausgezogen, trug aber noch die Hose und ein weißes Hemd mit einer blauen Fliege.

Ich wußte sofort, daß Misae einen Doppelselbstmord mit diesem Mann geplant hatte. In einem Umschlag fand ich ein dickes Bündel Blätter, auf denen Misaes Abschiedsbrief geschrieben war. Aus diesem Brief erfuhr ich den Namen des Mannes. Mitsu Matoba.

Die Beziehungen zwischen ihm und Misae waren genau so, wie Mitsue es gesagt hatte. Doch der Brief war so konfus, so voller an mich gerichteter, übertriebener Entschuldigungen, daß ich den psychologischen Ablauf nicht nachvollziehen konnte, der schließlich zu ihrer Entscheidung, sich umzubringen, geführt hatte.

Der Selbstmord war geplant gewesen. Sie hatten gebadet, und Misae hatte frische Unterwäsche angezogen. Es machte mich wütend, wie ruhig und friedlich sie aussahen. Ich konnte ihnen niemals verzeihen. Es war einfach absurd, daß dieser Fremde dort lag und meine Frau umarmte. Lodernde Wut übermannte mich. Mit zusammengebissenen Zähnen starrte ich auf sie herab.

In diesem Augenblick holte der Mann tief Luft und öffnete einen Spaltbreit die Augen. Mit aller Kraft trat ich ihm ins Gesicht. Dann trat ich auf seine Kehle. Ein ekelhaftes Geräusch, weder Atmen noch Aufschrei, löste sich aus seinem Mund. Mit beiden Füßen sprang ich auf seiner Brust auf und ab. Jedesmal hörte ich das Reißen von Fleisch. Schon sonderbar, aber die ganze Zeit dachte ich darüber nach, wie ich seine Leiche loswerden konnte.

Danach schleppte ich seinen schlaffen Körper in den Garten.

In einer Ecke gab es eine Stelle, an der abgestorbene Baumwurzeln ausgegraben worden waren. Genau dorthin brachte ich ihn.

Mit einer Schaufel hob ich das Loch tiefer aus. Dann stieß ich ihn hinein und bedeckte ihn mit Erde. Ich schwitzte, als ich meine Aufgabe erledigt hatte. Doch es war Nacht, und ich begegnete niemandem. Die ganze Aktion dauerte etwa eine Stunde.

Die nutzlosen Teile des Abschiedsbriefes warf ich fort, ließ nur die letzte Seite übrig. Und fügte, wie Mitsue schon erraten hatte, dem Namen des Mannes ein e zu, machte es zu ihrem Namen.

Die Stelle mit «Ich bitte darum, daß die entsprechenden Vorkehrungen getroffen werden» bezog sich auf die Bestattung. Sie wollte zusammen mit Matoba begraben werden. Das hatte im ersten Teil des Briefes gestanden. Ich dachte ja gar nicht daran, einem solchen Wunsch nachzukommen. Statt dessen wollte ich es so aussehen lassen, als hätte sie allein Selbstmord begangen. Einen Strich durch ihren letzten Wunsch zu machen war meine Rache. Nachdem ich mich noch einmal gründlich im Zimmer umgesehen hatte, um sicherzugehen, nichts übersehen zu haben, rief ich den Arzt an.

Die Leiche des Mannes liegt immer noch begraben in einer Ecke des Gartens. Im Frühjahr werde ich dort etwas pflanzen. Ich frage mich, welche Blumen wohl auf einem solchen fetten Boden blühen werden?

Plötzlich erinnerte ich mich an die Worte, die Mitsue einige Zeit zuvor gesagt hatte: «Es tut mir nicht leid, dir gesagt zu haben, daß ich dich liebe. Was auch immer geschieht...»

Genau das hatte sie gesagt. «Was auch immer geschieht.» Zweifellos waren diese Worte eine Einladung. Der Eindruck ihres weißen Fleisches war immer noch frisch in meiner Erinnerung. Die Glätte ihrer samtweichen Schenkel. Die vollen Brüste. Ihr Zimmer liegt im Erdgeschoß, direkt unter mir. Ich frage mich, ob sie wohl schon schläft. Diese Dinge gingen mir durch den Kopf, als ich dort saß und auf die Tür starrte, die auf die Treppe führt.

Deutsch von Jürgen Bürger

Yoh Sano
Maskenmord

Yoh Sano (1938), der, wie viele japanische Autoren, im Journalismus begann, ist einer der erfolgreichsten Kriminalschriftsteller Japans. Seine besondere Qualität sind die Dialoge, und er bedient sich oft, wie in der folgenden Geschichte, wahrer Fälle. Die nun folgende Fragestellung ist sowohl rechtlicher als auch psychologischer Natur. Der Gebrauch einer Maske, einer Illusion, einer Nicht-Realität führt zu ernsten Schwierigkeiten. So? Kann der Angeklagte sich auf Fahrlässigkeit berufen? Kann der Ankläger kriminelle Fahrlässigkeit geltend machen? Kann die Verteidigung auf Notwehr plädieren?

Kapitel eins
Strafverfolgung bei fehlender Voraussehbarkeit
des Erfolges ausgeschlossen

Die strafrechtliche Verfolgung einer Tat ist der juristischen Definition nach genau dann bei fehlender Voraussehbarkeit des Erfolges ausgeschlossen, wenn aufgrund der Natur dieser Handlung der Erfolg derselben unmöglich vorsätzlich herbeigeführt werden kann. Wer eine solche Tat begeht, hat sich vor dem Gesetz nicht strafbar gemacht.

> Polizeiliche Untersuchung der Todesursache. Anwesend sind:
> Leiter der Untersuchung – Polizeichef A.
> Stellvertretender Leiter der Untersuchung – Polizeichef B.
> Chef der Kriminalpolizei – Polizeichef C.
> Chef der Mordkommission – Inspektor D.
> Vorsitzender des Untersuchungsausschusses – Inspektor E.
> Weitere Angehörige des Untersuchungsausschusses – die Polizeibeamten F., G., H., I. und J.

1

Inspektor D.: «Als dieser Fall von der Presse aufgegriffen wurde, sprachen die Zeitungen vom *Maskenmord*. Wie dieser Bezeichnung bereits zu entnehmen ist, haben wir es hier mit einem recht speziellen Verbrechen zu tun, soll heißen, mit einem Spezialfall eines unnatürlichen Todes. Dies schließt eine ganze Reihe von Problemen ein, die nur schwer zu interpretieren und zu handhaben sind. Wir haben Sie zu dieser Besprechung gebeten, um einerseits die bislang in diesem Fall bekannten Fakten darzulegen, und ferner, damit Sie aus erster Hand die Meinungen der Personen hören können, die unmittelbar an der Durchführung der Ermittlung beteiligt waren. Inspektor E., könnten Sie für uns bitte zunächst in groben Zügen die Fakten des Falles umreißen?»

Inspektor E.: «Der Vorfall ereignete sich am sechsten Januar diesen Jahres, einem Montag, gegen zwölf Uhr fünfundzwanzig mittags auf dem Dach der Firmenzentrale der *Chua Business Machines Company.*

Da es der erste Arbeitstag nach dem Neujahrsurlaub war, endete die Arbeit bereits mittags. Neun Mitarbeiter der Kundendienstabteilung gingen auf das Dach, um dort ein Gruppenfoto machen zu lassen. Keiji Nogami, dreiundzwanzig, sollte die Aufnahme machen. Dazu verwendete er eine Fünfunddreißig-Millimeter-Kamera der Marke *Nippon.*

Nogami wählte einen geeigneten Platz und baute das Stativ auf. Die Personen stellten sich auf: drei hockten sich vorn in die erste Reihe, die fünf anderen standen dahinter.

Nogami schaute in den Sucher, um das Objektiv scharfzustellen.

An diesem Punkt sollte ich erwähnen, daß Nogami seinen Kopf mit einem schwarzen Tuch bedeckte, während er das Objektiv einstellte. Dies ist bei einer Fünfunddreißig-Millimeter-Kamera normalerweise nicht erforderlich, doch Nogami hatte dafür einen besonderen Grund. Während er unter dem schwarzen Tuch steckte, setzte er sich eine Affenmaske auf.

Hier ist die Maske. Wie Sie alle sehen können, paßt sie genau über den Kopf und sieht einem echten Affen verblüffend ähnlich.»

Inspektor D.: Inspektor E., würden Sie die Maske bitte einmal aufsetzen, damit wir eine Vorstellung von ihrer Wirkung bekommen?»

Inspektor E.: «Gewiß.»

Untersuchungsleiter A.: «Sagenhaft. Genau so sehen die Schauspieler in diesem Film über die Affenwelt aus.»

Polizeichef C.: «Sie meinen *Planet der Affen.* Ja. Ich wette, diese Maske ist eine Nachbildung der in diesem Film benutzten Maske.»

Inspektor E.: «Warten Sie, bis ich sie wieder abgenommen habe. So. Wie auch immer, während Nogami so tat, als dauerte es eine Weile, die Kamera einzustellen, setzte er unter dem schwarzen Tuch diese Maske auf. Dann sagte er etwas wie ‹Und jetzt alle: Cheese!› und steckte seinen Kopf wieder heraus. Er trug die Maske. Was den anderen einen gehörigen Schrecken einjagte. Der Auslöser klickte. Mit anderen Worten, er versuchte, seine Kollegen von der Kundendienstabteilung im Zustand des Erschrockenseins zu fotografieren.»

Stellvertretender Leiter der Untersuchung B.: «Macht er öfter solche Scherze?»

Inspektor E.: «Nein. Ich komme noch darauf zurück. Jedenfalls gelang ihm, wie Sie sich denken können, ein Schnappschuß überraschter Gesichter. Den Film stellte er uns später von sich aus zur Verfügung. Wir ließen Abzüge machen. Das Foto liegt Ihnen vor. Wie Sie sehen, ist es höchst interessant, da es Mienen in einem Augenblick zeigt, an dem etwas Unvorhergesehenes passiert.

Achten Sie bitte auf den Mann in der vorderen Reihe rechts außen. Seine Augen sind weiter aufgerissen als die der anderen. Er scheint nach Luft zu schnappen. Und die Hand, die auf seinem Knie gelegen hat, ist ein ganz klein wenig gehoben. Der Verschluß war nur eine fünfhundertstel Sekunde geöffnet. Die Hand ist in ihrer Bewegung eingefroren. Wie man mir später versicherte, hob sie sich noch bis zu seinen Augen, wo sie dann nach etwas zu greifen schien.

Die anderen erkannten sofort, daß sie auf einen Streich von Nogami hereingefallen waren, und entspannten sich. Dann hörten sie einen entsetzlichen Schrei. Sie sahen, wie der stellvertretende Abteilungsleiter Junsuke Iwatsu, dreiundfünfzig, zusammenbrach…

Was eine ziemliche Aufregung verursachte. Sofort drängten sich alle um Iwatsu und redeten auf ihn ein. Zu diesem Zeitpunkt lag Iwatsu bereits der Länge nach ausgestreckt auf dem Boden und gab keinen Ton mehr von sich.

Einer der Angestellten lief nach unten und verständigte einen Krankenwagen, der auch sehr schnell eintraf. Der Mann erhielt Sauerstoff und eine Herzmassage. Ein Arzt aus der Nachbarschaft eilte zu Hilfe und setzte eine Kampfer-Injektion. Doch Iwatsu überlebte nicht. Er starb.

Der Gerichtsmediziner diagnostizierte akutes Herzversagen als Todesursache. Selbst unter normalen Umständen war

Iwatsus Herz nicht besonders stark. Der Schock, plötzlich die
Affenmaske zu sehen, muß eine heftige Kontraktion seines Herz-
muskels ausgelöst haben, was wiederum zu einer, wie der Fach-
ausdruck lautet, Kardioplegie, einer Herzlähmung führte.»

2

Inspektor D.: «Danke. Das sind also in groben Zügen die Fakten des Falles. Auch wenn die Presse das Schlagwort *Maskenmord* geprägt hat, ist die Verwendung des Begriffes ‹Mord› hier
nicht angebracht, da zwischen der Maske und dem Tod von Junsuke Iwatsu kein Kausalzusammenhang besteht.»

Leiter der Untersuchung A.: «Kein Zusammenhang! Aber er
ist doch gestorben, weil er diese Maske gesehen hat…»

Inspektor D.: «Sicher, so gesehen ist die Maske die Ursache
und Iwatsus Tod die Folge. In gewisser Weise besteht also schon
eine kausale Beziehung. Aber dies ist kein Kausalzusammenhang
im rechtlichen Sinn. Vom Standpunkt des Juristen liegt eine Kau-
salität nur dann vor, wenn davon ausgegangen werden kann,
daß bei Eintreten von Ereignis A zwangsläufig Resultat B folgt.»

Stellvertretender Leiter der Untersuchung B.: «Wußte Nogami nicht, daß Iwatsu ein schwaches Herz hatte?»

Inspektor E.: «Er behauptet, es nicht gewußt zu haben. Iwatsu
war fettleibig. Bei einer Größe von nur einem Meter dreiundsech-
zig war Iwatsu immerhin 78 Kilo schwer. Beim Treppensteigen
schnaufte er und litt unter Kurzatmigkeit. Anderen Mitarbeitern
des Kundendienstes war dies aufgefallen. Iwatsu selbst hatte oft
gesagt, daß er abnehmen müsse, daß sein Gewicht schlecht für
sein Herz wäre. Nogami muß davon gehört haben.»

Stellvertretender Leiter der Untersuchung B.: «Nogami behauptet, er hätte nicht geahnt, daß die Überraschung groß genug
sein würde, um jemanden zu töten. Ich will ihn ja nicht in Schutz
nehmen, aber das scheint mir doch dem gesunden Menschenver-
stand zu entsprechen.»

Polizeichef C.: «Ja. Selbst wenn das Herz eines Menschen
schwach ist, besteht kein Grund zur Annahme, daß er allein
durch den Anblick einer Affenmaske sterben wird. Wenn wir
hier von einem Versäumnis ausgehen, einen Herzkranken ange-

messen zu warnen, und somit fahrlässige Tötung vorliegt, wäre es dumm, einen Mordprozeß anzustrengen. Wahrscheinlich würde die Staatsanwaltschaft nicht einmal Anklage erheben. Einen bettlägerigen Herzkranken würde man vorwarnen müssen, aber Iwatsu war gesund genug, jeden Tag arbeiten zu gehen.»

Leiter der Untersuchung A.: «Mir ist da gerade etwas eingefallen – in einem Kriminalroman wird ein Herzkranker mit Hilfe einer Schlange ermordet...»

Inspektor D.: «Ja, den habe ich auch gelesen. *Warum war das Horoskop aufgeschlagen?* von Seicho Matsumoto. Aber die Umstände sind anders.»

Zunächst ist daran gedacht worden, unseren Fall als fahrlässige Tötung zu interpretieren. Was sich als unmöglich erwiesen hat. Dann haben wir Tod durch Unfall in Erwägung gezogen. Aber es hat sich ein neuer Sachverhalt ergeben. Inspektor F. bat um die Erlaubnis, die ganze Sache erneut zu untersuchen. Anscheinend hatte Nogami durchaus ein Motiv, Iwatsu zu töten, oder würde doch zumindest einen Nutzen aus seinem Tod ziehen können.»

Stellvertretender Leiter der Untersuchung B.: «Sie meinen, es besteht doch die Möglichkeit, Anklage wegen Mordverdacht zu erheben?»

Inspektor E.: «Die Möglichkeit, ja. Nogami schuldete Iwatsu immerhin fast einhunderttausend Yen. Ich würde gern Inspektor F. bitten, der diese Tatsachen ermittelt hat, uns zu berichten, was er in Erfahrung gebracht hat.»

3

Polizeibeamter F.: «Es ist schon sehr merkwürdig, wie ich auf diese Sache gestoßen bin. Vielleicht drei Tage nach Iwatsus Tod habe ich zufällig morgens in der Bahn mitgehört, wie zwei Büroangestellte den Fall diskutierten. Aufgrund der Art und Weise, wie sie redeten, wurde mir klar, daß sie Angestellte der *Chua Business Machines* waren. Einer von ihnen sagte, daß er sich jetzt, nachdem Iwatsu tot war, einen anderen Buchmacher suchen müsse. Was mich zu der Vermutung führte, daß Iwatsu für die Angestellten der *Chua* bei Pferderennen als Buchmacher fungiert haben muß. Ich berichtete meinen Vorgesetzten von dieser Idee. Daraufhin haben Inspektor H. und ich die Büros der *Chua* aufgesucht und dort weitere Erkundigungen eingezogen. Ferner haben wir Iwatsus Familie vernommen und herausgefunden, daß mein erster Eindruck bei dieser Unterhaltung, die ich in der Bahn mitbekommen hatte, zutreffend war.

Es war durchaus nicht so, daß Iwatsu Pferderennen besonders mochte. Er hatte irgendwo gehört, daß Buchmacher eine Menge Geld verdienten. Nachdem er sich ein wenig kundig gemacht hatte, beschloß er, sein Glück zu versuchen, um sich auf diese Weise etwas nebenbei zu verdienen.

Im Mai vergangenen Jahres nahm er bei einer Sparkasse zweihunderttausend Yen als Startkapital auf. Ende Juni hatte er das Darlehen bereits zurückgezahlt. Was bedeutet, daß er in knapp einem Monat mindestens seine Unkosten wieder hereinbekommen hatte oder sogar noch besser dastand.»

Stellvertretender Leiter der Untersuchung B.: «Gab es deswegen in der Firma keine Beschwerden?»

Polizeibeamter F.: «Das Büro schließt samstagmittags. Die ersten Wetten hat er immer erst nach zwölf Uhr angenommen. Die Büroarbeit wurde daher durch diese Tätigkeit in keiner Weise gestört. Sonntags nahm er die Wetten an seinem Telefon zu Hause an.

Über seine Kunden führte er Buch in einem dieser Notizbücher, wie sie von College-Studenten benutzt werden. Er trug es immer in seiner Aktentasche bei sich. Am Tag seines Todes befand es sich ebenfalls in seiner Tasche. Die Aktentasche wurde seiner Familie ausgehändigt, da es sich bei deren Inhalt ausschließlich um private Dinge handelte. Sie waren im Besitz des Notizbuches, als ich sie vernommen habe.»

Stellvertretender Leiter der Untersuchung B.: «Wieso wurde Iwatsu Buchmacher? Hatte er eine Freundin?»

Polizeibeamter F.: «Iwatsu hatte drei Kinder, einen Sohn und zwei Töchter. Das ältestes Mädchen ist verheiratet. Der Sohn, er ist übrigens einundzwanzig, studiert Geisteswissenschaften an einer großen Universität. Er würde gern im Ausland studieren.

Iwatsu hoffte, so genug Geld verdienen zu können, um den Jungen zu unterstützen.

Zunächst wollte der Sohn uns das Notizbuch nicht zeigen. Behauptete, es würde nicht existieren. Wir haben gedroht, mit einem Hausdurchsuchungsbefehl wiederzukommen. Also hat er es uns ausgehändigt. Ich glaube, er wollte selbst das Geld bei den Leuten einzutreiben versuchen, die noch Schulden bei seinem Vater hatten.»

Polizeichef C.: «Wie hoch waren denn seine Außenstände?»

Polizeibeamter F.: «Die meisten Leute zahlten ihre Schulden zurück, wenn zum Jahresende die Gratifikationen überwiesen wurden. Die Gesamtsumme war nicht sehr hoch; etwa dreihunderttausend Yen. Fünf Tage vor seinem Tod fand ein Pferderennen statt, das er noch nicht abgerechnet hatte. Angefangen hat er in recht bescheidenem Maßstab, doch dieses Mal ging, für einen Buchmacher, ein ordentlicher Batzen Geld durch seine Hände. Von den dreihunderttausend Yen Außenständen schuldete Nogami ihm dreiundneunzigtausend.»

Leiter der Untersuchung A.: «Folglich war er einer seiner Hauptschuldner.»

Polizeibeamter F.: «Der zweitgrößte. Eine andere Person schuldete Iwatsu sechsundneunzigtausend. Nach Zahlung seiner Gratifikationen blieben Nogami noch fünfzigtausend Yen Schulden, doch er hatte bei einer Wette auf das Rennen in der ersten Woche des neuen Jahres dreiundvierzigtausend verloren.»

Leiter der Untersuchung A.: «Wer ist dieser andere Hauptschuldner?»

Polizeibeamter F.: «Ein gewisser Onuki. Er ist Leiter der Verkaufsabteilung. Er hatte bereits früher Schulden in Höhe von fast hunderttausend Yen. Aber er hat immer zurückgezahlt, wenn er gewonnen hatte. Außerdem ist sein Gehalt hoch genug, daß ihm Schulden dieser Höhe kein größeres Kopfzerbrechen bereiten mußten. Am Tage von Iwatsus Tod ging er mit mehreren Angestellten der Verkaufsabteilung in einen nahegelegenen Mahjong-Salon. Er kann nichts mit dem Fall zu tun haben.»

Polizeichef C.: «Aber selbst wenn wir nur von Nogami sprechen, bezweifle ich doch stark, daß hunderttausend Yen als Motiv für den Mord ausreichen.»

Inspektor D.: «Bei der momentanen Inflationsrate sind hunderttausend natürlich nicht viel Geld. Würde aber der Gläubiger sterben, ohne ihn im engeren Sinne umbringen zu müssen und ohne dafür strafrechtlich belangt werden zu können, wäre es vielleicht doch sehr verlockend. Hunderttausend könnten ein ausreichendes Motiv darstellen.»

Polizeichef C.: «Hm. Nicht für Mord. Aber durchaus ein Motiv zum Handeln. So in der Richtung von: ‹Versuchen wir's doch einfach mal.› Wenn der Bursche stirbt, bin ich fein raus. In diesem Sinne also, doch, ich denke, Nogami hatte ein Motiv.»

Stellvertretender Leiter der Untersuchung B.: «Sie vertreten einen ziemlich negativen Standpunkt, nicht wahr?»

Polizeichef C.: «Nein, nicht negativ. Es ist eine kitzlige rechtliche Frage. Wir müssen in unserer Argumentation sehr exakt vorgehen.»

Inspektor E.: «Nun, ich glaube, wir haben nun ausreichend geklärt, daß Nogami ein, wie Sie es nennen, ‹Motiv zum Handeln› hatte. Als nächstes haben wir dann die übrigen Angestellten des Büros vernommen, um in Erfahrung zu bringen, welche Meinung sie von Nogami hatten. Wir haben dabei einige seltsame Dinge herausgefunden, die zu erläutern ich Inspektor G. bitten möchte.»

Polizeibeamter G.: «Polizeichef B. wollte wissen, ob Nogami die Angewohnheit hatte, andere auf diese Art und Weise zu überraschen. Tatsächlich ist das ein wichtiger Punkt. Gespräche mit seinen Kollegen erbrachten, daß das, was er an diesem Tag auf dem Dach getan hat, höchst ungewöhnlich für ihn war.»

Polizeichef C.: «Von wie vielen Leuten haben Sie das gehört?»

Polizeibeamter G.: «Von allen, die sich an diesem Tag auf dem Dach fotografieren ließen. Sie stimmten darin überein, daß so etwas normalerweise bei Nogami undenkbar sei.

Der Abteilungsleiter sagt aus, Nogami wäre kompetent und gewissenhaft, was seine Arbeit betrifft, sei aber im übrigen zu nüchtern. Der Abteilungsleiter war erstaunt, daß Nogami so etwas getan hatte. Im Büro macht er nie Witze.»

Stellvertretender Leiter der Untersuchung B.: «Wenn er so ein Mensch ist, wundert es mich nicht, daß seine Kollegen ziemlich überrascht über die Affenmaske waren.»

Polizeibeamter G.: «Das würde ich sagen. Da Nogami so ein nüchterner Mensch war, muß der Schock um so größer gewesen sein, als plötzlich ein Affengesicht unter dem schwarzen Tuch auftauchte.

Was uns wiederum zu der Frage brachte, warum er so etwas überhaupt tun sollte – an diesem Tag, meine ich. Hat er damit irgendeine bestimmte Absicht verfolgt? Also haben wir Nogami selbst befragt.

Er sagte, er wäre sich durchaus der Tatsache bewußt, daß er ein recht nüchterner Mensch sei, und beabsichtige, daran nach und nach etwas zu ändern. In der Geschäftswelt gibt es alle möglichen Arten von Konkurrenz. Das Wichtigste ist, die Anerkennung seiner Vorgesetzten zu finden.

Nogami meinte, daß er einen stärkeren Eindruck hinterlassen könnte, wenn er gelegentlich etwas Verrücktes machte, statt sich immer nur zurückzuhalten und ein konservatives Verhalten an den Tag zu legen. Zum Jahreswechsel faßte er den Vorsatz, seine Persönlichkeit zu ändern. Sein erster Schritt bestand darin, seinen Vorgesetzten und Kollegen mit dieser Affenmaske einen Schrecken einzujagen. So jedenfalls hat uns Nogami die Sache erklärt.»

Leiter der Untersuchung A.: «Auf den ersten Blick wirkt dies plausibel. Aber wenn man genauer darüber nachdenkt, klingt es doch sehr aufgesetzt. Höchstwahrscheinlich war ihm bewußt, daß solche Fragen gestellt würden und daß er gute Ausreden zur Hand haben mußte.»

Polizeibeamter G.: «Ja, wir hatten den gleichen Eindruck von ihm. Aber als wir ihn weiter befragten, erzählte er, daß er darüber in seinem Tagebuch geschrieben hätte. Er war überzeugt, daß er von Zeit zu Zeit den Clown spielen mußte, wenn er wirklich seine Persönlichkeit ändern wollte. Er würde versuchen müssen, sich zu profilieren, indem er laut und auffällig war. In

seinem Tagebucheintrag für Neujahr werden diese Dinge erwähnt.»

Polizeichef C.: «Was bedeutet das alles? Er muß doch einen
Grund gehabt haben, wenn er seine Persönlichkeit ändern
wollte.»

Leiter der Untersuchung A.: «Warten Sie einen Moment. Dieser Tagebucheintrag könnte doch auch zu seinem Plan gehören.
Normalerweise ist Nogami ein ruhiger Mensch. Urplötzlich
zieht er dann diese Affenmasken-Nummer ab. Ihm muß doch
klar gewesen sein, daß es Leute geben würde, die die ganze Geschichte für äußerst merkwürdig hielten. Also erwähnt er vor-
ausschauend diese Sache von wegen Änderung der Persönlichkeit in seinem Tagebuch.»

Polizeibeamter G.: «Man kann es so sehen. Aber wie sich her-
ausstellte, wurde er von jemandem gedrängt, an seiner Persönlichkeit zu arbeiten. Ein Mädchen namens Mitsuko Sakaguchi
aus seinem Büro.»

Stellvertretender Leiter der Untersuchung B.: «Ist sie seine
Freundin?»

Polizeibeamter G.: «Nun, Nogami mag sie. Sie treffen sich
relativ häufig. Am Samstag, den 4. Januar, waren sie zusammen
im Kino. Angeblich hat Miss Sakaguchi Nogami vorgeschlagen,
die Affenmaske zu kaufen.»

Polizeichef C.: «Sakaguchi hat es vorgeschlagen? Lassen Sie
mehr darüber hören.»

Polizeibeamter G.: «Nach dem Kino sind die zwei noch ein
bißchen bummeln gegangen und dabei an dem berühmten Spiel-
zeugladen *Tamagawa* vorbeigekommen. Mitsuko Sakaguchi
sah die Affenmaske im Schaufenster und sagte, wenn er sie kaufen würde, sie ins Büro schmuggelte und plötzlich aufsetzte,
dann könnte er allen einen gehörigen Schrecken einjagen.
Nogami fand die Idee gut und beschloß, zwei Masken zu kaufen:
eine für sich selbst und eine für sie.»

Inspektor E.: «Er hat zwei gekauft?»

Polizeibeamter G.: «Ja. Miss Sakaguchi sagte, sie wolle eine
aufsetzen. Daraufhin sagte Nogami, er würde sie ihr zum Neujahr schenken, und kaufte zwei.»

Polizeichef C.: «Wie alt ist sie?»

Polizeibeamter G.: Vierundzwanzig. Es ist die junge Frau ganz rechts in der zweiten Reihe.»

Leiter der Untersuchung A.: «Ah, ziemlich hübsch. Mit Abstand das attraktivste der drei Mädchen auf diesem Foto.»

Stellvertretender Leiter der Untersuchung B.: «Ja. Den beiden anderen steht der Schrecken deutlich ins Gesicht geschrieben. Sakaguchi hingegen scheint nur leicht überrascht zu sein...»

Polizeichef C.: «Vielleicht wußte die Sakaguchi schon vorher, daß Nogami die Maske aufsetzen wollte. Wie wär's damit?»

Polizeibeamter G.: «Sie behauptet, er hätte ihr nichts gesagt. Als er aber den Kopf unter dieses schwarze Tuch steckte, hat sie schon vermutet, daß Nogami sie aufsetzen würde. Deswegen wirkt sie auf dem Foto auch weniger überrascht als alle anderen.»

Polizeichef C.: «Hm... Es dürfte schwer werden, den Verdacht gegen Nogami zu begründen. Denn immerhin hat er die Maske erst auf Sakaguchis Vorschlag hin gekauft. Sakaguchi war es auch, die gesagt hat, es würde sicher ein Mordsspaß, die Maske im Büro aufzusetzen. Anscheinend hat er selbst keine Vorbereitungen für die Tat getroffen.»

4

Inspektor D.: «Der Kriminalroman von Seicho Matsumoto ist ja bereits erwähnt worden. In dieser Geschichte hatte das Opfer eine Todesangst vor Schlangen. Was schließlich der Grund war, warum er durch den Schock bei Entdeckung der Schlangenhaut in diesem Lexikon starb. Normale Menschen würden an einem solchen Schock nicht sterben. Daher haben wir uns die Frage gestellt, ob vielleicht ein ähnlicher Sachverhalt auch auf Iwatsu zutreffen könnte.»

Stellvertretender Leiter der Untersuchung B.: «Ich verstehe. Sie haben versucht herauszufinden, ob Iwatsu eine besondere Abneigung gegen Affen hatte?»

Inspektor D.: «Die Inspektor I und J haben diesbezügliche Ermittlungen angestellt. Ich würde jetzt gern ihren Bericht hören.»

Polizeibeamter I.: «Auf Anweisung des Chefs haben wir

Iwatsus Witwe aufgesucht und gefragt, ob er eine besondere Abneigung gegen Affen hegte. Zunächst wollte sie uns keine direkte Antwort geben. Sie schien sich zu fragen, warum wir dies wissen wollten. Aber wir waren ziemlich sicher, daß sie etwas verheimlichte. Nachdem wir auf einer Antwort bestanden haben, hat sie es uns schließlich erzählt.

Iwatsu haßte Affen. Vielleicht wäre es korrekter zu sagen: er hatte eine panische Angst vor ihnen. Zum Beispiel verließ er das Zimmer, wenn im Fernsehen *Planet der Affen* gezeigt wurde. Er wechselte nicht einmal das Programm, wenn er dabei kurz den Kanal einschalten mußte, in dem dieser Film lief.»

Polizeichef C.: «Aber wieso hat Mrs. Iwatsu versucht, seine Angst vor Affen zu verheimlichen? Man sollte doch meinen, daß sie dies sofort der Polizei mitgeteilt hätte, als sie erfuhr, daß er beim Anblick einer Affenmaske gestorben war. Außerdem hätte Inspektor F. doch von dieser Angst hören müssen, als er die Arbeitskollegen verhörte. Aber erst auf hartnäckiges Insistieren rückte sie damit heraus. Das paßt doch alles nicht zusammen.»

Polizeibeamter I.: «Ich verstehe, was Sie meinen. Aber Iwatsu hatte seine Affenphobie geheimgehalten. Und seine Witwe hat versucht, es vor uns zu verheimlichen, weil sie nicht wollte, daß es bekannt wurde.»

Polizeichef C.: «Warum sollte man so etwas verheimlichen wollen?»

Polizeibeamter I.: «Das ist eine merkwürdige Geschichte. Er hatte einen besonderen Grund. Seine Frau war der einzige Mensch, der davon wußte. Nicht einmal seinen drei Kindern hat er je etwas davon erzählt.»

Stellvertretender Leiter der Untersuchung B.: «Was war es? Warum hat er so ein Geheimnis daraus gemacht?»

Polizeibeamter I.: «Kurz nach Kriegsende studierte Iwatsu auf einem College. Eines Tages sagte ein junger Mann, der dort nebenbei als Assistent arbeitete, ihm wäre es gelungen, etwas Affenfleisch aufzutreiben, und wollte Iwatsu davon abgeben. Iwatsu nahm das Angebot bereitwillig an und ging zur Wohnung seines Freundes. Damals war es fast unmöglich, an Fleisch heranzukommen. Selbst Affe galt als besondere Delikatesse.»

Leiter der Untersuchung A.: «Und woher hatte dieser Freund das Affenfleisch?»

Polizeibeamter I.: «Er studierte Tiermedizin und behauptete, man hätte ihm zu experimentellen Zwecken einen Affen überlassen. Aus dem Fleisch bereiteten sie sich ein Sukiyaki. Als sie mit dem Essen fertig waren, fragte der Freund Iwatsu, ob er wirklich glaubte, es wäre Affenfleisch gewesen. Iwatsu wollte wissen, was er damit meinte. Der Freund grinste breit und sagte: ‹Tja, direkt nebenan liegt ein Entbindungsheim.›»

Leiter der Untersuchung A.: «Was? Sie meinen, es war das Fleisch eines Kindes?»

Polizeibeamter I.: «Als Iwatsu dies hörte, hatte er den gleichen Gedanken. Er mußte sich auf der Stelle übergeben. Iwatsu erbrach sofort alles, was er gegessen hatte.»

Stellvertretender Leiter der Untersuchung B.: «Damals sind viele seltsame Dinge passiert. Vielleicht haben sogar einige Entbindungsheime Babys verkauft, die an Krankheit gestorben waren.»

Polizeibeamter I.: «Es ist heute kaum noch möglich, so etwas mit Sicherheit zu sagen. Als der Freund sah, welche Wirkung seine Bemerkung hatte, versicherte er schnell, es wäre doch nur ein Scherz gewesen, das Fleisch würde wirklich von einem Affen stammen. Aber Iwatsu konnte gar nicht mehr aufhören, sich zu übergeben. Der Freund versuchte ihn zu überzeugen, doch nach einer Weile ging Iwatsu, ohne noch ein weiteres Wort zu sagen. Das alles geschah vor dreißig Jahren, aber es verursachte bei Iwatsu eine tiefsitzende Angst vor Affen. Seine Frau sagte, sie hätte es selbst erst Jahre nach ihrer Hochzeit erfahren. Sie mußte versprechen, niemals darüber zu reden. Seine Kinder wußten es nicht, und es gab auch keinen Grund, daß jemand in seinem Büro davon wußte.»

Polizeichef C.: «Unheimlich. Ich kann es kaum glauben.»

Stellvertretender Leiter der Untersuchung B.: «Sie sind zu jung, um sich zu erinnern, wie es kurz nach dem Krieg gewesen ist. Die älteren unter uns wissen, daß solche Dinge damals passierten.»

Polizeichef C.: «Was ich sagen will, ist, wenn so etwas tatsächlich passiert ist, dann ist es schwer, die Kette von Ursachen und Wirkungen zu akzeptieren. Aus welchem Grund sollte dieser Vorfall eine so tiefsitzende Angst vor Affen in dem Mann hinterlassen, daß er dreißig Jahre später beim Anblick einer Affenmaske stirbt?»

Inspektor D.: «Aber die Geschichte der Witwe ist wahr. Officer J. hat diesen Freund ausfindig gemacht und sich die Fakten bestätigen lassen. Inspektor J., berichten Sie bitte.»

5

Polizeibeamter J.: «Laut Mrs. Iwatsu hatte dieser Freund, der Tiermedizin studierte, einen Namen mit Funa-irgendwas. Wir haben daraufhin das amtliche Tierarztregister überprüft und festgestellt, daß ein Doktor Funazaka, der in der Präfektur Saitama lebt und arbeitet, etwa das richtige Alter hat. Also sind wir nach Saitama gefahren, um mit ihm zu sprechen. Er erzählte uns, daß er zwei Jahre nach Kriegsende einem seiner Freunde einen Streich dieser Art gespielt hätte.»

Leiter der Untersuchung A.: «Einen Streich?»

Polizeibeamter J.: «Das Fleisch, aus dem sie sich ein Sukiyaki zubereitet hatten, war in Wirklichkeit Pferdefleisch. So zu tun, als wäre es Affenfleisch, ist genau die Art Scherz, wie man sie von einem College-Studenten erwarten würde. Funazaka fand, daß er die Sache noch ein bißchen weiter treiben könnte, und deutete an, daß es möglicherweise Menschenfleisch war. Er hat gelacht, als er uns das erzählte. Als er aber sah, wie heftig Iwatsu reagierte, entschied er sich dagegen, ihm die Wahrheit zu sagen – daß es nämlich Pferdefleisch war –, und bestand statt dessen darauf, daß es wirklich Affe gewesen ist.»

Stellvertretender Leiter der Untersuchung B.: «Mit anderen Worten: Iwatsu hat dreißig Jahre mit einem Irrtum gelebt?»

Polizeibeamter J.: «Funazaka hat Iwatsu nach diesem Zwischenfall nie wieder gesehen, und er sagte, er hätte nicht gewußt, daß Iwatsu seitdem eine panische Angst vor Affen hatte.»

Polizeichef C.: «Kennt irgend jemand von *Chua Business Machines* diesen Funazaka?»

Inspektor E.: «Unseres Wissens nicht, nein. Niemand im

Büro, Nogami und Mitsuko Sakaguchi eingeschlossen, hatte eine Ahnung, daß Iwatsu Angst vor Affen hatte.»

Polizeichef C.: «Dann erscheint es mir recht aussichtslos, eine Kausalbeziehung zwischen Nogamis Affenmaske und Iwatsus Tod herzustellen. Die einzig mögliche Erklärung ist, daß gedankenloser Unfug zu einem tragischen Ende geführt hat.»

Leiter der Untersuchung A.: «Warum schicken wir nicht einfach einen umfassenden Bericht an den Staatsanwalt? Was er anschließend damit anfängt, ist allein seine Sache.»

Polizeichef C.: «Was sollen wir denn sagen, welcher Straftat Nogami verdächtigt wird? Sowohl Mord als auch fahrlässige Tötung scheiden aus. Wenn er sich die Maske mitten in der Nacht übergezogen und Frauen erschreckt hätte, könnten wir es mit gefährlicher Nötigung versuchen. Aber das hier ist am hellichten Tag passiert… Niemand konnte damit rechnen, daß Iwatsu starb. Selbt wenn wir sagen, daß Nogami ein Motiv hatte…»

Kapitel zwei
Strafbare Fahrlässigkeit

Juristisch ausgedrückt ist dies die Unterlassung, ein angemessenes Maß an Sorgfalt walten zu lassen, wenn eine solche Unterlassung zu unvorhersehbarer Verletzung oder Schädigung einer anderen Person führt.

> In einem Restaurant in der Nähe des Polizeireviers Minato. Bei dem Abendessen anwesend:
> Inspektor D.
> Inspektor E.
> Polizeibeamten F., G., H., I. und J.

Polizeibeamter F.: «Das Ergebnis der offiziellen Untersuchung letzte Woche hat mich nicht überzeugt. Nogami hatte ein Motiv, und er wußte, daß Iwatsu ein schwaches Herz hatte. Vielleicht war er der Meinung, daß es nicht schlimm wäre, wenn er versagt, daß er es dennoch versuchen könnte, Iwatsu mit der Maske

Angst einzujagen. Wir könnten doch wenigstens dem Staatsanwalt die Unterlagen schicken. Sind Sie mit mir einer Meinung?»

Inspektor D.: «Aber wie Polizeichef C. schon sagte, welches
Verbrechen können wir ihm vorwerfen?»

Polizeibeamter G.: «Ja. Aber wir hätten ihn wegen illegalem
Glücksspiel einlochen können. Vielleicht hätte er den Vorsatz,
töten zu wollen, zugegeben, wenn wir ihn ein bißchen in die
Mangel genommen hätten. Dann hätten wir ihn unter Mordverdacht anklagen können.»

Inspektor D.: «Trotzdem, es ist schon was dran, was Super-
intendent C. sagt. Angenommen, er hätte den Vorsatz zu töten
zugegeben. Was dann?»

Inspektor E.: «Sie meinen, Strafverfolgung bei fehlender Voraussehbarkeit des Erfolges ausgeschlossen? Da bin ich nicht so
sicher. Ich glaube, wir haben in diesem Fall etwas, das in Kriminalromanen ‹im Bereich des verbrecherisch Möglichen› um-
schrieben wird. Vielleicht funktionierte der Trick mit der Maske
nicht. Aber es bestand immerhin die Möglichkeit des Erfolges…
Können wir es nicht so auslegen?»

Polizeibeamter F.: «Ja, dem stimme ich zu. Ich habe mich eine
Weile mit dieser Strafverfolgung-bei-fehlender-Voraussehbar-
keit-des-Erfolges-ausgeschlossen-Sache beschäftigt. Ich habe
herausgefunden, daß dies in der Rechtsprechung nur dann aner-
kannt wird, wenn das Verbrechen absolut unmöglich ist. In diesem Fall: Iwatsu ist bereits tot. Polizeichef C. redet gerade so, als
wär er der Verteidiger.»

Inspektor D.: «Trotzdem, was wäre, wenn wir die Sache wei-
terreichen, bevor wir sicher sind? Dann sitzen uns doch die Jungs
von der Staatsanwaltschaft im Nacken. Selbst wenn wir die Sache vor Gericht bringen, würde Nogami mit Sicherheit freigesprochen. Wenn man es unter dem Aspekt der Menschenrechte
sieht, wird man zugeben müssen, daß wir keinen Bericht einrei-
chen oder Anklage erheben konnten, solange wir sicher sind,
daß nichts dabei herauskommt.»

Polizeibeamter H.: «Mal abgesehen von all den schwierigen
juristischen Aspekten, meiner Meinung nach ist bei diesem Nogami was faul. Bis zu diesem Jahr hat er nie ein Tagebuch ge-

führt. Und dann schreibt er auf einmal, daß er seine Persönlichkeit ändern will. Ich halte das für einen Trick...»

Inspektor D.: «Das ist bereits bei der offiziellen Untersuchung angeschnitten worden. Das sind nichts als Indizien.»

Polizeibeamter H.: «Nein, das meine ich nicht. Ich meine, vielleicht war ja gar nicht beabsichtigt, daß dieser Trick zu Iwatsus Tod führte.»

Inspektor E.: «Ich verstehe nicht. Mit was soll es denn dann zu tun haben?»

Polizeibeamter H.: «Okay. Iwatsu ist gestorben, als dieses Foto gemacht wurde. Aber Nogami hat nicht damit gerechnet, daß es passierte. Diese Maske war nur Teil seines Planes.»

Inspektor D.: «Ich glaube, ich verstehe. Sie wollen sagen, in Wirklichkeit hat er etwas ganz anderes vorgehabt?»

Polizeibeamter H.: «In dem Haus, in dem Nogami lebt, wohnt eine Frau, Masako Hatakeyama. Sie ist zweiunddreißig. Sie ist verheiratet gewesen, nun aber von ihrem Mann geschieden. Sie wohnt allein in einem Apartment und verdient sich den Lebensunterhalt mit dem Verkauf von Versicherungen. Der Hausmeister dieses Hauses ist überzeugt, daß zwischen Nogami und dieser Hatakeyama etwas läuft. Andere Hausbewohner vermuten das gleiche, daher können wir ziemlich sicher davon ausgehen, daß es so ist.»

Polizeibeamter I.: «Ist sie attraktiv?»

Polizeibeamter H.: «Nein, so könnte man sie nicht nennen. Aber sie ist durchaus sexy. Nogami ist Junggeselle. Ich bin sicher, er würde sie schon nehmen, wenn sie ihn nur ließe.»

Inspektor D.: «Und?»

Polizeibeamter H.: «Ihr Haus ist nur zwei Stockwerke hoch. Auf dem Dach kann man die Wäsche zum Trocknen aufhängen. Als ich dort war, hing Mrs. Hatakeyama gerade Wäsche auf. Als ich zu ihr hinaufschaute, dachte ich: ‹Sie sollte vorsichtiger sein.›»

Polizeibeamter F.: «Wieso? Konnten Sie ihr unter den Rock sehen?»

Polizeibeamter H.: «Nein, außerdem hatte sie Jeans an. Ich meine, das Geländer auf dem Dach ist so niedrig. Nur ungefähr vierzig Zentimeter hoch. Als ich mit dem Hausmeister sprach, hat er dies bestätigt und gesagt, das Geländer sei an einer Stelle sogar kaputt. Er warnt die Mieter immer eindringlich, dort oben sehr vorsichtig zu sein.»

Inspektor E.: «Okay, das mit dem Geländer ist mir jetzt klar. Aber was hat das alles mit Nogami zu tun?»

Polizeibeamter H.: «Gut. Sie ist also da oben auf der Dachterrasse, hängt Wäsche auf. Nogami zieht sich die Affenmaske über den Kopf und schleicht sich dort hinauf. Wenn er seine Chance kommen sieht, tippt er ihr auf die Schulter.»

Inspektor D.: «Ja. Das könnte ihr einen gehörigen Schrecken einjagen. Möglicherweise vergißt sie das niedrige Geländer und fällt herunter.»

Polizeibeamter H.: «Und was ist mit Nogami? Wäre das wieder ein Fall von Strafverfolgung bei fehlender Voraussehbarkeit des Erfolges ausgeschlossen?»

Inspektor D.: «Nein, wenn die Frau stirbt, wäre das ein klarer Fall von fahrlässiger Tötung. Man kann davon ausgehen, daß jemand genau weiß, was passiert, wenn man einen Menschen an einem Ort wie diesem erschrickt. Angemessene Vorsicht ist erforderlich.

Das wäre ein klarer Fall von Fahrlässigkeit. Jeder Richter würde das so sehen.»

Polizeibeamter H.: «Genau. Was ist die Höchststrafe für fahrlässige Tötung? Fünfzigtausend Yen!»

Inspektor D.: «Richtig. Aber... warten Sie. Jetzt verstehe ich. Er könnte die Hatakeyama umbringen und es so drehen, daß es wie Fahrlässigkeit aussieht.»

Polizeibeamter H.: «Genau das meine ich. Ganz sicher würde die Polizei Nogamis Persönlichkeit berücksichtigen. Nogami könnte es wie Fahrlässigkeit aussehen lassen, aber es wäre immer noch möglich, die Tat als Mord auszulegen. Nein. Wenn Nogami eine Person wäre, die normalerweise keine Streiche oder Scherze macht, wäre dies höchst verdächtig. Natürlich müßte es so aussehen, als hätte er die Affenmaske im Rahmen seines Mordplanes gekauft.»

Inspektor E.: «Ja. Aber wenn er den Maskentrick schon bei

anderen gemacht hatte, war es nur einer in einer ganzen Reihe von Streichen.»

Polizeibeamter F.: «Und die Sache mit dem Gruppenfoto wäre der perfekte Beweis. Alle würden doch zu seinen Gunsten aussagen. Mehr noch, da wäre das Foto mit den erschreckten Gesichtern.»

Polizeibeamter H.: «Und in seinem Tagebuch steht auch, daß er seine Persönlichkeit ändern will. Mit solchen Indizienbeweisen würde die Polizei zu dem Schluß kommen, daß einer seiner Späße zu weit gegangen war und im Tod dieser Hatakeyama geendet hätte. Strafe: Fünfzigtausend Yen.»

Polizeibeamter J.: «Moment. Hat Nogami denn ein Motiv, diese Hatakeyama umzubringen?»

Polizeibeamter H.: «Eine Beziehungsgeschichte. Hatakeyama ist älter als er. Könnte sein, daß sie ihn nicht gehen lassen wollte. Es gibt einige Fälle ähnlich gelagerter Morde. Wie auch immer, so sieht die ganze Sache wenigstens für mich aus. Ich sage nicht, daß wir zweifelsfrei nachgewiesen haben, daß die beiden über Trennung gesprochen hätten.

Aber Nogami hat sich im Büro in Mitsuko Sakaguchi verliebt. Die Hatakeyama könnte ihm deswegen die Hölle heiß gemacht haben.»

Polizeibeamter G.: «Aber würde sie denn auch wirklich vom Dach stürzen, wenn sie plötzlich eine Affenmaske vor sich sieht? Wenn sie natürlich eine ausgeprägte Angst vor Affen hätte. Wie Iwatsu, meine ich...»

Inspektor D.: «Diese Maske war sehr gut gemacht. Jedem würde ein gewaltiger Schreck in die Glieder fahren, wenn er sie plötzlich vor seiner Nase auftauchen sieht. Sie könnte herabstürzen. Und wenn nichts passierte, hätten die zwei darüber lachen können...»

Polizeibeamter H.: «Da ist noch etwas. Wieso mußte er die Maske überhaupt benutzen?»

Inspektor D.: «Was meinen Sie damit?»

Polizeibeamter H.: «Solange niemand in der Nähe war, hätte er sie doch auch einfach hinunterstoßen können. Und dann, wenn er von der Polizei verhört wurde, konnte er immer noch sagen, daß er ihr Angst eingejagt hätte, als er mit der Maske seinen Streich gespielt hat.»

Inspektor E.: «Richtig. Er hätte sie einfach ermorden und anschließend Fahrlässigkeit vortäuschen können.

Polizeibeamter H.: «Für nichts davon gibt es Beweise. Das alles ist lediglich eine Idee, die mir gekommen ist, als ich diese gefährliche Terrasse gesehen habe. Ich dachte nur, etwas in dieser Richtung hätte Nogami im Sinn haben können.»

Inspektor D.: «Mit anderen Worten, Sie meinen, Iwatsus Tod könnte möglicherweise vollkommen überraschend für ihn gewesen sein?»

Inspektor E.: «Aber uns sind die Hände gebunden.»

Kapitel drei
Notwehr

Notwehr ist juristisch definiert als das Recht, sich mit allen angemessenen und erforderlichen Mitteln gegen tatsächliche oder angedrohte Gewalt zu wehren.

Untersuchung.

Anwesend sind die gleichen Personen wie in Kapitel eins.

Inspektor E.: «Wir haben einen Teilbericht gehört. Nun möchte ich die Fakten des Falles etwas methodischer umreißen.

Gestern abend um Viertel vor sieben ging auf dem Polizeipräsidium ein Notruf ein. Die Frau am Telefon sagte: ‹Ich habe einen Mann umgebracht.› Ein Streifenwagen des Präsidiums fuhr sofort zum Tatort, Apartment 215, im ersten Stock des Eiko Apartmenthauses in Shibuya, Bezirk Minato. Dort wohnt Mitsuko Sakaguchi – vierundzwanzig Jahre, kaufmännische Angestellte. Auf dem Küchenboden vor der Spüle lag ein Mann. Mitsuko Sakaguchi kauerte neben ihm. Sie war nicht vernehmungsfähig. Der Mann hatte eine schwere Stichverletzung in der linken Brustseite, und er war bereits an Blutverlust gestorben. Die Frau wurde sofort festgenommen.

Eine ganze Weile nach Ankunft im Präsidium konnte Mitsuko Sakaguchi, die Tatverdächtige, keine Aussage machen, da sie unter Schock stand. Als sie sich wieder einigermaßen beruhigt hatte, begannen wir mit der Vernehmung. Etwa zwei Meter neben der Leiche lag ein großes Schlachtermesser. Aus den darauf befindlichen Blutflecken schlossen wir, daß es sich hierbei um die Tatwaffe handelte. Unmittelbar neben der Leiche lag eine blutverschmierte Affenmaske aus Gummi.

Der Tatort ist auf dem Farbfoto festgehalten, das Ihnen vorliegt. In der untern linken Ecke können Sie die Maske erkennen. Es ist eine Maske der gleichen Art, wie sie auch bei dem Zwischenfall im Zusammenhang mit dem Neujahrsfoto benutzt wurde.»

Stellvertretender Leiter der Untersuchung B.: «Wie Sie sich vielleicht erinnern, war Mitsuko Sakaguchi mit Keiji Nogami zusammen, als dieser am 4. Januar zwei Masken kaufte. Eine davon schenkte er ihr.»

Stellvertretender Leiter der Untersuchung B.: «Was ist aus Nogamis Maske geworden?»

Inspektor E.: «Er hat sie uns freundlicherweise überlassen. Sie wurde ihm zurückgegeben, nachdem Iwatsus Ableben als Unfalltod erklärt wurde.

Zurück zum aktuellen Fall. Nachdem sie sich beruhigt hatte, legte Mitsuko Sakaguchi ein Geständnis ab. Das Opfer war Keiji Nogami. Natürlich brauchten wir nicht Sakaguchis Geständnis, um dies herauszufinden. Die Beamten, die am Tatort ermittelten, wußten dies sofort.»

Leiter der Untersuchung A.: «Wenn ich mich recht entsinne, waren Sakaguchi und Nogami eng befreundet?»

Inspektor D.: «Ja. Die Sakaguchi hat doch angeblich vorgeschlagen, daß Nogami seine Persönlichkeit ändern sollte...»

Leiter der Untersuchung A.: «Hat dies irgend etwas mit Schwierigkeiten in ihrer Liebesbeziehung zu tun?»

Inspektor E.: «Nein. Laut ihrem Geständnis ist sein Tod auf einen Unfall zurückzuführen. Auf jeden Fall hatte sie nicht die Absicht, ihn zu töten.

Zur Erklärung: An diesem Abend hatte sie Nogami zum

Abendessen in ihre Wohnung eingeladen. Nach der Arbeit waren sie zusammen einkaufen und trafen etwa gegen Viertel vor sechs in der Wohnung ein. Mitsuko Sakaguchi ging daraufhin in die Küche, um das Essen vorzubereiten. Keiji Nogami war im benachbarten Zimmer und schaute fern. Sie kochte eine spezielle Fischsuppe, zu der ein großer Fischkopf für die Brühe erforderlich war. Sie wollte gerade mit dem Schlachtermesser den Fischkopf abschneiden.

Genau in diesem Augenblick spürte sie, wie ihr jemand auf die Schulter klopfte. Als sie sich umdrehte, sah sie hinter sich einen Affen. Natürlich war es Nogami, der wieder einen seiner Streiche spielte. Doch ohne sich ganz umzudrehen, stieß sie im Affekt das Messer, das sie in der Hand hielt, nach vorn. Es drang auf der linken Seite in Nogamis Brust ein. Damit endete ihre Aussage.»

Inspektor D.: «Ich sollte noch hinzufügen, daß sie – so ihre Aussage – gerade an etwas völlig anderes dachte, als plötzlich das Affengesicht vor ihr auftauchte. Sie schrie, als sie das Messer in ihn rammte.»

Polizeichef C.: «Vor Gericht wird die Verteidigung ganz sicher auf Notwehr plädieren. In diesem Augenblick glaubte sie, mit tatsächlicher oder angedrohter Gewalt konfrontiert zu sein, und handelte dementsprechend, um sich zu schützen.»

Leiter der Untersuchung A.: «Aber in Wirklichkeit gab es nichts, vor dem sie sich schützen mußte.»

Polizeichef C.: «Man könnte es als Notwehr auslegen, wenn sie davon ausgehen mußte, sich in unmittelbarer Gefahr zu befinden. Es wäre dann eine irrtümliche Notwehr.»

Inspektor D.: «Dennoch… meinen Sie wirklich, daß sie sich mit einem Schlachtermesser verteidigen mußte?»

Polizeichef C.: «Sie wollen auf Überschreitung der Notwehr hinaus? Aber sie hat doch gesagt, daß sie zu diesem Zeitpunkt das Messer in der Hand hielt. Wenn sie das Messer herausgezogen und dann noch einmal zugestochen hätte, dann wäre es Überschreitung der Notwehr. Aber so…»

Inspektor E.: «Etwas scheint mir da nicht ganz zu stimmen. War sie wirklich überzeugt, sie stünde unter der Androhung von Gewalt? Ich meine, sehen Sie sich doch das Foto an. Sie zeigt weniger Überraschung als alle anderen. Sie hatte bereits Erfahrung mit der Affenmaske. Und jetzt erschreckt sie die Maske so sehr, daß sie ohne nachzudenken einen Mann ersticht. Das kann ich so einfach nicht glauben.»

Stellvertretender Leiter der Untersuchung B.: «Ja. Aber bei dieser ersten Gelegenheit hatte sie bereits vermutet, daß er die Maske aufsetzen würde. Diesmal jedoch war sie in Gedanken mit etwas ganz anderem beschäftigt, als plötzlich, direkt vor ihr... die Maske auftaucht. Die Maske ist wirklich sehr gut. Ich frage mich, ob wir nicht eine offizielle Warnung herausgeben sollten, wie täuschend echt dieses Ding ist?»

Polizeichef C.: «Das könnte eine ganze Reihe von Problemen nach sich ziehen. Es könnte gegen die Freiheit der Meinungsäußerung verstoßen oder etwas in der Art...»

Polizeibeamter H.: «Entschuldigen Sie bitte, aber darf ich etwas sagen?»

Inspektor D.: «Sicher.»

Polizeibeamter H.: «Wenn ich das bisher Gesagte richtig verstanden habe, komme ich zu dem Eindruck, daß es im Falle einer Anklageerhebung beim Prozeß zu einer Auseinandersetzung darüber kommen wird, ob es sich hier nun um Notwehr handelt oder nicht. Ich denke, man kann auch einen ganz anderen Standpunkt vertreten. Ich kann es Ihnen gern erklären...»

Polizeichef C.: «Einen anderen Standpunkt?»

Polizeibeamter H.: «Ich meine, dies alles war von Mitsuko Sakaguchi geplant.»

Inspektor D.: «Geplant? Wie das?»

Polizeibeamter H.: «Am 4. Januar überzeugte Mitsuko Sakaguchi Nogami, zwei Masken zu kaufen, eine für sie. Am sechsten Januar ereignete sich dann dieser andere Zwischenfall. Aber ich möchte Ihre Aufmerksamkeit auf einen bestimmten Punkt lenken. Hier wird also ein erwachsener Mann, der sich eine Affenmaske aufsetzt und einer Frau auf die Schulter tippt, getötet. Keiner von uns bezweifelt, daß Nogami dies wirklich getan hat.»

Stellvertretender Leiter der Untersuchung B.: «Was meinen Sie mit ‹bezweifelt›?»

Polizeibeamter H.: «Nun, wenn wir hören, daß Nogami die

Maske aufsetzt, sind wir alle psychologisch darauf vorbereitet zu denken: ‹Oh, der schon wieder.›»

Polizeichef C.: «Stimmt.»

Polizeibeamter H.: «Tun wir doch einfach mal so, als wäre Iwatsu nicht gestorben, als Nogami die Maske zum ersten Mal aufgesetzt hat. In diesem Fall müßten wir uns doch fragen, ob Nogami ein Mensch von der Sorte war, die solche Streiche spielt. Wir hätten uns umgehört und herausgefunden, daß er den gleichen Streich mit der Affenmaske bereits an Neujahr gespielt hatte. Dann hätten wir gedacht: ‹Hah, der erschreckt gerne Leute.› Wir hätten ihrer Aussage geglaubt.»

Inspektor D.: «Etwas fehlt in ihrer Geschichte, aber das Ergebnis ist das gleiche.»

Polizeibeamter H.: «Aber ist es wirklich so gewesen? Sie hatte nicht mit Iwatsus Tod gerechnet, als sie alles geplant hat. Aber nachdem es passiert war, dachte sie, es würde dennoch alles ganz nach Plan verlaufen. Ich glaube, genau an diesem Punkt hat sie ihren Fehler begangen.

Seit Iwatsus Tod muß Nogami doch ein komisches Gefühl wegen dieser verdammten Maske gehabt haben. Denn immerhin, ein Mensch ist gestorben, nur weil er mit dem Ding einen Streich gespielt hat. Was zur Folge hatte, daß die Polizei gegen ihn ermittelte. Ist es wahrscheinlich, daß er die Maske aufsetzte, um Mitsuko Sakaguchi zu überraschen, als er bei ihr zu Besuch war? Mir kommt das irgendwie nicht plausibel vor.

Wahrscheinlich machte ihn die Maske doch nervös. Ich glaube, er müßte bemerkt haben, daß sie ein Schlachtermesser in der Hand hatte. Das sind jedenfalls die Gründe, warum ich ihr nicht glaube.»

Leiter der Untersuchung A.: «In Ordnung. Was nun? Sie haben von einem Plan gesprochen. Lassen Sie hören.»

Polizeibeamter H.: «Nun, mir ist da etwas zu Ohren gekommen. Zunächst habe ich es nicht weiter beachtet. Später habe ich darüber nachgedacht.»

Inspektor E.: «Was?»

Polizeibeamter H.: «In der Wohnung neben Mitsuko Sakaguchi lebt ein kleiner Junge, ein Schüler in der sechsten Klasse.

Sie mag den Kleinen sehr und lädt ihn sonntags zum Schachspielen ein. Vergangenen Sonntag war er wieder bei ihr. Er hat die Affenmaske entdeckt und wollte sie behalten. Sie hat sich geweigert. Sie hat gesagt, sie hätte sie sich nur von jemandem ausgeliehen.»

Inspektor E.: «Was ist daran merkwürdig?»

Polizeibeamter H.: «Natürlich könnte es nur eine Ausrede gewesen sein, um die Bitte des Jungen abzulehnen. Was mir jedoch keine Ruhe läßt, ist der Grund, warum sie sich überhaupt geweigert hat. Sie wohnt allein. Würde sie mit ihrer Familie zusammenleben, hätte sie die anderen mit der Maske vielleicht unterhalten wollen. Aber was hatte sie damit vor? Wieso hat sie Nogami überredet, ihr die Maske zu kaufen? Sie hat sie nie mit ins Büro genommen. Sie hat sie ebenfalls nicht benutzt, um mit dem Nachbarsjungen zu spielen. Als der Junge sie haben wollte, sagte sie nein. Mit anderen Worten: sie behielt etwas, für das sie keinerlei Verwendung hatte.»

Polizeichef C.: «Ja. Ist schon irgendwie merkwürdig.»

Polizeibeamter H.: «Sie muß doch eine Absicht verfolgt haben, als sie Nogami veranlaßte, sie zu kaufen, und sie dann zu behalten, ohne etwas damit anzufangen.»

Inspektor E.: «War diese Absicht vielleicht der Plan, Nogami zu töten?»

Polizeibeamter H.: «Wie ich bereits sagte, die Maske muß doch für Nogami ein Greuel gewesen sein. Ich glaube einfach nur, daß er sie nie wieder aufgesetzt hat.

Nehmen wir an, sie hat Nogami gerufen, als sie in der Küche arbeitete. Als er dicht neben ihr steht, stößt sie ihm das Schlachtermesser in die Brust. Dann läßt sie die Maske neben die Leiche fallen. Später behauptet sie einfach, daß sie ihn erstochen hätte, als sie plötzlich die Maske sah.»

Polizeichef C.: «Eine erfundene Notwehr. Und damit das funktioniert, brauchte sie die Maske.»

Polizeibeamter H.: «Ja. Das erklärt auch, warum sie Nogami überredet hat, sie zu kaufen, warum sie sich geweigert hat, sie dem Nachbarsjungen zu schenken, und warum sie sie behalten wollte.»

Inspektor D.: «Aber hat sie auch ein Motiv, Nogami zu töten?»

Polizeibeamter H.: «Das weiß ich noch nicht. Vielleicht wollte sie sich von ihm trennen. Er klammerte sich an sie, wollte sie nicht gehen lassen...»

Polizeichef C.: «Damit wäre es dann Mord?»

Polizeibeamter H.: «War es aber Notwehr, geht sie straffrei aus.»

Inspektor D.: «Wir brauchen einen klaren Beweis. Um sie zu einem Geständnis zu bewegen, müssen wir überzeugende Beweise haben.»

Polizeibeamter F.: «Da waren keine Zwiebeln...»

Stellvertretender Leiter der Untersuchung B.: «Zwiebeln?»

Polizeibeamter F.: «Ja. Man braucht Zwiebeln, wenn man eine solche Fischsuppe kochen will, wie sie es angeblich vorhatte. Ich dachte zunächst, sie würde sie später noch kaufen. Aber vielleicht hatte sie überhaupt nie die Absicht, diese Fischsuppe zu kochen.»

Polizeichef C.: «Das ist gut. Sie meinen, die ganze Sache mit der Fischsuppe war nur ein Trick? Sie mußte mit so etwas wie einem großen Fischkopf arbeiten, um ein scharfes, schweres Schlachtermesser zu rechtfertigen. Wollen Sie darauf hinaus?»

Polizeibeamter F.: «Ja. Sie muß eine ganze Weile nachgedacht haben, bis ihr ein Gericht eingefallen ist, zu dessen Zubereitung ein spitzes, schweres Messer erforderlich ist, wie sie es brauchte, um eine tödliche Verletzung herbeizuführen.»

Inspektor D.: «Wunderbar. In Ordnung, Inspektor E. Nehmt die Sakaguchi in die Mangel, und hören Sie sich um, welcher Art ihre Beziehung zu Nogami war. Was meinen Sie, Polizeichef C.?»

Polizeichef C.: «Gute Idee. Sieht aus, als sollten wir diese Spur weiterverfolgen.»

Stellvertretender Leiter der Untersuchung B.: «Ich finde trotzdem, daß wir jemanden davon in Kenntnis setzen sollten, wie täuschend echt diese Affenmaske ist.» ·

Polizeichef C.: «Aber das ist eine andere Sache.»

Deutsch von Jürgen Bürger

Haruto Ko
Schwarzmarkt Blues

Haruto Ko (1909), ‹der amüsierte Beobachter›, ein berühmter Autor in Japan, wird gerne mit Hemingway verglichen. Ko begann als Dichter ohne eine persönliche Botschaft (ungewöhnlich in Japan) und führte seine Unparteilichkeit in Prosa weiter. Schwarzmarkt Blues ist bis heute Kos einzige Geschichte, die übersetzt worden ist.

Ko, fälschlicherweise als Kommunist angeklagt, wurde während des Zweiten Weltkriegs verhaftet und mißhandelt und lebte in den Nachkriegsjahren in äußerster Armut.

Ohizumi traf Jack Kurosawa vor dem Shimbashi-Bahnhof, und gemeinsam gingen die beiden in Richtung Tamuracho. Die Straßen waren weihnachtlich geschmückt, und in zahlreichen Schaufenstern standen Weihnachtsmänner. Es waren nur noch drei Tage bis Weihnachten.

«Mach dir keine Sorgen. Bis jetzt ist, so viel ich weiß, noch nie etwas schiefgelaufen», versicherte Jack und schaute Ohizumi unter seiner Jagdkappe hervor an.

«Ich weiß rein gar nichts über diesen Buchanan, den ich gleich treffen soll», erwiderte Ohizumi schroff. «Ich muß mich auf dich verlassen, ist dir das klar.»

Ohizumi hatte noch nie zuvor Geschäfte mit Buchanan gemacht. Mit den heißen Dollar in seiner Tasche hatte er eigentlich gar nicht nach Tokio kommen wollen. Auch Takako, seine Frau, war dagegen gewesen. Ohizumi erledigte alle seine Dollartransaktionen in seinem Schlupfwinkel in Kamakura. Er pflegte seine Geschäfte von seinem Schreibtisch aus zu erledigen, und wer Dollar kaufen oder verkaufen wollte, hatte zu ihm zu kommen. Aber in den letzten Tagen war er mit Dollar geradezu überflutet worden. Das meiste davon war er zwar wieder losgeworden, aber die Fünftausend, die er gestern angenommen hatte, verursachten ihm Kopfschmerzen. Alter Verpflichtungen wegen hatte er sie nicht ablehnen können. Bereits als er das Geld kaufte, hatte er das Gefühl gehabt, sich jede Menge Ärger einzuhandeln. Schon weil er sie nicht binnen eines Tages wieder abstoßen konnte. Es war zu kurz vor Weihnachten, und obwohl alle scharf auf Dollar waren, war niemand in der Lage, genügend Yen aufzutreiben.

«Es ist eben ein Riesenbetrag», sagte Jack und bemühte sich, leise zu sprechen. «Buchanan ist so ziemlich der einzige, der so einen Betrag so kurz vor Weihnachten abnehmen kann.» Ohizumi hatte das Gefühl, Jack wollte, daß er sich ihm verpflichtet fühlte, und wurde ärgerlich. Wenn das Geschäft abgewickelt war, hatte er vor, Jack fünfzigtausend Yen Kommission zu zahlen. Er wußte natürlich, daß er nach Weihnachten keine Dollar würde loswerden können. Er nickte Jack zu und schaute hinter seiner goldgeränderten Brille, die ihm als Tarnung diente, einmal scharf von links nach rechts. Nach außen ließen ihn seine gelassene Art und seine breiten Schultern wie einen Boxer erscheinen, dennoch bereiteten ihm die fünftausend Dollar, die sich in seiner Tasche befanden, Unbehagen.

«Ich weiß, wie das läuft in diesem Geschäft. Wenn es in solchen Mengen reinkommt, ist es schwer, es wieder abzustoßen», mußte Ohizumi zugeben. «Ich muß unbedingt neue Kanäle finden.»

Ohizumi plante, daß dies sein letztes Geschäft sein sollte. Zwischen Weihnachten und Neujahr wollte er Takako mit nach Osaka nehmen und dort für eine Weile untertauchen. Jack hatte davon keine Ahnung, deshalb antwortete er unbekümmert. «Wenn wir drin sind und du das Gefühl hast, es ist nicht alles in Ordnung, können wir das Ganze immer noch abbrechen», sagte er. «Da drüben ist das Gebäude von Radio Japan. Wir sind gleich da.»

Wegen des Straßenlärms hatte Ohizumi Mühe, Jack zu verstehen. Ohizumi hatte genau das vor; das Büro zu verlassen, sobald er etwas witterte. Das Geld gehörte ihm nur zum Teil, der andere gehörte seinem Partner Moriwaki.

Sie bogen um die Ecke, betraten eine Straßenschlucht und hielten vor einer Granittreppe an, die zu einem sechsstöckigen Gebäude führte. Sie ignorierten den Fahrstuhl und stiegen die Treppe bis zum dritten Stock hinauf, wo sie an eine Tür klopften. Neben der Tür befand sich ein kleines hölzernes Schild, auf dem Buchanans Name in japanischen Zeichen stand. Ohizumi vergewisserte sich, wo sich der Aufzug befand, ehe er sich der Tür zuwandte.

Im Inneren wurden sie von einem großen Blondschopf zu einer Sitzgruppe geleitet, der daraufhin im anliegenden Zimmer verschwand. «Setzen wir uns», sagte Jack und ließ sich in einen Sessel sinken.

Ohizumi tat dasselbe und fragte: «Was ist das für ein Typ, dieser Buchanan?» Der Satz war mehr an sich selbst gerichtet als an Jack. «Was treibt er so?» Das klang schon eher nach einer Frage.

«Nicht die leiseste Ahnung», sagte Jack.

Unterwegs hatte Ohizumi dieselbe Frage schon einmal gestellt und dieselbe Antwort erhalten. Da hatte Ohizumi noch gedacht, Jack wollte die Tätigkeiten seines Kunden geheimhalten, möglichst wenig über ihn erzählen, aber Ohizumi be-

griff jetzt, daß Jack tatsächlich keine Ahnung hatte. Er vergewisserte sich der zwei Ausgänge, den, durch den sie eingetreten
waren, und den, durch den der Blonde verschwunden war.

«Es gibt welche, die hauen ab, nachdem sie das Geld erhalten haben, und welche, die eine Kanone ziehen», dachte er.
«Hast du deine Geschäfte mit ihm auch in diesem Büro abgewickelt?» fragte er Jack.

«Ja, und ich mußte auch ziemlich lange warten», antwortete Jack. «Es wurde noch nicht mal Tee angeboten. Ich erinnere mich nicht einmal, wie Buchanan aussah. Wenn ich's
mir recht überlege, weiß ich nicht einmal mehr, ob er es war»,
murmelte er, während er an seiner Zigarette sog.

Die Tatsache, daß Buchanan bereit war, fünftausend Dollar zu kaufen, bewies Ohizumi, daß er kein gewöhnlicher
Schwarzmarktschieber war. Ohizumi schaute auf seine Uhr.
Es war nach drei. Wenn ihm das Geld geraubt würde, wäre er
erledigt. Er war noch nie zuvor ausgeraubt worden, aber er
kannte einige, denen es passiert war. Einer von ihnen hatte
sich umgebracht. Es war ein widerwärtiges Geschäft, aber
der Profit war enorm. Obwohl er mit Moriwaki teilen mußte,
würde genug für ihn übrig bleiben.

Zwanzig Minuten verstrichen. Er drückte seine dritte Zigarette aus. «Er läßt uns warten», sagte Ohizumi ruhig, aber
in seinem Innern begann es zu rumoren.

«Was willst du machen?» fragte Jack. Ohizumi wußte, daß
er nicht viel sagen konnte, nebenan könnte gelauscht werden.
Ohizumi schaute wieder auf seine Uhr. Eine halbe Stunde war
verstrichen, und weit und breit keine Spur von Buchanan. Für
Buchanan war Ohizumi «Erstkontakt», aber umgekehrt
ebenfalls. Buchanan mochte also Gründe haben, Ohizumi für
einen Bullen zu halten. Ohizumi wurde langsam heiß. «Ein
mieses Geschäft, dieser Schwarzmarkt.» Er versuchte, an Takako zu denken, um seine Nerven zu beruhigen.

Er hatte sie in einem der neueröffneten Varietés kennengelernt. Die Grübchen, die sie bekam, wenn sie lächelte, waren
extrem aufregend. Er hatte sich von seiner früheren Frau, mit
der er zwei Kinder hatte, scheiden lassen, weil sie bei seinen

Schiebereien nicht mitziehen wollte. Takako wollte, daß er aufhörte, sobald er genug Geld zusammen hatte, um eine Bar zu eröffnen. Das meiste, was er bisher verdient hatte, hatten allerdings seine Scheidung sowie die Heirat mit Takako verschlungen, außerdem hatte er sich den Unterschlupf in Kamakura gekauft. Anfang des Jahres hatte er praktisch wieder von vorn anfangen müssen, aber jetzt, kurz vor Jahresende, hatte er fast genug zusammen, um endlich die Bar eröffnen zu können. «Nach dieser Sache höre ich endgültig auf», dachte er. «Ich frage mich, was sie gerade macht. Sie wollte nicht, daß ich nach Tokio fahre. Nun, ich auch nicht.» Ohizumi grübelte vor sich hin, als die Tür des anliegenden Zimmers sich plötzlich öffnete. Ohizumi stand auf und trat ein paar Schritte zurück. Er fixierte den gewichtigen Mann, der mit einem Paket unter dem Arm eintrat. Seine Erfahrung sagte Ohizumi, daß alles in Ordnung war, dennoch war es besser, sich vorzusehen.

«Habt Ihr das Zeug dabei?» fragte Buchanan in gebrochenem Japanisch und blickte Jack forschend an.

«Er hier hat es», antwortete Jack. Er war ebenfalls aufgestanden. «Er ist derjenige, von dem ich Ihnen am Telefon erzählt habe.»

Buchanan wandte seinen forschenden Blick von Jack zu Ohizumi. «Es ist hier drin», sagte Ohizumi und klopfte auf seine Brusttasche. Buchanan legte das Paket auf den Tisch. Ohizumi sah sofort, daß es eintausend Yen-Noten enthielt. «Das kommt hin», dachte er, «zwei Millionen Yen müßten etwa vierzig Quadratzentimeter ausmachen.» Während er rechnete, öffnete er behende seine Jacke und brachte den Umschlag, der die Dollar enthielt, zum Vorschein. Jack stand aufmerksam daneben. Ohizumi legte die Dollar auf den Tisch. Es war ein atemberaubender Augenblick. Ohizumi und Buchanan starrten sich mit funkelnden Augen an. Ohizumi dachte an nichts. Er verfolgte lediglich die Bewegungen des anderen. Alles, sein Leben eingeschlossen, hing von diesem Augenblick ab, aber nicht einmal daran wagte er zu denken.

Der Austausch war abgeschlossen. Ohizumi teilte die tausend Yen-Noten in zwei Hälften, steckte die eine in den Umschlag und umklammerte die andere mit seiner Faust. Buchanan sagte kein überflüssiges Wort. Ohizumi fragte sich, ob Buchanan Deutscher sei. Er sah nicht aus wie ein Amerikaner, auch nicht wie ein Australier. Er hatte eine seltsame Ausstrahlung. Ohizumi ging zur Tür und achtete darauf, Buchanan nicht den Rücken zuzukehren.

Nachdem er das Gebäude verlassen hatte, beeilte er sich, zum Bahnhof zu kommen. Auf einmal spürte er die Angst, der er sich, während er mit Buchanan das Geld austauschte, nicht gewahr geworden war. «Am besten kehre ich so schnell wie möglich nach Kamakura zurück», dachte er. «Das war die letzte Dollar-Transaktion, das letzte Geschäft, das ich dieses Jahr gemacht habe.»

Als er den Zweiter-Klasse-Waggon der Yokosuka-Linie bestiegen hatte, fühlte er sich erleichtert. Aber als er zu Hause ankam, wartete bereits ein Fremder auf ihn. Er hatte achttausend Dollar bei sich. Wider besseren Wissens nahm Ohizumi das Geld an. Vielleicht, weil das Geschäft mit Buchanan so glatt gelaufen war, vielleicht, weil er einfach schon zu dabei war.

Takako kochte vor Wut. «Gestern hast du noch gesagt, daß nach den Fünftausend Schluß wäre.» Ohizumi entgegnete nichts. Er war sich seines Fehlers nur zu bewußt. «Es war dein Fehler, Nancy», antwortete er schließlich und benutzte absichtlich ihren Kosenamen. «Du hättest ihn wegschicken und nicht hier auf mich warten lassen sollen.»

«All das Geld, das wir für die Bar gespart haben», schluchzte sie. «Übermorgen ist Weihnachten, und morgen wollte ich mit dir auf der Ginza einkaufen gehen.»

Er hatte mehr als zwei Millionen in dieses Geschäft investiert. Er erinnerte sich an Jacks Rat. Aber es war einfach zu verlockend gewesen. Wenn er Erfolg hätte, wäre der Profit phantastisch.

«Ich werde es morgen loswerden. Denk daran, das macht Fünfhunderttausend für uns. Du weißt genau, daß wir jeden Yen gebrauchen können, wenn wir die Bar eröffnen.»

«Ja ich weiß», antwortete Takako wenig begeistert. «Ich weiß. Je mehr, desto besser. Aber ich mache mir Sorgen.»

«Brauchst du nicht. Morgen bin ich es los», sagte er und bemühte sich, sie zu beruhigen. «Übermorgen machen wir hier alles dicht, feiern Heiligabend auf der Ginza und fahren danach nach Osaka. Sobald sich alles beruhigt hat, kehren wir zurück und beginnen mit den Vorbereitungen für die Bar.»

Am folgenden Tag saß Ohizumi alleine in seinem Wohnzimmer und dachte nach. In der Nacht zuvor war es ihm gelungen, Takako davon zu überzeugen, daß alles in Ordnung sein würde, aber er selbst hatte bestenfalls eine vage Ahnung, wie er die achttausend Dollar loswerden sollte.

Er konnte Jack nicht noch einmal behelligen. Er dachte an seinen Partner in Yokosuka, wußte aber, daß dieser nicht in der Lage war, einen solchen Betrag abzunehmen. Dann fiel ihm Peter Nemuro ein, der Profiboxer. Peter hatte zeitweilig mit Dollar gehandelt. Aber obwohl er schnell mit den Fäusten war, konnte man von seinem Gehirn Vergleichbares nicht sagen. Er hatte einen hohen Verlust nach dem anderen wegstecken müssen und war schließlich ausgestiegen. Vielleicht kannte er jemanden. Ohizumi rief ihn in Tokio an, und Peter willigte, nachdem er begriffen hatte, daß Ohizumi nicht am Telefon reden konnte, ein, sofort nach Kamakura zu kommen.

Nachdem Peter sich Ohizumis Geschichte angehört hatte, riet er ihm, sich an Jack zu wenden. Ohizumi erzählte ihm von seinem Geschäft mit Buchanan. «Ich schätze, Jack hatte recht, es sind nur noch zwei Tage bis Weihnachten, verstehst du», sagte er und verschränkte die Arme über der Brust.

Dann fiel ihm Fukumoto ein, der einmal Mitglied in Peters Boxclub gewesen war.

«Kannst du dich gleich mit ihm in Verbindung setzen?» fragte er schnell und fügte hinzu: «Ich habe keine Zeit zu verlieren.»

Peter ging, nachdem er versprochen hatte, sich sofort mit Fukumoto in Verbindung zu setzen. Ohizumi verabschiedete ihn mit fünftausend Yen und der Aussicht auf mehr, wenn die Sache gelaufen war.

Noch am selben Tage wurde arrangiert, daß Ohizumi Fukumoto in einer Teestube namens Milano nahe der Ginza treffen
sollte. Ohizumi sollte einen braunen Mantel und seine goldge-
ränderte Brille tragen, während Fukumoto, so hieß es, ein kleiner, blasser Typ sein sollte.

Ohizumi rief Moriwaki an und erzählte ihm, er würde ihn am
nächsten Tag um die Mittagszeit anrufen; er solle auf ihn warten. Moriwaki war mit Fünfhunderttausend dabei, und wenn die
Sache gelaufen war, beabsichtigte Ohizumi, klar Schiff mit ihm
zu machen und künftig seine Finger von dem dreckigen Geschäft
zu lassen.

Als Ohizumi am nächsten Tag das Milano betrat, erhob sich
eine kleine, blasse Gestalt aus einer der Ecknischen. Ohizumi
trat an seinen Tisch.

«Schön, Sie zu sehen», sagte der Blasse und lächelte. Er schien
gute Manieren zu haben, was Ohizumi das Gefühl gab, auf sein
Gegenüber wäre nicht unbedingt Verlaß. Vor seinen Augen erschien Takakos besorgtes Gesicht, die ihm, kurz bevor er sie am
Morgen verlassen hatte, gesagt hatte: «Ich habe heute morgen
ein ungutes Gefühl. Irgendwie möchte ich, daß du nicht hin-
gehst.»

Ohizumi schüttelte seine Vorahnungen ab und kam zum Geschäft. «Sind Sie derjenige, der kaufen will?» fragte er.

«Nein, nicht ich», antwortete Fukumoto schnell. «Nachdem
mich Peter gestern abend angerufen hatte, habe ich mich umgehört und bin auf einen Kerl namens Seki gestoßen, der meinte, er
wolle kaufen.»

«Ich verstehe. Und wo ist dieser Seki?»

«Ich habe eben, bevor ich hierkam, mit ihm gesprochen», fuhr
Fukumoto fort. «Ich habe für Sie vereinbart, das Geschäft um
drei Uhr im Kagetsu in Tsukiji abzuwickeln.»

Ohizumi fragte sich, weshalb ihn Fukumoto nicht zu Sekis
Wohnung führte. Außerdem fragte er sich, weshalb er bis drei
Uhr warten sollte. Er würde Moriwaki anrufen müssen, um ihre
Verabredung zu verschieben.

«Es geht um viel Geld, verstehen Sie», sagte Fukumoto. Beim
derzeitigen Wechselkurs besaß Ohizumi Dollar im Wert von drei

Millionen Yen. «Ich nehme an, Seki wird das Geld erst besorgen müssen.»

«In Ordnung», sagte Ohizumi. «Wir treffen uns dann um drei mit Seki. Sind Sie sicher, daß Sie da sein werden?»

«Oh, gewiß», sagte Fukumoto.

Vom Milano ging Ohizumi zu Moriwaki und sagte ihm, er solle ihn am Nachmittag nach Tsukiji begleiten. Moriwaki war skeptisch über die Art, in der Ohizumi das Geschäft plante, und riet, das Geld aufzuteilen. Ohizumi antwortete ihm, er habe nicht genügend Zeit, er müsse es noch vor Weihnachten loswerden. Während er sich mit Moriwaki unterhielt, mußte er ständig an Takako denken und an die Bar, die er mit ihr betreiben wollte. Bei ihrem Aussehen stand fest, daß die Männer von der Bar angezogen würden wie Motten vom Licht. Was ihn dazu brachte, dauernd über die Bar nachzudenken, war wohl seine Verabredung in Tsukiji. Vor ungefähr drei Jahren, als er ganz dick im Geschäft war, hatte er dort häufig eine Bar im Rotlichtbezirk besucht. Kiki-no-ya hieß sie damals, das Chrysanthemen-Haus. Er hatte sich mit einer Geisha namens Kikuharu eingelassen, der Frühlingschrysantheme. Das war bevor er Takako kennenlernte. Sentimentale Erinnerungen übermannten ihn, und so bekam er nur halb mit, was Moriwaki ihm zu sagen versuchte. «Gut, treffen wir uns eben mit diesem Seki», hörte er Moriwaki seinen Satz beenden. «Wenn irgend etwas stinkt, brauchen wir bloß zu sagen, wir hätten das Geld nicht dabei. Wo sind wir denn mit ihm verabredet?»

«Das ist ja das Lustige. In der Nähe vom Kiku-no-ya.»

«Tatsächlich», Moriwaki schaute amüsiert. «Das ist ja interessant.»

Dann lachten beide wissend.

Nach einem schnellen Mittagessen verließen sie zeitig Moriwakis Wohnung. Sie gingen geradewegs nach Tsukiji, um sich den Ort anzusehen. Moriwaki trug das Geld bei sich, da sie überlegt hatten, daß es das Beste wäre, wenn Ohizumi allein und ohne etwas bei sich zu haben hineinginge. Zunächst betraten sie eine kleine Teestube, die ein Telefon hatte. Ohizumi notierte sich die Nummer und sagte Moriwaki, er solle ins Kagetsu kommen, sobald er anriefe.

Daraufhin ging Ohizumi ins Kagetsu. Das Haus besaß einen schwarzen Zaun, der den Straßenlärm abhielt. Drinnen hatte Ohizumi plötzlich das Gefühl, weit weg zu sein, weit weg von der Ginza. Das Mädchen, das ihn in der Eingangshalle empfing, geleitete ihn in einen Raum mit einem teuer wirkenden *tokonoma*, der mit den üblichen Pergamentrollen, Blumengebinden und Kunstgegenständen ausgestattet war. Sie bat ihn zu warten. Sie ließ sich am Ausgang auf einem *tatami* nieder. Als sie sich vorbeugte, berührten ihre Fingerspitzen den *tatami*. Dann erhob sie sich, schlüpfte hinaus, wo sie erneut niederkniete, um die Schiebetür zu schließen. Ihre anmutigen Bewegungen, die für ein *machiai* oder ein Teehaus oder auch für Kellnerinnen teurer japanischer Restaurants typisch waren, erinnerten ihn erneut an die Zeit, als er an diesen Orten ein und aus ging. Damals hatte er Zigaretten und Lebensmittel verschoben und seine Handlanger täglich mit zwei oder drei Lastwagenladungen losgeschickt. Seine größten Abnehmer waren die *machiai* und die teuren Restaurants gewesen.

Während Ohizumi über alte Zeiten sinnierte, öffnete sich die Schiebetür, und Fukumoto trat ein. «Seki hat Sie erwartet, aber er sagte, Sie könnten sich verspäten, und ging deshalb ins Kino», erklärte er, während er sich niederließ. Ohizumi fand dies merkwürdig. Er wußte, daß er kaum zu spät war. Später dachte er, daß dies der Moment war, wo er stutzig werden und den Ort verlassen hätte sollen.

«Haben Sie das Geld diesmal dabei?» fragte Fukumoto.

«Im Moment habe ich es nicht bei mir», sagte Ohizumi. «Aber mein Partner hat es – er wartet in einer Teestube in der Nähe auf meinen Anruf.»

«Gut, dann rufen Sie ihn bitte an», sagte Fukumoto und stand wieder auf. «Ich lasse Seki aus dem Kino holen.» Damit verließ er den Raum.

Ohizumi rief Moriwaki an und sagte ihm, er solle kommen. Unterdessen brachte die Kellnerin Kuchen und Früchte und stellte sie auf ein Tischchen. Moriwaki erschien umgehend, und Fukumoto setzte sich zu ihnen und sagte, Seki würde gleich kommen. Ohizumi fand dies wieder merkwürdig, da er wußte, daß es

nicht viel Zeit in Anspruch nahm, jemanden in einem Kino aus-
rufen zu lassen; und das hier dauerte entschieden zu lange. Unmittelbar darauf schwang die Schiebetür in Ohizumis Rücken
auf, und drei wuchtige Ausländer drängten herein. Ohizumi
und die anderen sprangen auf. Einer der drei Ausländer, ein
rotgesichtiger Baum von einem Mann, zielte mit einer Pistole
auf sie.

«C.I.D.», bellte er. «Hände hoch.»

Ohizumi wurde still. Langsam hob er seine Hände und warf
Fukumoto einen scharfen, prüfenden Blick zu. Fukumoto war
leichenblaß. Ohizumi fragte sich, ob Fukumoto hinter der Sache steckte.

«Wozu haben Sie Dollar bei sich?» fuhr das Rotgesicht fort.
«Das ist ein Verhör.»

Da dämmerte es Ohizumi, daß die drei nicht echt waren. Fragen wurden stets im Hauptquartier gestellt, nicht an einem Ort
wie diesem. Er dachte darüber nach, während er beobachtete,
wie einer der drei Männer Moriwaki durchsuchte und die
achttausend Dollar aus seiner Tasche zog. Ohizumi knirschte
mit den Zähnen, er hätte es ihnen nicht so leicht gemacht, eher
wäre er aus dem Fenster gesprungen, als daß er diesen Figuren
sein Geld überlassen hätte.

«Wenn wir Dollar besitzen, dann ist das unsere Sache»,
brüllte Ohizumi. «Wir tragen mit uns herum, was uns beliebt.
Wenn Sie Ermittlungen anstellen wollen, bringen Sie uns zum
Hauptquartier.»

«Wir werden Euch schon hinbringen», sagte der Riese mit
einem spöttischen Grinsen. «Los jetzt», sagte er und richtete
seine Pistole auf die drei Japaner.

Von Seki war bis zum Ende nichts zu sehen.

Nachdem sie sie in einen Wagen gezwängt hatten, hielten die
drei Ausländer ein weiteres Taxi an. Diese Tatsache bestärkte
Ohizumi in seinem Verdacht, daß es sich um Betrüger handelte.
Wenn sie vom C.I.D. gewesen wären, wären sie in einem Jeep
gekommen. Als sie allein im Wagen waren, legte Ohizumi Fukumoto die Hände um den Hals und zischte ihn an: «Wie
kannst du es wagen, uns so zu verarschen?»

«Ich weiß von nichts, ich habe keine Ahnung», jammerte Fukumoto und fing an, wie ein kleines Kind zu heulen.

«Dann war es Seki, Fukumoto war bloß der Lockvogel», entschied Ohizumi.

Der Wagen mit den drei Ausländern folgte ihnen, aber der Abstand wurde größer und größer, bis er schließlich verschwunden war.

«Fahren Sie zurück zum Kagetsu», befahl Ohizumi. Aber niemand im Kagetsu kannte Seki. Er wäre noch nie dagewesen.

Ohizumi wandte sich wieder Fukumoto zu, aber der schluchzte bloß: «Ich hab es nur getan, weil ich für Neujahr ein bißchen dazu verdienen wollte.»

Fukumoto kannte zwar das Appartement, das Seki bewohnte, aber als sie dort ankamen, war Seki bereits weg. Immerhin stellten sie fest, daß Seki in Wahrheit ein Chinese namens Sai war. Ohizumi hatte zum ersten Mal Scheiße gefressen. Und gleich kübelweise.

Ohizumi hatte gerade das Ikuta-Gebäude verlassen, als er von einem Polizisten angehalten wurde.

«Ich möchte Sie etwas fragen», sagte dieser. Ohizumi bemühte sich, seine Angst zu unterdrücken und ruhig zu bleiben.

Konnte Fukumoto, den er gerade verlassen hatte, ihn angezeigt haben? Das war unmöglich.

«Was wünschen Sie», sagte Ohizumi zögernd.

«Nicht hier», sagte der Polizist. «Bitte begleiten Sie mich zum Präsidium.» Der Polizist benahm sich betont höflich. Während der gesamten Unterhaltung spielte ständig ein leichtes Lächeln auf seinen Lippen. Ohizumi war froh, daß er keine Dollar bei sich hatte. In seiner Tasche befanden sich lediglich ein paar Yen-Scheine sowie ein Schuldschein, den er Fukumoto über den Betrag, der ihm von den falschen Ami-Bullen geraubt worden war, hatte ausfüllen lassen. Er hätte den Überfall gern gemeldet, aber das hieße Gefahr laufen, selbst festgenommen zu werden.

«Nichts werde ich tun», sagte er, während seine Augen von links nach rechts fuhren und er sich zwingen mußte, sein Lächeln beizubehalten. «Ich weiß nicht, was Sie von mir wollen, aber wenn Sie etwas wollen, dann fragen Sie es hier.»

«Es wird nicht lange dauern», sagte der junge Polizist, immer noch höflich. «Ich bitte Sie lediglich, einen Augenblick mitzukommen.»

Das war eine Bitte, kein Befehl. «Vielleicht ist es gar nichts, worüber ich mir Sorgen machen müßte», sagte sich Ohizumi. Aufgrund seiner Tätigkeit während des Krieges – er war damals Privatsekretär eines Ministers – hatte er überall Freunde. Wenn etwas schiefgeht, könnte er sie um Hilfe bitten, obwohl er nicht sicher war, daß er sie auch erhalten würde.

«Wenn Sie mir nicht sagen, worum es sich handelt, muß ich Sie nicht begleiten», blieb Ohizumi fest. «Ich habe zu tun. Wenn Sie mich festnehmen wollen, müssen Sie sich an die Vorschriften halten.»

Der Polizist schien es für besser zu halten, ihn nicht weiter aufzubringen. Behutsam sagte er: «Sind Sie nicht von falschen C.I.D.-Offizieren um eine gehörige Summe Dollar beraubt worden?»

Das ist es also. Es war Fukumoto. Er hat mich angezeigt, weil er nicht zahlen kann. Der Grund, weshalb er bestohlen worden war, war, weil Fukumoto ein Trottel war, und nun versuchte er auch noch, ihn fertigzumachen – ich bring ihn um! Er bemühte sich, klar zu denken.

«Ich weiß nichts über falsche Ami-Bullen», blaffte er. «Verstehen Sie nicht, ich habe es eilig. Belästigen Sie mich nicht länger. Ich wohne in Kamakura und bin nur geschäftlich in Tokio.»

«Wir wissen, daß Sie in Kamakura wohnen», sagte der Polizist. «Kommen Sie eigentlich jeden Tag nach Tokio?» Der Polizist blieb höflich und gelassen. «Außer Ihnen wurden auch noch andere überfallen», fuhr er ungerührt fort. «Einer von ihnen hat Anzeige erstattet, und die falschen C.I.D.-Offiziere wurden festgenommen. Sie haben alles gestanden. Wir haben uns in dem *machiai* in Tsukiji nach Ihnen erkundigt.»

Einen Augenblick dachte Ohizumi daran, ein Geständnis abzulegen, änderte aber schnell wieder seine Meinung. «Was ist bloß mit mir los», dachte er. «Wenn ich mich beschwere, bestätige ich nur, daß ich mit Dollar gehandelt habe.»

Die Unterhaltung zog sich noch eine Weile hin, aber schließlich gab es der Polizist auf und sagte: «Ich werde meinem Vorgesetzten berichten, daß Sie nicht kommen wollten. Das ist alles, was ich im Augenblick tun kann», sagte er, als sie sich trennten.

Eingehüllt in einen dicken, senfgelben Mantel aus englischem Tuch, sah Ohizumi noch immer aus wie ein erfolgreicher Geschäftsmann, aber seit dem Zwischenfall mit den falschen Ami-Bullen war sein Geld weg, und er hatte Probleme, Wege zu finden, seine Rechnungen zu bezahlen. Er betrat die Teestube Lila, in der er früher Geschäfte in Millionenhöhe abgewickelt hatte.

«War Akiyama hier?» fragte er den Oberkellner.

«Nein», antwortete dieser ohne eine Miene zu verziehen und flüsterte einer Kellnerin etwas zu.

Sie kam zu Ohizumi herüber und sagte leise: «Herr Akiyama hat angerufen und gesagt, er wäre gegen vier Uhr hier.» Dann wandte sie sich ab und gab seine Bestellung weiter.

«Ich frage mich, was er will.» Ohizumi schaute auf die Uhr. Zwanzig nach drei. Er trank seinen Kaffee und verließ die Teestube, um die Zeit totzuschlagen, hinterließ aber, daß er zurückkehren würde.

Als er zurückkam, wartete Akiyama bereits auf ihn. «Ich habe Neuigkeiten für dich», sagte Akiyama, als er Ohizumi sah. Akiyama war erregt. «Kamioka ist in Tokio. Er fährt einen dicken Schlitten. Einen, von denen es in ganz Japan nur drei gibt, den neuesten Chrysler.»

Kamioka handelte auf dem Schwarzmarkt mit Textilien, aber Ohizumi hatte ihm schon einige Male Geld geliehen. «Er ist doch nach Kobe gegangen», sagte Ohizumi. «Ab und zu muß ich noch an ihn denken. Ein stiller Typ damals», fügte er hinzu.

«Er sagte, er wolle dich sehen», fuhr Akiyama fort. «Er wird morgen um zwei hier sein. Und ich dachte, er wäre in Schwierigkeiten», sagte Akiyama.

«Ja, so wie ich ihn in Erinnerung habe, war er nicht der Schnellste», sagte Ohizumi. «Handelt er jetzt mit Autos?»

«Nein, ich glaube er macht das.» Akiyama deutete einen Knieschuß an.

«Vielleicht borge ich mir etwas von ihm», sagte Ohizumi und

dachte an die Zeit zurück, als er noch in der Lage gewesen war, eben mal ein, zwei Millionen an Freunde zu verleihen. Nun war es umgekehrt.

«Kamioka will, daß ich mit ihm nach Kobe gehe, und ich schätze, ich werde mitkommen», sagte Akiyama. «Er sagt, er würde Kunden für mich auftreiben. In meiner Branche habe ich mit Ausländern zu tun. Warum gehst du nicht auch?»

«Wenn ich so jung wäre wie du», antwortete Ohizumi. Er hatte keine Ahnung, was Takako dazu sagen würde.

Akiyama mußte lächeln. Ohizumi, der früher keine Nacht ohne eine Frau verbracht hatte, hatte aufgehört in Bars und Varietés zu gehen, nachdem er Takako geheiratet hatte. Nachdem ihr Baby, Tamako, geboren war, war er sogar jeden Abend zeitig zu Hause.

Ohizumi traf Kamioka am nächsten Tag im Lila. Mit seinem weichen Hut und dem grauen Mantel sah Ohizumi recht elegant aus. Als er am Abend zuvor heimgekommen war, hatte er Takako von seinem Zwischenfall mit der Polizei und von Kamioka erzählt und daß dieser ihm möglicherweise Geld leihen würde. Takako war erleichtert gewesen, und beide vergaßen die häßliche Begegnung mit der Polizei und redeten stundenlang über die Eröffnung der Bar.

«Gehen wir», sagte Kamioka, nachdem sie sich begrüßt hatten. «Mein Wagen steht draußen.»

Mit dem Wagen fuhren sie am Picadilly Filmtheater vorbei und überquerten die Brücke. Kamioka beugte sich zu Ohizumi und sagte leise: «Ich habe von deinem Pech in Tsukiji gehört. Eine verdammte Schande.»

«Ja, ein mieses Geschäft», sagte Ohizumi. «Die Umgebung hat mich ein bißchen unvorsichtig gemacht. Und gestern wurde ich auch noch von der Polizei angehalten. Ein Unglück nach dem anderen.»

«Ich will raus aus dem Geschäft und mit meiner Frau eine Bar aufmachen», sagte er schließlich. «Ich möchte dir ein paar Tage zur Hand gehen, bis ich genug zusammen habe, um die Bar aufzumachen.»

Kamioka griff in seine Tasche und zog ein in Zeitungspapier

gewickeltes Päckchen hervor. «Bitte nimm das», sagte er. «Ich habe mittlerweile genug Geld.»

«Aber nur geliehen», sagte Ohizumi. Er konnte das Geld durch das Papier fühlen und schätzte es auf ungefähr eine Million Yen. «Ich werde das Geld verwenden, um dich zu unterstützen und gleichzeitig das Startkapital für die Bar zusammenzukriegen. Ich hab so eine Ahnung, daß die Polizei hinter mir her ist, und will keine zu großen Risiken eingehen. Außerdem will ich in zwei, drei Tagen Schluß machen.»

«Okay», sagte Kamioka gutgelaunt. «Ich fange gleich an, die Verbindungen für dich zu knüpfen. Mein Name lautet George Mizuki, merk's dir.»

Ihr Geschäft war riskant. Es warf hohe Gewinne ab, aber es gab auch große Verluste. Einmal wurde Ohizumi von der Polizei verfolgt und mußte Drogen im Wert von einer halben Million Yen in den Gulli werfen. Es hatte einmal eine Zeit gegeben, als ein Verlust von drei Millionen Yen ihm nichts bedeutet hatte. Aber die Zeiten hatten sich geändert. Es war schwierig geworden, auch nur Fünfzigtausend zu verdienen.

Als er nach Hause kam, erwartete Takako ihn mit einem Brief des Polizisten, der ihn in Tokio angesprochen hatte. Er schrieb, daß die Polizei ihm keinerlei Unannehmlichkeiten bereiten würde, und bat ihn, ins Präsidium zu kommen.

Eines Tages, nachdem er bei Fukumoto vorbeigeschaut hatte, um das Geld abzuholen, das ihm dieser in Raten zurückzahlte, war er auf dem Weg ins Lila, wo er sich mit Sedo, seinem neuen Partner, treffen wollte, den Akiyama ihm vorgestellt hatte. Akiyama hatte ihm erzählt, daß Sedos Frau schon in einer Bar gearbeitet hätte und daß Sedo einmal Hotelmanager in Atami gewesen wäre. Er näherte sich gerade der Sukiyabashi-Brücke, als er sich aus purer Gewohnheit umdrehte und den Polizisten entdeckte.

«Sie sind wohl nicht zu uns gekommen», sagte der Polizist lächelnd. «Wir haben auf Sie gewartet.»

«Aber verstehen Sie denn nicht», Ohizumi hatte sich inzwischen beruhigt, «wie ich Ihnen bereits gesagt habe, hatte ich nichts damit zu tun.»

«Es wurden aber Japaner, Koreaner und Chinesen genauso beraubt wie Sie», sagte der junge Polizist ruhig. «Insgesamt wurden fünfzehn Millionen Yen gestohlen. Die falschen C.I.D.-Offiziere wurden zwar gefaßt, aber wir benötigen Zeugen, die die Verbrechen bestätigen. Bitte kommen Sie mit.»

«Ich habe es aber eilig», antwortete Ohizumi schroff.

«Ich weiß, aber das amerikanische Gericht verlangt Zeugen», sagte der Polizist beschwörend. «Diejenigen, die beraubt wurden, sagen alle dasselbe wie Sie.»

«Wenn Sie es so hinstellen, als wären es Yen gewesen», sagte Ohizumi, «komme ich mit Ihnen.»

«Das geht in Ordnung», beeilte sich der Polizist zu versichern. «Alles, was Sie sagen müssen, ist, daß sie von diesen Männern in Tsukiji ausgeraubt wurden.»

«Wenn Sie mich reinlegen, werde ich Ihnen das nie vergessen», drohte Ohizumi.

«Ja, sicher», antwortete der Polizist. «Ich werde Sie nicht in Schwierigkeiten bringen.»

Sie bestiegen ein Taxi. Als sie im Präsidium ankamen und den diensthabenden Offizier trafen, erfuhr Ohizumi, daß der Mann, der den Raubüberfall gemeldet hatte, ein ehemaliger japanischer Offizier war, der in der Marine gedient hatte. Er war um achthundert Dollar erleichtert worden, aber als die falschen C.I.D.-Offiziere in ihren Jeep sprangen, hatte er sich die Nummer notiert und Meldung gemacht. Sie verhafteten einen C.I.D.-Oberleutnant namens Burton sowie einen C.I.D.-Sergeant namens Michael.

«Burton hat gestanden», erzählte der Diensthabende Ohizumi. «Man forderte uns auf, weitere Ermittlungen anzustellen, und dabei tauchte Ihr Name auf.»

«Ich dachte mir schon, daß etwas faul wäre», gab Ohizumi zu. «Aber gegen eine vorgehaltene Pistole konnte ich nichts unternehmen.»

«Die Gerichtsverhandlung ist nächsten Donnerstag», fuhr der Beamte fort. «Und man will, daß Sie als Zeuge erscheinen.»

«Ich bin aber sehr beschäftigt», sagte Ohizumi dem Beamten.

«Dessen sind wir uns bewußt. Aber entsprechend den amerikanischen Vorschriften kann keine Anklage erhoben werden, solange es keine Zeugen gibt», erklärte der Beamte. «Drei hatten wir schon so weit, daß sie aussagen wollten, aber als es kritisch wurde, haben sie alle einen Rückzieher gemacht. Bitte haben Sie den Mut, und sagen Sie aus.»

Der Beamte drängte. Ohizumi dachte an Takako und das neugeborene Baby. Das geraubte Geld wäre so oder so verloren, und er wollte nicht in einen Prozeß verwickelt werden. Andererseits wollte er nicht als Feigling dastehen. Die Polizei war ihm in den letzten Tagen ständig gefolgt und mußte über seinen Drogenhandel Bescheid wissen. Es war wahrscheinlich klüger, auf ihren Wunsch einzugehen.

«Der Polizist, der mich hergebracht hat, sagte mir, Sie würden es so hinstellen, als wären mir nicht Dollar, sondern Yen gestohlen worden», sagte Ohizumi. «Unter dieser Voraussetzung bin ich Ihr Zeuge.»

«Ja, das geht in Ordnung. Das werden wir machen», sagte der Beamte, dem seine Erleichterung anzumerken war.

«Ich muß auch an meine Frau und mein Kind denken, verstehen Sie», sagte Ohizumi. «Nachdem ich beraubt worden bin, will ich nicht auch noch Ärger bekommen.»

«Dafür haben wir Verständnis», sagte der Beamte lächelnd. «Das Kriegsgericht wird nicht weit entfernt von hier tagen. Sie können den für Gerichtsfragen zuständigen Offizier gleich gegenüber treffen und die Sache besprechen.»

Ohizumi wußte, daß es verpönt war, mit Schwarzmarktdollar zu handeln. Aber nicht nur Leute wie er taten dies, es gab auch zahlreiche Politiker, die Dollar in großen Mengen aufkauften. Wenn der zuständige Militäroffizier Ohizumis Vorschlag zustimmen würde, würde er als Zeuge erscheinen, um zu verhindern, daß weitere Japaner Männern wie Burton und Michael zum Opfer fielen.

Er verbrachte den Rest des Tages damit, sich seiner neuen Bar zu widmen. Er hatte das Geld, das Kamioka ihm geliehen hatte, binnen drei Tagen verdoppelt und Kamioka seine Million zurückgezahlt. In die neue Bar würde Sedo zwei Millionen investieren, doppelt soviel wie Ohizumi. Der Gewinn sollte sechs zu vier aufgeteilt werden. Ohizumi stimmte ebenfalls zu, die Bar unter dem Namen von Sedos Frau registrieren zu lassen, um gegen alle Unwägbarkeiten, die die Gerichtsverhandlung mit sich bringen könnte, gewappnet zu sein.

Am folgenden Tag traf er sich mit dem Justizoffizier, um ihre Vereinbarung festzumachen.

Am Tag der Verhandlung erschien er wie angewiesen in dem Gebäude. Er stieg im vierten Stock aus dem Fahrstuhl aus und ging den Flur hinunter. Dabei begegnete ihm ein wuchtiger Mann – ein Gesicht, das er nicht vergessen hatte. Als er Ohizumi sah, knurrte ihn der Mann in gebrochenem Japanisch an: «Wenn du aussagst, mach ich das mit dir.» Er fuhr sich mit ausgestreckten Fingern über die Kehle. «Dann kommst du vielleicht nach Okinawa.»

Gemäß dem amerikanischen Gesetz kann niemand inhaftiert werden, solange nicht Anklage gegen ihn erhoben ist. Kein Wunder, daß niemand bereit gewesen war, auszusagen.

Ohizumi lächelte nur. Er hatte den Schwarzmarkt aufgegeben. Er hatte das Geld zusammen, um seine Bar zu eröffnen. Er hatte Kamioka sein Geld zurückgezahlt. Wenn ihm etwas zustoßen sollte, konnten Takako und das Baby von den Erträgen der Bar leben.

Er betrat den Warteraum. Dort saßen bereits zwei Chinesen, ein Mann und eine Frau, beide jung. Beide blickten beunruhigt. Burton kam herein, diesmal in Begleitung eines anderen Kerls. Das mußte Michael sein. Die beiden stießen in gebrochenem Japanisch Drohungen aus, während ein MP ausdruckslos dabeistand.

Dann wurde es Zeit, und sie betraten den Gerichtssaal. Als er im Zeugenstand Platz nahm, dachte er nicht mehr an Takako und sein Baby. Er dachte auch nicht mehr an die Bar, die er eröffnen würde. Er spürte nur noch die tödliche Furcht, die ihn ergriffen hatte, als er von den beiden Männern, gegen die er jetzt aussagen würde, ausgeraubt worden war.

«Das sind die Männer», brüllte er, «das sind die Männer, die mir drei Millionen Yen geraubt haben», und die Angst und die Abscheu, die er damals verspürt hatte, stiegen wieder in ihm auf.

Ungefähr einen Monat später hörte er, daß Burton und Michael in ihr Land zurückgebracht worden waren. Er bekam die vier Tage bezahlt, die er als Zeuge vor Gericht verbracht hatte.

Seine neue Bar wurde in der Nähe von Kyobashi eröffnet. Sie wurde *Die Perle* getauft, aber Sedo und seine Frau zahlten ihm seinen Anteil nicht aus. Da die Bar auf den Namen von Sedos Frau lief, gab es nichts, was Ohizumi dagegen hätte tun können.

Ohizumi gab es auf. Er war einfach nicht für dieses Gewerbe geschaffen. Er hörte von einer anständigen Arbeit in einem Säge-werk und bekam einen Termin beim Personalchef.

Deutsch von Gunter Blank

Shizuko Natsuki
Schrei von der Klippe

Shizuko Natsuki (1933) schreibt einen Roman und fünfzehn Kurz-geschichten pro Jahr. Japanische Kritiker («Warum vergleichen?» fragte Krischnamurti, als ein Skinhead von ihm wissen wollte, ob Zen das Christentum übertreffe) bezeichnen sie als ‹unsere Agatha Christi›. Natsukis Genre ist als ‹psychologischer Frauenkrimi› defi-niert worden. In der hier ausgewählten Geschichte haben wir eine traurige, liebliche Ehefrau, einen bizarren Ehemann, einen Besu-cher, einen Konflikt (natürlich), einen Unfall und, wie in einem aus Inseln bestehenden Land zu erwarten, das Meer. Außerdem haben wir natürlich ein vorzüglich geschriebenes Stück Prosa.

An einem Nachmittag Ende August begegnete ich Maiko Nishikawa zum ersten Mal. Die immer noch kräftige Spät-sommersonne schien tief in das kleine Empfangszimmer ne-

ben den Redaktionsräumen hinein. Als ich das Zimmer betrat, saß sie ganz dicht an der Wand, wo sie dem Sonnenlicht
entgehen konnte. Als unsere Augen sich trafen, stand sie halb
auf, setzte sich dann wieder und wartete darauf, daß ich mir
einen Stuhl heranzog. Sie war klein und schlank und trug ein
weiches weißes Kostüm, ihr gut geschnittenes Haar fiel in
einer anmutigen Linie gerade über die Ohren. Während ich
ihr meine Karte zeigte, sagte ich: «Es tut mir leid, daß Sie
extra herkommen mußten. Sie sagten doch, daß Sie einige
Ausgaben des ‹Neuen Kunst-Journals› besitzen?»

Die Zeitschrift hatte ihr Erscheinen eingestellt. Aber ein
Architekt hatte sich an Sparte «Mitteilungen» gewandt – hier
bei den «Westjapanischen Nachrichten», wo ich arbeite –
und angefragt, ob wir jemanden ausfindig machen könnten,
der die Ausgaben von 1959/60 komplett besaß und gewillt
war, sie ihm zu verkaufen.

Die Frau blickte mir in die Augen und antwortete: «Ja, ich
habe die Zeitschriften, die Sie brauchen. Es wäre mir ein Vergnügen, sie Ihnen zu überlassen. Aber sie sind sehr schwer.
Und ich wohne ziemlich weit weg.»

Ihr Ausdruck blieb kühl, während sie mich ununterbro-
chen ansah. Es lag nichts Sinnliches in ihrem Blick, er war
aber auch nicht unterkühlt. Sie machte einen intelligenten
und charmanten Eindruck.

«Sie könnten sie uns schicken. Natürlich würden wir die
Portokosten übernehmen.»

Sie warf einen Blick auf meine Karte, die auf dem Tisch lag,
und nahm sie dann in die Hand. Es lag eine Art von Erregung
in dieser Geste.

«Shin'ichi Takida. Heißen Sie so? Haben Sie 1956 an der
Shuyu Oberschule in Fukuoka Ihren Abschluß gemacht?»

«Ja, das stimmt.»

«Tja», sagte sie, «was sagt man dazu?»

Sie sah erfreut aus. Ihre Wangen röteten sich ein wenig, als
sie fragte: «Erinnern Sie sich an Sugio Nishikawa? Sie waren
zusammen in einer Klasse.»

Ich mußte erst einen Moment in meinem Gedächtnis kramen, aber schließlich fiel mir sein Gesicht wieder ein. Wir waren nicht gerade enge Freunde gewesen, aber ich sah ihn jetzt ganz deutlich vor meinem geistigen Auge. Die Schule, die wir besucht hatten, war in unserem Teil des Landes berühmt. Sugio Nishikawa war aufgefallen, weil er etwas von einem Exzentriker an sich hatte.

«Er ist mein Mann», sagte sie. «Vielleicht haben Sie ihn vergessen, aber er spricht oft von Ihnen.»

«Nein, nein. Ich erinnere mich. Er war der erste von unserer Schule, der jemals am Fachbereich Bildhauerei an der Tokioter Universität der Schönen Künste angenommen wurde. Ich erinnere mich, gelesen zu haben, daß er für seine Arbeiten Auszeichnungen erhielt, als er noch studierte. Ich nehme an, daß er sich immer noch der Bildhauerei widmet?»

«Vor fünf Jahren hat er bei einem Unfall eine Augenverletzung erlitten. Wir sind hierher zurückgekommen. Die Verletzung war nicht schwer. Nichts, was seine Arbeit beeinträchtigt hätte. Aber psychologisch gesehen, war es ein harter Schlag. In letzter Zeit hat er fast gar nichts mehr getan. Ich befürchte allmählich, daß es überhaupt nicht mehr besser wird mit ihm.»

Einen Moment lang fiel mir nichts ein, was ich hätte sagen können. Sie senkte die Augen. Eine unerwartet schwermütige Atmosphäre machte sich breit.

Ich versuchte, das Thema zu wechseln.

«Sie sagten, daß Sie weit entfernt von hier leben?»

«Wir haben ein kleines Atelier am Strand in Keya no Oto. Zur nächsten Stadt ist es ziemlich weit. Aber es ist ruhig dort, und das Meer ist herrlich.»

Ihr Tonfall wurde wieder heiter.

Keya no Oto, ungefähr 30 Kilometer westlich von Fukuoka im nordwestlichen Teil der Landzunge gelegen, die in die Genkaisee hineinragt, ist berühmt für seine aufregend zerklüftete Küstenlinie.

«Ja, er spricht oft von Ihnen. Er ist nicht der Typ Mann, der viele Freunde hat. Sie müssen einen tiefen Eindruck bei ihm hinterlassen haben.»

Das überraschte mich. In der Schule hatte Nishikawa durch
den Ausdruck auf seinem blassen, ebenmäßigen Gesicht immer zu verstehen gegeben, daß er der Elite angehörte. Er stand
zu niemandem in einer engen Beziehung, auch zu mir nicht.
Seit dem Schulabschluß hatte ich jeden Kontakt mit ihm verloren. Nachdem ich das College verlassen hatte, fing ich an, für
die «Westjapanischen Nachrichten» zu arbeiten. Ich blieb in
der Tokioter Redaktion, bis ich vor gerade fünf Monaten in die
Hauptredaktion nach Fukuoka versetzt worden war. Es war
das erste Mal, daß ich etwas von irgendeinem meiner Klassenkameraden aus der Oberschule hörte.

Die Augen der Frau begannen zu funkeln. «Ich weiß, es
kommt ein bißchen plötzlich, aber ich hoffe doch, daß Sie mir
vergeben. Hätten Sie wohl Lust, uns irgendwann zu besuchen?»

Ich wußte nicht, was ich sagen sollte.

«Vielleicht entwickelt mein Mann wieder genügend Wil-
lenskraft, um zu arbeiten, wenn er Sie trifft. Und außerdem
sind da ja noch die Ausgaben des ‹Neuen Kunst-Journals›.
Bitte?»

Wieder wurden ihre Wangen von Röte überzogen, und ihr
Blick nahm mich gefangen. Also beantwortete ich ihre Einladung mit einer vagen Zusage. Sie stand auf, um zu gehen, aber
ich lud sie zu einer Tasse Tee ein. Sie nahm ohne Zögern an.

Ich winkte ein Taxi heran und fuhr mit ihr zu einem kühlen,
ruhigen Lokal ziemlich weit vom Büro entfernt. Wir blieben
eine ganze Weile dort. Sie sprach wenig, aber ihre Augen schienen dafür um so beredter. Sie berichteten über die Art ihres
Lebens, ihr Unglücklichsein, ihre Suche nach irgend etwas
Undefinierbarem. Beim Abschied fragte ich sie, selbst etwas
verwirrt über meine Unbeholfenheit: «Ich weiß Ihren Vor-
namen gar nicht.»

«Maiko.»

Kleine Zähne blitzten zwischen den blaßrosa Lippen her-
vor. Wir sahen einander an, und ich spürte, daß jeder in den
Augen des anderen lesen konnte. Wir verstanden die wirkliche
Bedeutung des Wortes Schicksal nicht.

An einem Samstag Anfang September fuhr ich in meinem kleinen Auto zum Haus der Nishikawas. Nachdem ich die National-straße verlassen hatte und einige Zeit über eine holprige Berg-straße gefahren war, fand ich schließlich den einsam gelegenen, kleinen Shinto-Schrein, der mir als Wegweiser dienen sollte. In der Nähe hörte ich die Wellen rauschen.

Wie Maiko gesagt hatte, waren der öffentliche Strand, die Höhlen und all die Plätze, die Touristen per Boot aufsuchten, ungefähr einen Kilometer von dem Schrein entfernt. Häuser gab es nicht. Über mir rauschten die Zweige einer Reihe von hochge-wachsenen Pinien.

Als ich aus dem Auto stieg, hörte ich, wie jemand mich rief. Maiko lächelte mir entgegen. Sie stand am Pfad zur Klippe, auf der ich mich befand. Sie trug einen breitkrempigen Strohhut, und ihre Füße steckten in gelben Gummisandalen. In der zarten Struktur ihrer zerbrechlichen weißen Zehen schimmerten blaue Adern hervor.

Als wir aus dem Pinienhain herauskamen, lag das Meer vor uns. Weit unten brachen sich die Wellen mit weißlichen Schaum-kronen. Maiko führte mich den steilen Pfad hinunter, der zwi-schen Felsbrocken und wilden Gräsern hindurch zum Meer führte.

«Sehen Sie die hohe Klippe dort drüben? Von oben hat man einen herrlichen Blick. Ich werde es Ihnen später zeigen.» Ihre Stimme klang heiter, als sie hinüber zeigte. Die Klippe war so hoch, daß man hinaufblicken mußte. Sie bestand aus einer Art von Basalt, die es nur in diesem Teil Japans gibt, und ragte als enorme Säule in den Himmel. Ihr Fuß war von den wuchtigen Brechern stark ausgewaschen.

Das Haus der Nishikawas lag in behaglicher Distanz vom Meer, fast am Fuß des Pfades. Obwohl es klein und alt war, hatte es westlich anmutende gekalkte Wände und ein flaches Dach, so daß es sich von den üblichen Fischerdorf-Häusern in diesem Landesteil deutlich unterschied. Es schien ein Wochenendhaus zu sein, vor langer Zeit von jemandem erbaut, der nicht nur reich war, sondern auch einen eigenwilligen Geschmack besaß.

Sugio Nishikawa begrüßte uns an der Tür. Ich traute meinen

Augen nicht. Konnte er sich in den zehn Jahren so sehr verändert
haben? Er war schmal und gealtert, er sah mindestens zehn Jahre
älter aus, als er war. Sein Haar trug er nach hinten aus der Stirn
gekämmt, aber am Haaransatz wurde es bereits dünn. Seine
Haut war durchscheinend. Früher hatter der hohe Nasenrücken
die Regelmäßigkeit seiner Züge und sein künstlerisches Aussehen noch stärker hervortreten lassen; jetzt betonte er nur noch
die tiefliegenden Augen und die eingefallenen Wangen. Aber was
mir wirklich einen Schlag versetzte, war die Veränderung seiner
Gemütsverfassung. Früher hatte ein Anflug von Stolz Nishikawas Gesichtszüge bestimmt. Jetzt erschien er als ein Schattenbild
von Schwäche und Verweichlichung. Nichtsdestoweniger zeigte
sich in seinem Gesicht eine Spur von Freude, als er mich begrüßte.

«Schön dich zu sehen. Danke für den Besuch.»

Wir schüttelten uns die Hände, wie Leute, die sich zehn Jahre
lang kannten.

Gleich hinter dem Eingang lag ein großes Zimmer mit einem
abgetretenen Teppich auf dem Boden. Offensichtlich diente der
Raum als Wohnzimmer und Atelier zugleich. In einer Ecke gab
es ein eingebautes Sofa und einen Tisch; an der hinteren Seite des
Raumes stand ein Rattan-Stuhl. Auf dem Boden bildeten mehrere
Tonklumpen einen Halbkreis um den Stuhl. Keiner von ihnen
war erkennbar geformt. Aber die wie ein Hinterteil geformten
Einbuchtungen auf dem ramponierten Sitzkissen des Rattan-
Stuhls ließen erkennen, wo Nishikawa seine Zeit zubrachte.

Er forderte mich mit einer Handbewegung auf, auf dem Sofa
Platz zu nehmen, und setzte sich in den Stuhl, ziemlich weit von
mir entfernt. Wie alte Freunde, die sich lange nicht gesehen haben, lieferten wir gegenseitig einen Abriß dessen, was wir in der
Zwischenzeit getrieben hatten, dann ging uns der Gesprächs-
stoff aus. Die Namen von zwei oder drei Mitschülern fielen, aber
keiner von uns wußte irgend etwas über sie. Wir hatten nicht viel
Gemeinsames, über das wir hätten sprechen können.

Das Schweigen wurde unangenehm. Ich sagte: «Ich habe gehört, daß du bei einem Verkehrsunfall eine Augenverletzung erlitten hast.»

Ich dachte schon, daß ich zuweit gegangen wäre, aber Nishikawa lächelte schwach. «Es ist nichts Ernstes. Manchmal ver-
schwimmt mir alles vor Augen, und ungefähr alle zehn Tage
habe ich ziemliche Kopfschmerzen.»

Zu meiner Erleichterung kam Maiko aus der Küche, wo sie
sich um das Essen gekümmert hatte.

«Sugio hat sich die ganze Zeit über wie ein Kind gefreut, nachdem er hörte, daß Sie kommen. Er spricht nicht gern – wahrscheinlich hat er Ihnen nichts über seine Gefühle gesagt.»

Ich begriff. Als ob er seine Erregung nicht unterdrücken
könnte, hatte Nishikawa die ganze Zeit über mit einer Pfeife gespielt, und er stotterte ein bißchen, wenn er sprach. Seine Haltung machte mich unbehaglich.

«Soll ich Ihnen das Haus zeigen?» fragte Maiko.

Das Angebot klang sehr amerikanisch. Unter normalen japanischen Umständen wäre es sogar anmaßend gewesen. Aber aus
Maikos Mund hörte es sich vollkommen unschuldig an, und ich
stand auf, um ihr zu folgen.

Ich war überrascht zu sehen, daß sich das Bad unmittelbar an
das Atelier-Wohnzimmer anschloß. Hinter einem kleinen An-
kleidezimmer lag ein blaugekacheltes Bad mit einem großen Fenster, das den Blick auf das Meer freigab. Unter dem Fenster waren Felsbrocken, und etliche Meter weiter unten schlugen die
Wellen an den Strand. Nur das Wohnzimmer und das Bad hatten
Meerblick. Auf der Rückseite des Hauses gab es ein Schlafzimmer und eine kleine Eßküche.

«Sie bleiben doch über Nacht?»

Maikos Stimme war sehr viel persönlicher als an dem Tag, an
dem ich sie zum ersten Mal in meinem Büro gesehen hatte.

«Wie Sie sehen, leben wir auf dem Land. Ich fürchte, in
punkto Gastfreundschaft haben wir nicht viel zu bieten. Aber
wir bekommen hier guten frischen Fisch. Und außerdem gibt es
ja den Meerblick.»

Nishikawa hatte mich deprimiert. Aber in Maikos Gegenwart
veränderte sich die Stimmung vollkommen. Einmal mehr fühlte
ich mich nicht in der Lage, ihrem Angebot zu widerstehen.

Nach dem Abendessen verbrachte ich, wie mir schien, Stunden gegenüber von Nishikawa im Wohnzimmer. Während des Essens hatte er sich an dem Geplauder beteiligt, das Maiko in Szene gesetzt hatte. Aber jetzt saß er schweigend da, zurückgelehnt in seinem Rattan-Stuhl, die Augen geschlossen. Der einzige Hinweis darauf, daß er nicht schlief, war das zufriedene Lächeln, das auf seinem Gesicht spielte.

Nachdem ich mich einmal an die Stille gewöhnt hatte, genoß ich den Anblick des Mondlichtes auf dem Meer. Von Zeit zu Zeit war das Brummen eines Motorbootes zu hören.

Einige Zeit war vergangen, als ich merkte, daß die Geräusche aus der Küche verstummt waren. Ich stand auf, um Maiko zu sagen, daß sie unseretwegen ruhig ins Wohnzimmer kommen könne.

Die Eßküche lag im Dunkeln. Ich klopfte an die Schlafzimmertür, aber niemand antwortete. Vorsichtig öffnete ich die Tür ein wenig und guckte ins Zimmer. Von Maiko war nichts zu sehen. Im Bad war auch alles ruhig. Maiko war verschwunden.

Ich warf einen Blick auf meine Uhr. Es war nach neun. Sie konnte um diese Zeit nicht mehr einkaufen gegangen sein.

Ein wenig beunruhigt ging ich ins Wohnzimmer zurück, wo Nishikawa immer noch in der gleichen Position verharrte, in der ich ihn verlassen hatte. Er wippte in dem Rattan-Stuhl vor und zurück und sah so aus, als ob er jeden Augenblick auskostete. Es war still. Ich hörte nur das Rauschen der Wellen und gelegentlich das Brummen eines Motorbootes.

Dann schien sich ein Motorboot zu nähern. Als es ziemlich nahe an das Haus herangekommen war, stoppte es. Danach hörte ich nichts mehr. Die Stille hüllte alles ein.

Die Zeit verging, ich weiß nicht wieviel. Dann hörte ich, wie die Haustür leise geöffnet wurde. Ich durchquerte das Zimmer und öffnete die Verbindungstür einen Spaltbreit. Maiko war da. Sie bemerkte mich nicht. Sie verschloß sorgfältig die Haustür, ohne ein Geräusch zu verursachen. Nachdem sie ihre Gummisandalen ausgezogen hatte, ging sie leise ins Schlafzimmer.

Es war schon spät. Manchmal gingen die Leute nach draußen, um noch schnell etwas zu erledigen, das sie vergessen hatten. Manchmal gingen sie spazieren, weil sie nicht schlafen konnten.

Beide Erklärungen schienen mir für Maikos Abwesenheit nicht
zu passen, denn sie hatte dickes Make-up aufgelegt, weit mehr
als sie über Tag getragen hatte. Sie hatte Lidstrich um ihre kühlen Augen gezogen, und ihr Lippenstift war nicht blaßrosa, sondern von einem leuchtenden Scharlachrot. An ihren Füßen
klebte nasser Sand.

Ich schloß die Tür und ging zurück zum Sofa, als Nishikawa
die Augen öffnete.

«Ich glaube, ich werde baden. Takida, wie ist es mit dir? Ich
springe zu jeder Tag- und Nachtzeit in die Badewanne.»

Ich schüttelte abwehrend den Kopf. Nishikawa lachte ohne
Grund auf, öffnete die Tür zum Bad und ging hinein.

Er mußte Maikos Abwesenheit und ihre heimliche Rückkehr
bemerkt haben. Er hielt nur einfach den Mund. Ich schloß daraus, daß dies die überlegendste Haltung war, die dieser schwäch-
liche Mann einzunehmen in der Lage war.

Wie versprochen führte mich Maiko am nächsten Tag, einem
schönen und sonnigen Tag, auf die hohe Basaltklippe. Obwohl
es ruhig und windstill war, krachten zwanzig Meter weiter unten
kräftige Brecher gegen den Fuß der Klippe. Das Meer war genauso, wie man es in Genkai erwarten konnte. Die offene See lag
ruhig da, eine weite Fläche kobaltblauen Wassers, gesprenkelt
mit blaßgrünen Inseln. Es waren die zwei oder drei Stunden nach
dem Mittagessen, die Nishikawa dem widmete, was er «Arbeit»
nannte. Deshalb begleitete mich Maiko allein auf dem Spaziergang. Sie trug eine orangefarbene Bluse, weiße Shorts und dieselben gelben Gummisandalen, die sie schon am Vortag angehabt
hatte. Sie war zwar klein, aber gut proportioniert, mit Beinen
wie ein junges Rehkitz. Sie sah sehr hübsch aus. Von hinten sah
man ihren Bubikopf wippen, und sie erinnerte mich an ein unbe-
schwertes junges Mädchen, das gerne Sport treibt. Ich konnte
kaum glauben, daß dies dieselbe Maiko war, die sich am voran-
gegangenen Abend ins Haus geschlichen hatte.

Oben auf der Klippe zählte sie mir die Namen aller Landzun-
gen und Inseln auf. Dann fing sie an zu lachen. «Entschuldigen
Sie. Sie stammen ja aus diesem Teil des Landes.»

«Vielleicht – aber ich habe vieles vergessen. Ich habe lange in Tokio gelebt.»

«Tokio...»

Ganz versunken starrte Maiko hinaus aufs Meer. In ihrer Stimme schwang ein besonderes Gefühl mit.

«Kommen Sie aus Tokio?» fragte ich.

«Ja.»

«Leben Ihre Eltern dort?»

«Sie sind tot. Aber ich habe noch eine ältere Schwester. Ich habe sie sehr gern. Früher habe ich sie oft besucht, aber jetzt...»

Maiko schaute zu Boden. Ich überlegte, warum sie sich den Luxus einer Reise zu ihrer Schwester nicht gönnte. Psychologische Gründe, finanzielle? Ich war nahe daran, sie zu fragen, warum sie ihre Traurigkeit verheimlichte.

Statt dessen ließ ich meinen Blick schweifen und entdeckte plötzlich ein gepflegtes Haus mit gekalkten Wänden in der Nähe eines Meeresarms auf der anderen Seite der Bucht. Eine Villa. Teilweise verdeckt durch das Pinienwäldchen, sah das Haus kühl aus, erfrischend.

Vor dem Haus am Strand lag ein Motorboot; sein glänzender cremefarbener Rumpf füllte plötzlich mein ganzes Gesichtsfeld aus und brannte sich in meine Erinnerung ein.

Ich beschloß, noch eine Nacht bei den Nishikawas zu bleiben. Maiko war ebenso erpicht, mich zum Bleiben zu bewegen, wie am ersten Abend. Ich war einfach nicht dazu in der Lage, nein zu sagen. Aber ich hatte noch einen anderen Grund. Am Montag morgen muß ich nicht vor elf im Büro sein. Weil ich Junggeselle bin, kann sich außerdem niemand beschweren, wenn ich mal über Nacht oder etwas länger von zu Hause fortbleibe.

Kurz nach dem Abendessen zog sich Nishikawa ins Schlafzimmer zurück, nachdem er erklärt hatte, er sei müde nach einem Tag, an dem er zum ersten Mal seit langer Zeit wieder gut gearbeitet habe. Obwohl nicht zu erkennen war, wie viel und welche Art von Arbeit er geleistet hatte, schien es doch sicher, daß er über meinen Aufenthalt sehr erfreut war. Wie gewöhnlich schwieg er, aber er lächelte befriedigt, wenn er mich ansah.

Allein im Wohnzimmer klappte ich das Bettsofa auf und legte

mich hin. Mondlicht fiel auf das Wasser. In der Eßküche war alles ruhig. Nach einer Weile war vom Meer das lauter werdende Brummen eines Motorbootes zu hören. Mit geschlossenen Lidern hörte ich zu, wie das Boot sich näherte, sich dann wieder entfernte, so als ob es nach einem bestimmten Muster hin und her pendelte. Der gleichbleibende Rhythmus dieses Musters ging mir allmählich auf die Nerven. Es war kaum noch zu ertragen, als der Motor ausging. Die wiederhergestellte Stille drang in jede meiner Gehirnwindungen ein. Ich ging hinaus.

Ich spürte, daß es dasselbe Motorboot war, das vor der Villa auf der anderen Seite der Bucht gelegen hatte.

Ich fing an, den steinigen Pfad nach oben zu laufen. Das Mondlicht tauchte alles in ein fahles, bläuliches Weiß. Als ich ungefähr die Hälfte des Weges hinter mir hatte, hörte ich einen Automotor. Dann, oben angelangt, sah ich den Wagen – einen weißen Volvo. Ein Mann und eine Frau stiegen aus. Die Frau war Maiko. Der Mann war groß.

Maiko lief auf dem Pfad, der nach unten führte und der zu schmal war, um nebeneinander zu gehen, voran. Sobald sie eine Unsicherheit zeigte, streckte der Mann beide Arme aus, um sie aufzufangen und ihr zu helfen. Sie kamen gut voran. Ich mußte mich mit dem Rückweg beeilen, denn auf dem Pfad konnte man sich nirgends verstecken.

Ich duckte mich hinter einen großen Geröllbrocken neben dem Hauseingang und beobachtete, wie Maiko fast zur Haustür rannte. Ich zitterte vor Aufregung. Sie schien völlig gefaßt. Dann tauchte auch der Mann auf. Er trug ein weißes Hemd mit hochgeschlagenem Kragen. Weil ich das Mondlicht im Rücken hatte, konnte ich sein Gesicht nicht erkennen, aber ich konnte sehen, daß er groß und dünn war.

Maiko drehte sich um. Die Hand des Mannes strich über ihr Haar und fuhr dann über ihre Schulter. Seine Finger verflochten sich mit ihren weißen Fingern. Maiko ließ die leichte Berührung zu und machte sich dann los. Als sie nach dem Türknauf griff, berührte der Mann sie nicht. Maiko blickte ihn noch einen Moment lang an, schlüpfte schnell ins Haus und schloß die Tür. Der Mann stand einen Augenblick vor der geschlossenen Tür. Dann

drehte er sich um und begann, den Pfad langsam wieder hinauf-
zusteigen.

Es hatte keine Umarmungen gegeben, kein Liebesgeflüster.
Aber das war mir einerlei. Ich wollte den wahren Grund für Maikos Einladung «meinem Mann zuliebe» und für ihre dringende
Aufforderung, noch zu bleiben, nicht wahrhaben. Während ich
zusah, wie er im Mondlicht davonging, überkam mich ein Gefühl, daß ich unmöglich in Verbindung mit Sugio Nishikawa hegen konnte. Es brodelte in mir. Es war Eifersucht.

Zwei Tage später, als ich vom Essen ins Büro zurückkam, bemerkte ich einen geparkten weißen Volvo. Ich hatte das Auto,
mit dem Maiko an jenem Abend nach Hause gekommen war,
nicht besonders gut gesehen. Das machte mich unruhig.

Aber mein Verdacht war berechtigt. Während ich noch überlegte, kam ein großer Mann aus einem Waffengeschäft zwei oder
drei Häuser weiter. Er trug eine große dunkelgrüne Sonnenbrille
und ein beigefarbenes Hemd, dessen Kragen hochgeschlagen
war. In der linken Hand trug er ein Jagdgewehr. Er öffnete die
hintere Tür des Wagens, ließ das Gewehr auf den Sitz fallen und
stieg dann selbst ein. Der Motor dröhnte, und der Wagen verschwand im Gewühl auf der Hauptverkehrsstraße.

Ich war ganz sicher, daß dies der Mann war, der Maiko an
jenem Abend nach Hause gebracht hatte.

Ich trat in die ruhige Kühle des klimatisierten Waffenladens.
Ich ließ meinen Blick über die polierten Gewehre schweifen und
wandte mich dann an den schwergewichtigen Mann hinter dem
Tresen: «Der Mann, der gerade rausgegangen ist. Ich kenne ihn.
Kommt er oft her?»

«Ja, meinen Sie Kusashitasan?» Der Ladeninhaber hatte ein
gerötetes, freundliches Gesicht und lächelte, so als ob er jeden
gern hätte. Er trug eine rote Fliege.

«Ein ziemlicher Waffennarr, Kusashitasan. War in den letzten
sechs Monaten ein guter Kunde von mir.»

«Hat er nicht ein Strandhaus in Keya no Oto?»

«Ja. Aber soweit ich weiß, stammt er eigentlich aus Tokio. Er
ist hierher gekommen, um sein Asthma auszuheilen. Es gefiel

ihm, und jetzt ist er mehr hier als irgendwo sonst. Selbst wenn er seine Krankheit überwinden sollte, ist er offenbar in der glücklichen Lage, daß er tun und lassen kann, was er will.»

Als ich wieder bei der Arbeit erschien, sagte mir eines der Mädchen, daß ich einen Anruf von einer Frau namens Nishikawa erhalten hätte. Sie hatte schon vor ein paar Tagen angerufen und mich geradezu gedrängt, sie wieder zu besuchen. Seit er mich getroffen habe, sei die Verfassung ihres Mannes ganz anders geworden. Er arbeitete, und sie wünschte sich, daß ich öfter kommen sollte, um ihn zu ermutigen.

Am Telefon war sie ganz die Ehefrau gewesen, die um das Wohl ihres Mannes besorgt ist. Sie schien von einem Gefühl erfüllt, daß nur eine Frau empfinden konnte, die vorbehaltlos an die Bande zwischen ihrem Mann und einem alten Freund glaubt. Das verletzte mich ein bißchen. Trotzdem beschloß ich, sie noch am selben Tag wieder zu besuchen. Ich hatte eine vernünftige Entschuldigung, denn ich wollte ihnen die Ausgaben des «Neuen Kunst-Journals» bezahlen. Wenn ich ausgenutzt wurde, so wäre das auch in Ordnung. Solange er seine Rolle durchschaut, wird Pierrot niemals wirklich zum Clown. Wenn ich nur Maiko sehen könnte. Aber wegen der Arbeit war es schon nach acht Uhr abends, als ich schließlich an die Haustür der Nishikawas klopfte.

Maiko, in Dunkelblau gekleidet, begrüßte mich an der Tür. Sie sah niedergeschlagener aus als sonst. Ich war fast bereit, an die plötzlich aufleuchtende Freude zu glauben, die in ihren Augen erschien, als sie mich ansah. Aber wahrscheinlich war das, was ich zu sehen glaubte, nur ein Widerschein dessen, was sich in meinem eigenen Herzen abspielte.

Nishikawa war nicht im Wohnzimmer-Atelier.

«Er ist mit dem Boot draußen», sagte Maiko und sah mit einem merkwürdig schmeichlerischen Ausdruck hinaus auf das dunkle Wasser. Über dem Meer kam Nebel auf. «Er geht nur an solchen Abenden zum Rudern. Er kann sich nur entspannen, wenn draußen auf dem Wasser nichts mehr zu erkennen ist.»

Maiko machte etwas zu essen, und ich saß lange schweigend da und ließ mein Glas durch die Hände gleiten.

«Werden Sie Ihr Leben in dieser Weise fortsetzen?» fragte ich
nach einer Weile. Und Maikos Augen antworteten mir, genauso
wie an dem Nachmittag im Café. Sie schien tief in Gedanken.

Ich sagte: «Sie opfern sich für das Wohl Ihres Mannes.»

Sie antwortete nicht.

«Sind Sie zufrieden mit dieser Art Leben? Sie sind es nicht,
oder?»

Sie sah mich an. Unter ihrem Blick schien eine Wand in mir zu
zerbröckeln.

«Sie geben ihm alles. Wenigstens sieht es so aus. Aber tatsächlich betrügen Sie ihn.»

«Das stimmt nicht», sagte sie traurig.

«Aber ich habe Sie mit ihm gesehen, mit Kusashita.»

«Es ist nichts zwischen uns. Ich möchte, daß Sie – gerade Sie –
mir das glauben.»

Ihre Lippen zitterten, während sie sprach. Ich wollte ihr glauben.

Vom Meer war ein Gewehrschuß zu hören. Dann noch einer.
Der Nebel schien die Geräusche einzuhüllen, so daß sie nur
schwer zu uns durchdrangen. Etwas überkam mich, eine böse
Ahnung, und ich umarmte Maiko mit all meiner Kraft. Ihr Körper fühlte sich bemitleidenswert leicht an, als sie sich gegen
meine Brust fallen ließ.

«Wenn Sie sich so fühlen, ist das ein Grund mehr, mit diesem
hoffnungslosen Leben aufzuhören.»

«Nur noch eine kurze Zeit», sagte sie. «Sugio braucht dieses
Leben. Trotzdem, früher oder später wird es aufhören.»

«Und dann?»

«Ich werde mich von Grund auf verändern. Ich werde eine
vollkommen andere Person sein.»

Ihre Worte setzten sich in meinem Bewußtsein fest. Immer
noch war das Geräusch der Schüsse vom Meer zu hören.

«Glaub mir», sagte sie sacht.

Ich preßte meine Lippen auf die ihren. Sie erwiderte meinen
Kuß. Eine dicke Träne rann aus ihrem Augenwinkel. Ich glaubte
dieser Träne.

Der nächste Tag war bedeckt und schwül. Von Zeit zu Zeit wurde der Wind so stark, daß er das kleine Haus umzublasen drohte. Wir hörten, daß ein kleinerer Taifun sich näherte.

Am Abend vorher, als Nishikawa mich bei seiner Rückkehr angetroffen hatte, war er in guter Stimmung. Aber bis in den Nachmittag des nächsten Tages hinein gab es keine Anzeichen dafür, daß er den Wunsch nach Arbeit verspürte. Er war redseliger als gewöhnlich und machte sich einen Spaß daraus, über jeden einzelnen der bekannteren Bildhauer herzuziehen. Maiko hatte mich gebeten zu kommen, damit ich ihn ermutigen sollte, aber meine Gegenwart schien nun den gegenteiligen Effekt zu haben.

Der Taifun kroch weiter in unsere Richtung, und am Abend war der Wind stark und stetig. Die Dünung des Meeres wurde heftiger. Weißliche Wolken zogen am Himmel vorbei und ließen alles heller und leuchtender erscheinen.

«Ein schöner Abend», sagte Nishikawa und sah mit fiebernden Augen aufs Meer hinaus. «Ich fühle mich immer ganz entspannt, wenn Sturm ist.»

«Fährst du heute abend auch mit dem Boot raus?»

Das war als Scherz gemeint, denn ich hatte bemerkt, daß er dasselbe graue Hemd und die schwarzen Shorts anhatte, die er am Abend vorher getragen hatte. Ich wußte, daß ich ihn nicht hinausgehen lassen durfte. Aber was mich wirklich verwirrte, war die Erinnerung an die merkwürdigen dumpfen Gewehrschüsse im Nebel. Bevor ich etwas sagen konnte, erklärte Nishikawa: «Nein. Wo du schon mal da bist, laß uns lieber was trinken.»

Ich war einverstanden. Nicht daß ich mir vorstellte, daß es ein großes Vergnügen sein würde, mit ihm zu trinken, aber es würde ihn jedenfalls im Haus halten. Ich nahm an, daß auch Maiko heute abend zu Hause bleiben würde.

In diesem Punkt irrte ich mich. Als Nishikawa und ich ungefähr ein Drittel der Whisky-Flasche geleert hatten, die ich als Geschenk mitgebracht hatte, fiel mir auf, daß es im Haus ganz ruhig war. Ich tat so, als müsse ich zur Toilette, ging aber zum Eingang. Maikos Sandalen waren verschwunden.

Ich fühlte, wie Ärger und Entrüstung in mir hochstiegen. Nach einer Weile hatte ich meine Gefühle wieder im Griff und ging ins Wohnzimmer zurück. Ich versuchte mir den Ausdruck von Maikos Augen zu vergegenwärtigen, als sie sagte: «Ich möchte, daß Sie – gerade Sie – mir das glauben.» Ich hatte ihr geglaubt. Nichts sonst zählte. Vor allem anderen mußte ich die Augen verschließen.

Ich hatte seit dem frühen Abend schnell getrunken. Nishikawa vertrug eine ganze Menge. Egal wieviel er trank, sein Gesicht rötete sich nicht. Er wurde blasser. Nur seine Augen glühten mit einem seltsamen brennenden Ausdruck. Von Zeit zu Zeit ließ er unzusammenhängende Bemerkungen fallen.

Kurz nach neun stand er schwerfällig auf.

«Entschuldige mich. Ich werde wohl ein Bad nehmen. Das wird mich wieder nüchtern machen. Dann können wir noch ein bißchen trinken.»

Ich nickte, und er verschwand im Badezimmer.

Ein paar Augenblicke später hörte ich vom Meer her den schrillen Schrei einer Frau. «Hilfe!» Dann: «Helft mir doch!» Ein unartikuliertes Kreischen folgte. Zuletzt war undeutlich zu hören, wie irgend etwas ins Meer fiel, etwas platschte ins Wasser. Diese Laute mischten sich mit dem Geräusch des Windes und der Wellen und drangen nur bruchstückhaft an mein Ohr. Ich fuhr aus meinem Stuhl hoch, zögerte dann aber.

In diesem Moment öffnete Nishikawa die Badezimmertür. Er war naß und nackt. Er wirkte außergewöhnlich angespannt.

«Hast du gerade die komische Stimme gehört?»

Es war also keine Sinnestäuschung gewesen.

«Ja», sagte ich. «Hörte sich so an, als ob es vom Meer käme.»

«Nein, von der Klippe. Es kann doch nicht...»

Seine Stimme brach ab. Er hatte den gleichen Gedanken wie ich: Es kann doch nicht Maiko sein.

«Ich gehe hin und sehe nach», sagte ich.

«Ja. Ich komme in einer Minute nach.»

Ich verließ das Haus. Zuerst schaute ich zum Meer. Die wogende Wand der weißen Regenwolken erhellte den Himmel, aber das Meer war schwarz. Hohe Wellen krachten schäumend gegen die Felsen. Von der Höhe, auf der ich stand, konnte ich nichts erkennen.

Ich begann den Pfad hinaufzuklettern. Vielleicht hatte Nishikawa recht gehabt, daß die Stimme von der Klippe gekommen war. Ich hastete bergauf. Ich hörte meinen eigenen schweren Atem, fühlte wie das Blut in meinen Ohren pulsierte.

Oben angekommen durchquerte ich den Pinienhain. Zweihundert Meter hinter dem kleinen Schrein führte ein schmaler Pfad nach unten und lief dann wieder aufwärts bis auf die Spitze der Basaltklippe. Es war der Pfad, den Maiko mir an dem Tag gezeigt hatte, an dem wir hier hinaufgegangen waren. Der Pfad wand und schlängelte sich, so daß ich erst nach fünf oder sechs Minuten das obere Ende der Klippe erreichte.

Niemand war zu sehen. Ich sah nach unten. Es ging über 20 Meter tief steil nach unten über die ausgewaschene Klippe. Mir wurde ein bißchen schwindelig. Als ich mich umsah, entdeckte ich etwas Weißes, das am Rand der Klippe schimmerte. Ich hob es auf. Es war eine kleine Damen-Sandale mit gelben Riemen. Ich war sicher, daß sie Maiko gehörte.

Ich machte eine weitere Entdeckung. Auf einem der Riemen war ein Fleck. Ich sah genauer hin. Es schien Blut zu sein.

«Maiko!» rief ich laut, aber der Wind und die Wellen übertönten meine Stimme.

Ich dachte daran hinunterzuspringen. Aber ich hatte keine Erfahrung damit, aus so großer Höhe hinabzutauchen. Und ich hatte keine Ahnung, was mich am Fuß der Klippe erwartete.

Mit dem Schuh in der Hand ging ich auf dem schmalen Pfad zurück. Mein Auto parkte an der Pforte des kleinen Shinto-Schreins.

Die Ansiedlung von Gasthäusern am öffentlichen Strand von Keyo no Oto liegt ungefähr einen Kilometer entfernt in der der Klippe entgegengesetzten Richtung. Sie ist an einem Sandstrand auf der anderen Seite der Landzunge, auf der das Haus der Nishikawas steht.

Der Wachhabende auf der örtlichen Polizeistation, ein Mann mittleren Alters, erfaßte die Situation rasch. Am Meer gab es relativ häufig Unfälle. Er rief sofort die Vereinigung der Gaststättenbetreiber an und bat sie, das Motorboot loszuschicken, das sie in Bereitschaft hielten. Dann setzte er sich neben mich in mein Auto, und wir fuhren zurück zur Klippe. Es hatte zu regnen begonnen. Dicke Tropfen prasselten auf die Windschutzscheibe.

In dem Moment, als wir auf der Spitze der Klippe anlangten, tauchte auch Nishikawa auf. Er atmete schwer.

«Ich war beim Wellenbrecher», keuchte er, «aber ich konnte nichts erkennen.»

Alle drei liefen wir zur Kante. Der Polizist richtete seine Taschenlampe in die pechschwarze Finsternis, aber wir sahen nur das aufgewühlte Wasser und die hämmernde Gischt. Ich erklärte Nishikawa die Situation und zeigte ihm die Sandale. Er klappte zusammen. Wind und Regen peitschten sein weißes Hemd und seine braunen Hosen.

Ich hörte ein leises, ersticktes Stöhnen. Es war Nishikawa, der seinen bitteren Kummer ausstieß.

Ungefähr eine Stunde später wurde Maikos Leiche in der Nähe der Klippe, etwa 50 Meter westlich des Hauses gefunden. Sie trug das dunkelblaue Kleid und war barfuß. Das lange Obstmesser, das in ihrem Körper steckte, war in ihren Rücken hineingestoßen worden und zielte auf ihr Herz.

Das Ergebnis der Autopsie wurde am folgenden Abend bekanntgegeben. Sie war unmittelbar an der Wunde in ihrem Rükken gestorben. Sie konnte nicht ertrunken sein, weil in ihrer Lunge fast kein Meerwasser gefunden wurde. Nishikawa bezeugte, daß die Gummisandale, die ich am Klippenrand gefunden hatte, Maiko gehörte. Das Blut auf dem Riemen entsprach Maikos Blutgruppe. Die Todeszeit lag zwischen 21 Uhr und 21.30 Uhr. Nishikawa und ich hatten den Schrei ungefähr um 21.15 Uhr gehört. Daraus ergab sich die Schlußfolgerung, daß Maiko oben auf der Klippe erstochen und dann ins Meer hinuntergestoßen worden war. Die Wellen und die Strömung hatten ihre Leiche dort angespült, wo sie gefunden worden war.

Nishikawa lief den ganzen Tag über mit leerem Blick durch das Haus. Es war nur natürlich, daß ich an seiner Stelle bei den polizeilichen Ermittlungen half. Aber sobald es um klare Fakten ging, stellte ich fest, daß ich wenig über Maiko wußte, außer daß sie abends ausgegangen war.

Nishikawa konnte nichts zur Untersuchung beitragen, was irgendwie von Nutzen gewesen wäre. Ich konnte mir nicht vorstellen, daß er über das, was vorging, nichts gewußt haben sollte, aber er verlor kein Wort über Maiko und Kusashita. Mit gramerfüllter Stimme teilte er mit, daß Maiko und er vor ungefähr sechs Monaten jeder eine Lebensversicherung über zehn Millionen Yen abgeschlossen und den jeweils anderen als Nutznießer eingesetzt hatten. Er sagte, er habe diesen Schritt unternommen, weil er hoffte, Maiko auf diese Weise nach seinem Tod zu versorgen, und daß sie trotz seiner Einwände darauf bestanden habe, sich selbst ebenfalls zu versichern.

Als Nishikawa nicht im Zimmer war, berichtete ich der Polizei von Maiko und Kusashita und deutete an, daß die beiden etwas miteinander gehabt hätten. Die Polizei stufte das als wertvolle Information ein. Es war ein klarer Fall von Mord, aber die Verdachtsmomente waren so gering, daß die Ermittler vor einem Rätsel standen. Sie hätten Nishikawa und mich selbst verdächtigt, wenn wir nicht einander im selben Raum gegenübergestanden hätten, als der Schrei ertönte. Dadurch hatten wir ein unerschütterliches Alibi.

Ich erfuhr bald, daß auch Kusashita außerhalb jeden Verdachts stand. Er hatte ebenfalls ein Alibi. Er hatte sein Haus am Mordabend nicht verlassen. Zwei Leute sagten für ihn aus, seine Haushälterin und der Arzt, der mit Kusashita zu Abend gegessen hatte. Das machte mich wütend. Wußte die Polizei nicht, daß die Haushälterin und der Arzt ohne weiteres bestochen sein konnten?

Ich beschloß, die Sache selbst in die Hand zu nehmen.

Nachdem ich ungefähr eine Stunde gewartet hatte, kam der weiße Volvo den Schotterweg hinauf, der wie ein Tunnel durch Bäume und Buschwerk führte. Der Motor rumpelte in einem niedrigen Gang, als der Wagen den Weg hinauffuhr, der von Kusashitas Haus zu dem kleinen Schrein führte. Er war allein. Ich trat auf die Straße, um ihm den Weg zu verstellen. Sand spritzte auf, als der Wagen zum Stehen kam. Ich bemerkte ein Jagdgewehr auf dem Rücksitz. Kusashita sah mich erstaunt an. Einen Moment lang sagte ich nichts.

«Sie haben ein Loch im Reifen.»

«Was?» Er sah mich zweifelnd an.

«In diesem hier», sagte ich und zeigte auf einen der Vorderreifen. Er stieg aus. Als er an mir vorbeiging, um nach dem Reifen zu sehen, bewegte ich mich auf ihn zu und packte sein Handgelenk.

«Ich möchte mich mit Ihnen über Maiko unterhalten.»

«Aber ich habe Ihnen nichts zu sagen.»

«Ich habe etwas für Sie. Ich weiß alles über Sie und Maiko.»

«Wenn Sie mit mir sprechen wollen, können wir das hier tun.»

«Nein. Oben auf der Klippe ist es besser.»

Er erstarrte wieder bei der Erwähnung der Klippe.

«Keine Angst. Ich will nur reden.»

Ein schmaler Pfad führte uns auf die Höhe der Klippe, ohne daß wir die größere Straße passieren mußten. Als wir den Pfad, der zur Spitze der Klippe führte, verließen, blieb Kusashita wie angewurzelt stehen.

«Wir können hier reden.»

Er sah verzweifelt aus.

«Erzählen Sie mir genau, wie Ihre Beziehung zu Maiko war.»

«Es war nichts zwischen uns.»

«Na, sicher.»

«Es stimmt. Ich habe sie vor ungefähr sechs Monaten kennengelernt. Beim Schrein. Sie sprach mich an. Seitdem waren wir manchmal zusammen im Auto unterwegs. An Sommerabenden sind wir mit dem Motorboot hinausgefahren. Sie hat fast nie gesprochen. Ich habe nicht einmal ihre Hand gehalten. Wie soll ich es Ihnen erklären? Sie hat mir nie Gelegenheit gegeben.»

«Wenn das so ist, warum haben Sie sie umgebracht?»

«Ich habe sie nicht umgebracht», brüllte er.

«Doch, Sie haben es getan. Wahrscheinlich haben Sie darüber

gesprochen, Nishikawa zu töten. Aber Maiko wollte sich Ihrem Willen nicht fügen, und Sie haben sie allmählich als Belastung empfunden. An jenem Abend, auf der Klippe hier, hatten sie einen Streit. Sie haben die Beherrschung verloren, sie in den Rükken gestochen und ins Meer gestoßen.»

«Verdammt – nichts davon ist wahr!»

«Können Sie diese Behauptung aufrechterhalten, sogar am Rand der Klippe? Vielleicht treibt sich Maikos Geist hier noch irgendwo herum.»

Ich packte wieder seine Hand.

«Halt!»

«Schweißperlen standen auf seiner Stirn. Er hatte Angst.

«Ich habe schreckliche Höhenangst. Wenn Sie mich an den Rand bringen, sterbe ich…»

Ich zerrte an ihm. Je mehr er sich sträubte, desto mehr brachte er mich in Wut.

Wir erreichten die Kante. Kusashita drehte sich, um dem Blick nach unten zu entgehen. Ich packte ihn am Kragen und zwang ihn, hinunter auf das Meer zu schauen.

«Hier ist die Stelle, wo Sie Maiko getötet haben. Geben Sie es zu!»

Er antwortete nicht. Ich spürte, wie er sich schwer gegen mich lehnte, und mir wurde klar, daß er ohnmächtig wurde. Ich stieß ihn weg. Er lag ausgestreckt auf dem Boden, schnappte nach Luft und stierte aus wirren Augen ins Leere.

Ich haßte ihn immer noch, aber ich wußte, daß er nicht spielte. Sein Sportwagen und sein Jagdgewehr waren eine unentbehrliche Tarnung für die Schwäche dieses Mannes ohne Rückgrat. Er wäre niemals kühn genug gewesen, um Maiko zu töten.

An einem Nachmittag Ende Oktober rief ich Keiko Minegishi an, Maikos ältere Schwester, die in einem ruhigen Wohnviertel in Tokio lebte. Ich begegnete ihr zum erstenmal. Ihr Mann war auf Geschäftsreise in Europa, und sie hatte gerade ein Baby bekommen. Die Umstände hatten verhindert, daß sie nach Maikos Tod nach Fukuoka gekommen waren. Ich fand das cremefarbene moderne Haus leicht nach der Wegbeschreibung, die ich am Telefon erhalten hatte. Auf mein Klingeln öffnete eine Frau mittleren Alters. Es war Keiko. Sie war füllig, aber ihr Kimono aus Japanseide kleidete sie vorteilhaft. Obwohl die Geburt ihrem Gesicht einiges von seiner Farbe geraubt hatte, erinnerten mich die kühlen Augen und die Linie von der Stirn zu den Wangen an Maiko. Sie führte mich ins Wohnzimmer, und ich kam gleich zur Sache.

«Es fällt mir schwer, Sie zu fragen, aber wissen Sie, ob es in Maikos Leben außer Nishikawa noch andere Männer gab?»

Sie schüttelte bedächtig den Kopf. «Die Polizei hat mich das auch schon gefragt. Wenn es einen anderen Mann gegeben hätte und wenn es so ernst gewesen wäre, daß es ihr Leben verändert hätte, würde Maiko sicherlich mit mir darüber gesprochen haben.»

«Soweit ich weiß, haben Sie sich in den letzten Monaten kaum gesehen.»

«Das stimmt. Aber sie hat mir oft geschrieben.»

«Glauben Sie, daß sie völlig zufrieden mit ihrem Leben mit Nishikawa war?»

«Sie war zufrieden. Sie versuchte wenigstens, es zu glauben. Sie hat sich geschworen, daß sie ihm zuliebe alle tun, jede Art von Leben aushalten würde.» Sie sprach langsam, hob dann die Fingerspitzen an die Augen und saß eine lange Zeit schweigend da. Ich wartete. Schließlich sagte sie: «Es war eine Art Buße für sie.»

Keiko schlug die Augen nieder, nachdem sie das gesagt hatte.

«Buße? Wofür mußte sie denn büßen? Buße für wen?»

«Nishikawa natürlich.»

«Warum?»

«Ich nahm an, Sie wüßten es. Seine Augen sind bei einem Unfall verletzt worden, und seitdem befindet er sich in einer schweren Krise.»

«Ich habe davon gehört – aber…»

«Maiko saß am Steuer. Ein vorausfahrendes Auto bremste plötzlich, und sie ist ihm hinten reingekracht. Wie durch ein Wunder ist sie mit ein paar Kratzern davongekommen. Ich bin sicher, daß der Schock für Nishikawa groß war. Immerhin bedeuten die Augen für einen Künstler seinen Lebensinhalt. Aber ich denke, diejenige, die am schlimmsten verletzt wurde, war Maiko. Bevor das passierte, war sie immer so fröhlich. Gut in allen möglichen Sportarten. In der Schule ist sie Schwimmeisterin gewesen...»

Keiko rührte sich nicht und sah in den Garten, während sie sprach. Ich hatte das schmerzliche Gefühl, daß sie Maiko dort draußen beinahe sehen konnte.

Sie fuhr fort. «Kurz nach dem Unfall, als sie beschlossen, Tokio zu verlassen, kam Maiko vorbei, um sich zu verabschieden. Sie sagte, sie sei bereit, ihr Leben für ihren Mann zu opfern. Sie würde ihm zuliebe mit allem fertigwerden. Sie weinte, als sie sagte, dies sei die einzige Möglichkeit, wie sie alles, was geschehen war, wiedergutmachen könne. Aber warum hat sie geweint? Wenn sie Nishikawa geliebt hat, wäre es doch nur natürlich gewesen, ihm alles zu geben. Bevor sie von Buße sprach, hätte sie die völlige Hingabe an ihn nicht als Glück angesehen. Ich hatte das Gefühl, daß sie ihn gar nicht mehr liebte. Sie wußte es vielleicht selbst noch nicht. Sie hat das Bedürfnis nach Wiedergutmachung als Liebe mißverstanden. Ich dachte mir, daß eines Tages ein Mann vorbeikommen und ihr den Fehler zeigen würde, den sie machte. Ich habe darauf gewartet, daß das passiert, um ihretwillen.»

Keiko sah mich direkt an. Ihre Augen waren feucht, sie schimmerten vor Traurigkeit, vor Resignation. Sie erinnerten mich an Maikos Augen. Ich verspürte eine ungewohnte Qual.

«Sie sagten, daß Maiko eine gute Schwimmerin war?»

«Ja. Vor allem eine gute Taucherin. Mutig und geschickt.»

«Tauchen?» Ich wiederholte das Wort nur für mich selbst.

Der Himmel über der Genkaisee war von dicken Wolken verhangen. Das Wasser war grellschwarz. Die Basaltklippe, die in der Düsterkeit hoch aufragte, erschien schroffer als je zuvor. Gegen meinen Willen fühlte ich mich an den Tag des Mordes erinnert. Ich öffnete die Tür mit einem Ruck und sah Sugio Nishikawa in dem Rattan-Stuhl sitzen. Er blickte aufs Meer. Langsam drehte er sich um und sah mich an.

«Oh, du bist es.» Er sagte das, als ob ich nur für kurze Zeit fortgewesen wäre. Seine Augen schienen leblos, sein Ausdruck tot. Ich stand schweigend hinter ihm.

«Wenn du hier bist, scheint es, als wäre Maiko noch im Haus», sagte er; seine Stimme klang wie ein Ächzen.

«In Ordnung», sagte ich. «Erzähl mir, wie du sie getötet hast. Ich begreife fast alles, aber ich würde es gerne von dir hören.»

Nishikawa hustete, als er zu mir hochblickte.

«Was redest du da? In dem Moment, als wir den Schrei hörten, waren wir beide hier, zusammen.»

«Wir waren zusammen, als jemand geschrien hat, aber nicht, als Maiko umgebracht wurde.»

Nishikawa gab keine Antwort.

«Du warst im Bad. Deshalb lief ich hinaus, um herauszufinden, was passiert war. Aber wenn du wirklich um Maiko besorgt gewesen wärst, hättest du dich sofort angezogen. Du sagtest, du seiest hinuntergegangen zum Wellenbrecher. Aber dafür warst du zu lange weg. Du hast als erster behauptet, der Schrei käme von der Klippe. Und selbst wenn du zum Wellenbrecher gegangen wärst, wärest du nicht lange geblieben. Aber du bist erst wieder aufgetaucht, als ich bei der Polizei gewesen war und schon wieder zurückkam. Eine halbe Stunde, mindestens. Und du hattest andere Kleider an, ein weißes Hemd und braune Hosen. Warum?»

Während ich redete, war Nishikawa in sich zusammengesackt. Seine Hände baumelten von den Stuhllehnen. Es war schwer zu sagen, ob er zuhörte. Ich fühlte von neuem die Wut in mir. Es war nicht das leidenschaftliche Gefühl, das ich gegenüber Kusashita empfunden hatte, sondern kalter, tiefer Haß. Ich hob sein Kinn und zwang ihn hochzusehen. Er wehrte sich nicht, aber er starrte mich aus leeren Augen an.

«Vor ungefähr sechs Monaten habt ihr, Maiko und du, Lebensversicherungen für jeweils zehn Millionen Yen abgeschlossen. Ungefähr zur selben Zeit hat Maiko Kontakt mit Kusashita aufgenommen. Damals hast du offenbar beschlossen, sie umzubringen und Kusashita und mich als Nebenfiguren zu benutzen.»

«Du irrst dich!»

Zum erstenmal sprach er deutlich.

«Ich hatte nicht die Absicht, Maiko zu töten, bis zu jenem Tag.»

Endlich richtete er sich in seinem Stuhl auf und sagte, während er auf das Meer hinausstarrte: «Ich konnte das Leben hier nicht mehr ertragen. Hier zu sitzen und das Meer anzuschauen ist Beunruhigung – es macht dich verrückt. Ich wollte zurück nach Tokio, wo ich von anderen Künstlern Anregungen erhalten und schließlich wieder gearbeitet hätte. Wenn ich so weitergemacht hätte wie bisher, wäre ich erledigt gewesen. Aber ich hatte nicht die Mittel, um dorthin zu gelangen. Dieses Haus gehört natürlich jemand anderem. Aber wenn wir es verlassen hätten, hätten wir nirgendwo sonst wohnen können. Es ist lächerlich, aber wir hatten kein Geld für den Umzug.»

«Dann ist dir die Lebensversicherung eingefallen.»

«Maiko sagte, sie sei bereit, alles für mich zu tun. Nein – für unsere gemeinsame Zukunft.»

«Sie sagte, sie sei bereit, sich umbringen zu lassen?»

«Nein. Hör doch zu. Ich hatte nicht die Absicht, sie umzubringen. Wir wollten es nur so aussehen lassen, als ob sie getötet worden sei. Innerhalb eines Jahres nach Vertragsabschluß bekommst du kein Geld von der Versicherung, wenn der Tod durch Selbstmord eingetreten ist. Außerdem würde der Selbstmord einer jungen Frau, die bekanntermaßen an keinem Mann außer ihrem Ehemann Interesse hat, unnatürlich wirken. Darum haben wir beschlossen, Kusashita in den Plan einzubeziehen. Wir wollten ihm nicht die Schuld zuschieben. Früher oder später hätte die Polizei eingesehen, daß ihr schlüssige Beweise fehlen, und hätte ihn laufen lassen. Wir wollten nur den Eindruck erwecken, als ob Maikos Ermordung unvermeidbar wäre.»

«Und mich habt ihr hineingezogen, um dein Alibi abzusichern.»

«Das stimmt. Und das war alles, was wir vorhatten.» Er senkte die Stimme. «Nachdem sie dich kennengelernt hatte, veränderte sich Maiko. Ich sah es, aber ich hatte keine Ahnung, daß du einen so tiefen Eindruck auf sie gemacht hast.»

«Erzähl mir, was am Mordtag geschehen ist.»

«Am Abend vorher, als ich vom Bootfahren zurückkam, warst du hier. Ein Taifun kam auf, die See war rauh. Maiko sagte, daß wir unseren Plan am nächsten Tag in die Tat umsetzen sollten.

Unser ursprünglicher Plan war, eine Nacht auszusuchen, in der das Meer stürmisch war. Maiko sollte auf die Klippe klettern, eine blutbefleckte Sandale an der Kante zurücklassen und schreien, bevor sie ins Wasser sprang. Ich würde im Bad sein und dich bitten, vorauszugehen, um nachzuschauen, was passiert war.

Während du das tätest, sollte Maiko von der Klippe hierher schwimmen. Sie war eine Tauchmeisterin in der Schule, und so ein Sprung wäre leicht gewesen. Sie war eine geübte Schwimmerin. Sie wußte, daß sie selbst bei rauher See die Strecke bis hierher schaffen würde, ungefähr hundert Meter. Sie wäre hierhergekommen, hätte die Kleider gewechselt und wäre in der Dunkelheit verschwunden. Sie wollte nach Tokio fahren. Eine Großstadt verschluckt jeden. Maiko dachte, sie könnte als Hosteß in einem Club arbeiten und allein leben, bis ich käme. Sobald ich die Versicherungssumme kassiert hätte, wäre ich nach Tokio gegangen. Es hätte vielleicht einige Zeit gedauert, aber wir waren sicher, daß die Polizei folgern würde, daß die Leiche wegen der stürmischen See nicht aufgetaucht sei. Maiko hätte ihren Namen geändert, aber sie wäre meine Frau geblieben. Und wir beide hätten zusammen ein neues Leben beginnen können.»

Seine Stimme klang gequält.

«Aber am Abend ihres Todes sagte Maiko plötzlich, daß sie mich verlassen wollte. Sie sagte, sie würde alles genau nach Plan ausführen und mir die ganze Versicherungssumme überlassen für einen neuen Anfang. Dann hat sie mich gebeten, sie und unser bisheriges Leben zu vergessen. Sie wollte ein neues, ein eigenes Leben. Genau das hat sie gesagt.»

Er wandte sich zu mir.

«Ich konnte es nicht glauben, verstehst du? Sie ist immer treu gewesen. Maiko hat mir ganz allein gehört. An diesem Abend hörte ich den Schrei. Du gingst hinaus. Ich bin zum Strand gegangen. Ich dachte, daß Maiko irgendwo trockene Kleider versteckt haben könnte und daß sie gehen würde, ohne noch einmal ins Haus zu kommen. Ich wartete am Fuß der Klippe. Ich wollte noch einmal versuchen, sie vom Weggehen abzuhalten. Sie kam. Ich versuchte, sie zu überzeugen, aber sie weigerte sich, mich zu verstehen. Ihre Gedanken drehten sich nur um den anderen Mann. Als ich das erkannte, griff ich nach dem Messer, das ich in der Tasche versteckt hielt. Ich hätte doch niemals zugelassen, daß Maiko jemand anderem gehörte als mir!»

«Du hast die Kleider gewechselt, weil sie voller Blut waren.»

Er starrte mich aus flammenden Augen wütend an. Ich entdeckte etwas von dem stolzen, elitebewußten Sugio Nishikawa aus unseren Schultagen. Aber es verschwand sofort wieder. Er erhob sich unsicher.

«Ich habe mich gewaltig verkalkuliert. Ich hatte vergessen, daß das Leben ohne sie unerträglich sein würde.» Nishikawa lachte albern. Dann langte er zu dem Bord an der Wand hinüber, wo der Whisky stand, den wir beide in jener Nacht zusammen getrunken hatten. «Ich bin müde; laß mich was trinken.»

Mit zitternder Hand goß er Whisky in ein Glas. Ich packte sein Handgelenk einen Augenblick, bevor der Rand des Glases seine Lippen berührte. Ich sah, wie ein weißes Pulver sich langsam auf der bernsteinfarbenen Flüssigkeit ausbreitete. Er verfügte plötzlich über enorme Kräfte. Wir fielen taumelnd zu Boden, und er hielt immer noch das Glas. Es zerbrach, und ein Splitter stach mich in die Brust.

«Laß mich sterben!»

Eine seiner Hände tastete über den Boden. Ich griff danach und schlug dann auf ihn ein. Aber ich würde ihn ganz bestimmt nicht sterben lassen. Ich wollte ihn vor Gericht zerren, genau in dem Zustand, in dem er sich im Moment befand. Ich glaubte, daß Maikos Geist sich nur dann von Nishikawas Bann befreien könnte und ewigen Frieden fände in meinem Herzen.

Deutsch von Beatrix Gehlhoff

Eitaro Ishizawa
Der Mann, der zuviel wußte

Es ist erstaunlich, wie viele künstlerisch tätige Japaner in China geboren wurden. Eitaro Ishizawa widerfuhr dies im Jahre 1939. Er ist
ein Mann mit breiten Interessen und hat Archäologie, Biologie, Geschichte und Kunst studiert. Seine literarische Produktion ist
spärlich, aber jedes Buch enthält ausgereifte Ideen, die um eine gut-
entwickelte Handlung kreisen. Er bedient sich gewöhnlich eines
Symbols, im vorliegenden Fall einer magischen Zahl: 13.

Als Inspektor Kono in F., wo das Polizeihauptquartier
sich befand, ins Auto stieg, sagte er zu sich selbst: «Dieser
Fall wird sich lange hinziehen.»

Seit dem Krieg war es Mode geworden, von «wissenschaft-
licher Ermittlung» zu sprechen. Man vermied es, Dinge wie
etwa den «sechsten Sinn» zu erwähnen. Trotzdem, Kono

wußte, daß die sogenannte «Intuition» nichts anderes war als die Summe langjähriger Erfahrung. Wenn er sich dem Grundsatz systematischen Vorgehens, der übermäßiges Beharren auf der Erfahrung verwirft, auch nicht widersetzte, wußte Kono dennoch, daß die Intuition bei polizeilichen Ermittlungen eine große Rolle spielte.

Sein Kollege Satohara war mit dem Wagen gekommen, um Kono vom Polizeirevier im Badeort S. abzuholen, wo sich der Mord ereignet hatte. «Wo haben sie das Hauptquartier aufgeschlagen?»

Er meinte die Zentrale, die man für die Nachforschungen im Fall des ermordeten Taro Usami eingerichtet hatte.

Satohara hielt das Steuerrad fest umklammert. «Sie haben ein Haus gemietet, nicht weit von der *Herberge zur Glückseligkeit*.»

«Aha, ein Haus.»

«Ja. Das Gartenhaus eines reichen Mannes aus dem Ort. Er heißt Sakai.»

«Wirklich reizend.»

In der *Herberge zur Glückseligkeit* war die Tat begangen worden. Es war unmöglich, die Ermittlungen von einem Firmenbüro aus zu führen, und das Polizeirevier in S. war viel zu klein. Glücklicherweise fanden sie einen geeigneten Platz, um einen Mord zu untersuchen, der sich ironischerweise an einem Ort mit Namen *Herberge zur Glückseligkeit* ereignet hatte.

«Mein Chef Takahashi brennt darauf, Sie zu sehen», sagte Officer Satohara.

«So?»

Wäre diese Äußerung von einem erfahrenen Detektiv gekommen, hätte man sie vielleicht als plumpe Schmeichelei ansehen und einfach überhören können. Doch Kono warf im Rückspiegel einen Blick auf Satoharas kindliches, angespanntes Gesicht und schätzte, daß es wohl gerade zwei Jahre her sein mochte, daß dieser junge Mann Polizeibeamter geworden war. Vermutlich war er gleich nach dem Abschluß der High School auf die Polizeischule gekommen und hatte

wohl kaum mehr als achtzehn Monate Revierpraxis. Unwis-
send wie er war, glaubte er vermutlich an den Spruch, die
Polizei sei um der Bürger willen da, versuchte ihn zu praktizieren und schluckte alles, was seine Vorgesetzten ihm sagten. Sehr wahrscheinlich betete er seine Vorgesetzten an und
hatte von Kono ein strahlendes Bild. Kono schloß das aus der
Steifheit seiner Bewegungen und der Röte im Gesicht des jungen Mannes.

«Wie gefällt Ihnen die Arbeit auf dem Revier?»

«Sehr interessant. Ich meine, ich mag meine Arbeit.»

«Das ist wirklich reizend.»

Kono versuchte höflich zu sein, um Satohara zu entkramp-
fen, und rief sich in Erinnerung, was Chefinspektor Kimura
heute morgen zu ihm gesagt hatte. Je nachdem, wie man sie
auffaßte, konnte man auch Kimuras Worte als Schmeichelei
auffassen. Er teilte Kono mit, er schicke ihn als zweiten leitenden Inspektor nach S., um im Fall des Mordes an Taro Usami,
der in der Nacht zuvor stattgefunden habe, zu ermitteln.

«Die Burschen da unten bilden sich ein, der Fall wäre
schon so gut wie geklärt, wenn man Sie damit betraut. Besonders Takahashi. Ich denke, es ist ein Fall, bei dem alles, was
mit Big Business zu tun hat, bei Ihnen in guten Händen ist.
Tun Sie Ihr Bestes.»

Es gibt zwei Arten, Leute in die Pflicht zu nehmen: Schmeichelei und Druck. Kimura wählte die erste: Seine Politik hieß
Lob.

Doch Kimuras Erwähnung des Big Business und sein Bezug
auf Konos Fähigkeiten kamen nicht von ungefähr. Kono genoß diesen Ruf im gesamten Polizeihauptquartier. Es hieß,
daß Kono in hundert Prozent aller Fälle, bei denen es um
einen Mord innerhalb eines Konzerns ging, den Täter ausfindig machen könne.

Kono hatte eine lange Karriere in der zweiten Abteilung
hinter sich, die sich mit Korruption, Betrug und ähnlichen
Vergehen befaßte und Fälle bearbeitete, in die Regierungs-
stellen und Geschäftsunternehmen verwickelt waren. Ein
Mann, der diese Abteilung zehn Jahre lang geleitet hat, muß

ganz einfach ein Spezialist für die Organisation von Firmen, die Verhaltensweisen und Reaktionen der leitenden Angestellten und Beschäftigten werden. Vor vier Jahren war Kono zur ersten Abteilung versetzt worden, die sich mit Mordfällen befaßte. Seine lange Erfahrung in der zweiten Abteilung kam ihm gut zustatten. Abgesehen von spontanen Totschlagsdelikten, hatten Morde, die in Firmen passierten, oft mit Neid und Mißgunst zu tun. Konos intime Kenntnis der Angestelltenpsyche war wertvoll.

Es war neun Uhr morgens, als Kono die City von F. verließ und sich auf den Weg nach S. machte. Das Polizeiauto blieb im dichten Verkehr der Rush-hour stecken. Das gab Kono Zeit, über den Tod von Taro Usami nachzudenken. Von Kimura kannte er den Fall in groben Umrissen. Doch er dachte: «Trotzdem, sie haben schnell reagiert.»

Der Vorfall hatte sich am 13. Dezember, einem Freitag, abends gegen halb zehn ereignet. Am nächsten Morgen um acht Uhr hatte Takahashi vom Revier in S. ein Hauptquartier für die Nachforschungen eingerichtet. Das war schnelle Arbeit, trotz der engen Verbindung mit der Zentrale.

Kono hielt dieses Vorgehen des Chefs für scharfsinnig, weil es Mut erforderte, zu entscheiden, ob es sich bei Fällen dieser Art um Mord oder Selbstmord handelte. Andererseits hatte er seine Bedenken bei vorschnellen Urteilen.

Die Fakten waren einfach. Die Geschäftsleitung der Sanei Electrical Thermal Engineering Company mit Sitz in F. hatte im großen Saal der *Herberge zur Glückseligkeit* zum Jahresende eine Party gegeben. Dreizehn Mitglieder der Geschäftsleitung und der Generaldirektor waren anwesend. Für eine solche Party war es die rechte Zeit: Vor fünf Tagen erst hatte man den Angestellten ihre Prämien ausgezahlt.

Die Party begann um sieben Uhr und erreichte gegen neun einen Höhepunkt. In der allgemein gelösten Stimmung lockerten sich die Umgangsformen. Obwohl der Badeort S. nur dreißig Minuten von der City entfernt ist, beschlossen die meisten Männer, über Nacht zu bleiben. Es hatte sich herumgesprochen, daß die Kellnerinnen in den Hotels und die Bar-

damen in diesem Badeort für wenig Geld zu haben waren.
Plötzlich wurde Taro Usami, Chef der Personalabteilung,
von einem akuten Unwohlsein befallen, und er starb binnen
fünf Minuten. Es gab einen großen Tumult.

Sofort wurde Takahashi gerufen. Er begann auf der Stelle
mit den Ermittlungen und befragte dreizehn Zeugen. Nach
dem Verhör kam er zu dem Schluß, daß es sich um Mord
handle und die Angestellten in der Küche nichts damit zu tun
hatten. Er nahm Kontakt mit der Zentrale auf und richtete
ein örtliches Hauptquartier für die Ermittlungen in diesem
Mordfall ein. Die unmittelbare Todesursache war ein Highball, der Zyankali enthielt. Usami hatte nur noch ein Jahr bis
zu seiner Pensionierung.

«Schnelle Arbeit», dachte Kono. Es erforderte Mut, sich
darauf festzulegen, daß der Mörder unter den dreizehn anderen Partygästen zu suchen war. Kono glaubte, daß die Aufklärung eines Falles oft davon abhing, wie rasch man mit den
Ermittlungen begann und wie schnell man entschied, ob es
sich um Mord handelte oder nicht. Doch als er an diesem
Morgen ins Auto stieg, hatte er aus irgendeinem Grund das
Gefühl, der Fall werde sich lange hinziehen.

Er erinnerte sich an einen Jahre zurückliegenden Fall, in
dem er einen Fehler gemacht hatte. Er war damals erst sieben
Jahre bei der Polizei gewesen und gerade zweiter Inspektor
geworden. Unmittelbar nach seiner Beförderung war er nach-
lässig gewesen, und dieser Fall entwickelte sich ganz anders.
Dank der großzügigen Hilfe seines Vorgesetzten, des Inspek-
tors Takami, kam die Sache ohne ernste Folgen zum Abschluß. Doch noch jetzt brach ihm der kalte Schweiß aus, als
er daran dachte. «Blödsinn», murmelte er und schüttelte den
Kopf, um sich von dieser unangenehmen Erinnerung loszu-
reißen.

Der Wagen erreichte S. Kono sah das Schild an der Tür des
gemieteten Privathauses: «Mordkommission».

2

Als Kono die Eingangshalle betrat, spürte er fieberhafte Aktivität. Inspektor Takahashi begrüßte ihn. Sie waren sich schon früher begegnet. Dennoch, daß der verantwortliche Mann ihn persönlich begrüßte, brachte ihm deutlich zu Bewußtsein, was die Leute hier von ihm erwarteten.

«Im Augenblick sind wir damit beschäftigt, eine zweite Befragung durchzuführen», sagte Takahashi eifrig und führte ihn in ein kleines Zimmer nahe der Eingangshalle. Er informierte ihn über die Ergebnisse der ersten Nachforschungen. Kono nickte und sagte von Zeit zu Zeit: «Verstehe» und «Oh, wirklich?». Was Takahashi zu sagen hatte, lief auf zwei wesentliche Punkte hinaus. Erstens: Taro Usami war nicht der Typ, gegen den irgend jemand in der Firma einen Groll hätte hegen können. Zweitens: jede der anderen dreizehn Personen im Saal hatte Gelegenheit gehabt, das Zyankali in Usamis Highball zu praktizieren.

«Die Party begann um sieben. Gegen neun Uhr dreißig verspürte niemand irgendwelche Beschwerden. Niemand kann sich erinnern, gesehen zu haben, wie Usami den Higball trank. Das kapier ich nicht.»

«Wer hat den Drink gemixt?»

«Nun, sie waren ein bißchen knapp mit Kellnern. Also bediente sich jeder selbst. Sie brachten alle Flaschen mit und stellten sie in eine Ecke des Raumes. Jeder, der einen Drink wollte, versorgte sich selbst.»

«Verstehe.»

«Aber was mir Kummer macht, ist Usamis Charakter. Jeder sang sein Loblied. Ich glaube auch nicht, daß sie lügen. Sie mochten ihn wirklich. Ich kann kein Motiv entdecken.» Er verzog das Gesicht. «Aber, wissen Sie, diese Firma wirft mit dem Zaster nur so um sich. Ich war überrascht, als ich hörte, wieviel Bonus sie zahlen. Der Bonus eines Büromädchens bei Sanei ist so hoch wie der meine.»

«Eine interessante Firma.»

«Sie wissen etwas über den Laden?»

«Ein bißchen. Vor sieben Jahren gab es einen Fall von Korruption in der hiesigen Stadtverwaltung. Sanei schien darin verwikkelt zu sein. Ich führte eine interne Überprüfung bei ihnen durch.»

«Sie kennen Ihre Firmen genau, nicht wahr?»

Kono wurde bewußt, daß er über Sanei mehr wußte als jeder andere bei der Polizei. Immerhin hatte er diese Firma im Visier, seit er bei der zweiten Abteilung war. Seine Bemerkung, Sanei sei eine interessante Firma, beruhte auf Erfahrung und Kenntnissen.

Sanei gehörte zu einem widersprüchlichen Firmentypus, der bei Gesellschaften häufig vorkommt, die bei rapidem wirtschaftlichem Wachstum zwar gute Geschäfte machen, die Gesellschaft selbst aber instabil ist. Sie zahlte gute Dividenden und verfügte dennoch über ausreichende Rücklagen. Die Krankheit, an der die Gesellschaft litt und sie instabil machte, hatte eine doppelte Ursache. Streit und Gruppenbildung in der Firmenleitung und Konflikte mit den Gewerkschaften. Zweimal innerhalb von fünf Jahren waren Generaldirektoren und Geschäftsführer gefeuert worden. Nicht viele Gesellschaften weisen ein derart turbulentes Innenleben auf. Von den sechzig leitenden Angestellten waren zwei Vertreter der Gewerkschaft, die einander bis aufs Messer bekämpften. Der Hauptgrund für diese Situation war die Organisationsform der Gesellschaft. Sie war vor fünfzehn Jahren von zehn kleinen Elektrofirmen gegründet worden, die sich gerade zu entwickeln begonnen hatten. Jede von ihnen brachte ihre eigenen Führungskräfte und Gewerkschaftsvertreter mit. Gewerkschaften neigen dazu, sich in Gesellschaften, die neu und ohne Tradition sind, zu spalten. Bei Sanei schien es vergeblich, auf einen Kompromiß zwischen den beiden Gruppen zu hoffen. Die erste Gewerkschaft nannte die zweite «das Establishment», die zweite warf der ersten vor, sie sei zu radikal. Einzig der Tatsache, daß ständig hervorragende, unabhängige Techniker, angelockt durch hohe Gehälter, für die Firma arbeiteten, war es zu verdanken, daß Sanei gute Gewinne einfuhr.

Auf Grund seiner Tätigkeit in der zweiten Abteilung waren Kono diese Details wohlvertraut.

Takahashi sagte: «Kommen Sie, nehmen Sie an der zweiten Befragung teil.»

«O. K.» Kono folgte Takahashi.

Die zweite Befragung verfolgte den Zweck, mögliche Widersprüche in den Aussagen aufzuhellen, die beim ersten Verhör gemacht worden waren, das am Morgen zwischen zwei und zehn Uhr stattgefunden hatte.

Kono überflog die Lebensdaten Taro Usamis und die Liste der dreizehn Verdächtigen, die Takahashi ihm gegeben hatte. Dann vertiefte er sich in die Lebensgeschichte Usamis. Auf der Liste standen zu viele Namen, als daß er sich ohne persönlichen Augenschein ein Bild von den einzelnen Personen hätte machen können. Doch im Geist machte er sich ein paar Notizen über ihre wichtigsten persönlichen Daten:

Kenzo Yokomizo, Geschäftsführer, 58, 5 Jahre bei der Firma.

Yozo Misumi, Verkaufsleiter, 40, 5 Jahre bei der Firma.

Akira Atsuta, sein Stellvertreter, 33, vier Jahre bei der Firma.

Saburo Matsushita, 29, 5 Jahre bei der Firma.

Shinkichi Harada, 28, 2 Jahre bei Sanei.

Yoshio Ozaki, 28, ebenfalls zwei Jahre.

Haruko Nagai, 28, desgleichen.

Personalabteilung:

Shiro Shibaura, 31, 5 Jahre bei der Firma.

Yuzo Nakanishi, 31, 5 Jahre bei der Firma.

Junichi Murayama, 29, zwei Jahre.

Tetsu Nakajima, 26, 1 Jahr.

Yasuko Ikenami, 25, 1 Jahr.

Und die Stenotypistin Yumiko Murase, 33, 5 Jahre bei der Firma.

3

Eine nach der anderen wurden die dreizehn Personen aus der nicht weit entfernten *Herberge zur Glückseligkeit* herbeigeholt. Sie wurden einem eingehenden Verhör unterzogen. Einige schienen nervös, andere ziemlich ruhig. Während Kono zuhörte, war er mit seinen Gedanken ganz beim Opfer, Taro Usami. Er glaubte, es sei unmöglich, sich ein Bild vom Mörder zu machen, wenn man nicht ganz genau wußte, was für eine Persönlichkeit Usami gewesen war, welche Befugnisse er in der Firma und welchen Stellenwert sein Posten gehabt hatte. Immer wenn er eine Frage stellte, bezog sie sich unweigerlich auf Usami.

So fragte er Kenzo Yokomizo: «Mr. Usami war zehn Jahre bei der Firma, länger als jeder von Ihnen. Er war ein studierter Mann. Können Sie mir einen Grund nennen, warum er in der Firma so langsam aufstieg?»

Zu Yozo Misumi sagte er: «Mr. Usami war sieben Jahre Chef der Personalabteilung. Warum blieb er so lange auf diesem Posten?»

Akira Atsuta stellte er die Frage: «War Mr. Usami bei den Technikern beliebt?»

Von Saburo Matsushita wollte er wissen, welcher der beiden Gewerkschaften Usami den Vorzug gegeben habe, und von Yumiko Murase, ob er bei den weiblichen Angestellten beliebt gewesen sei.

Aus den Antworten auf diese Fragen gewann Kono ein klares Bild von Usamis Persönlichkeit; er erfuhr, warum Usami, obwohl die Geschäftsleitung zweimal wechselte, auf seinem Posten als Chef der Personalabteilung geblieben war. Von den anderen, die zur selben Zeit wie er in die Firma eingetreten waren, war nicht mehr einer da. Viele hatte man hinausgeworfen, weil sie in die Gruppenbildung im Umkreis um die Führungspositionen verwickelt waren. Inmitten all dieser Tumulte war Usami hartnäckig neutral geblieben: Er hörte, sah und sprach nichts Böses.

Warum jedoch stieg ein Mann, der in jeder Hinsicht versuchte, unparteiisch und fair zu bleiben, nicht auf? Eine Firma war ein lebendiger Organismus mit einem verzwickten Geflecht subtiler Emotionen. Der Mann, der in Konfliktfällen eine neutrale Haltung einzunehmen versuchte, wurde von beiden Seiten scheel angesehen. Er wurde als unzuverlässig bezeichnet, ja, man konnte ihn sogar für einen Betrüger oder Opportunisten halten. Obgleich nicht gezwungen, die Firma mit den Anhängern der besiegten leitenden Angestellten zu verlassen, wurde er von der siegreichen Gruppe nicht ernstgenommen. Das waren die

Gründe, warum Usami Chef der Personalabteilung geblieben war. Es ließ sich nichts darüber sagen, ob Usami diese neutrale Haltung aus prinzipiellen oder aus Gründen der Nützlichkeit eingenommen hatte.

Aber, so schien es wenigstens, sie war ein Teil seiner Persönlichkeit. Mit fünfundvierzig Jahren war er in die Firma eingetreten. Vorher hatte er zwanzig Jahre lang als Angestellter für eine andere Firma gearbeitet. Ein dreißigjähriges Berufsleben macht es vermutlich zur Gewohnheit, um jeden Preis ein friedliches Leben zu wünschen. Als schlichten Beweis wiederholte sich Kono immer wieder den Spitznamen, den Usami in der Firma hatte: der schweigsame Mann.

Obgleich wortkarg, war Usami nicht engherzig gewesen. Darauf deutete seine Bereitwilligkeit hin, sich jedermanns Klagen, Unzufriedenheiten und Geheimnisse anzuhören. Die Leute kamen oft mit ihrem Kummer zu ihm, weil sie wußten, daß man ihm unbesorgt alles anvertrauen konnte. Der «schweigsame Mann» würde nie etwas, das er gehört hatte, an einen Dritten weitergeben.

Dieser Aspekt wurde während der Befragung deutlich, was Kono sehr beeindruckte.

Kenzo Yokomizo sagte: «Ich vertraute ihm vollkommen. Er war der verschwiegenste Mensch, den ich je kennengelernt habe.»

Shinkichi Harada sagte: «Es war nicht bloß, daß ich mich auf ihn verließ, sondern er hörte sich jede Klage an, gleich welcher Art. Ich traf ihn oft auf dem Heimweg, sprach mit ihm und machte meinem Herzen Luft. Er war die Güte selbst.»

Haruko Nagi hatte gute Erinnerungen an ihn: «Oh, in diesem Punkt konnte man ihm absolut vertrauen. Mr. Usami erzählte niemals etwas weiter, was man ihm anvertraut hatte.»

Doch es gab andere, die kritisch waren. So sagte zum Beispiel Yuzo Nakanishi: «Oh, gewiß, er hörte dir zu. Aber nie machte er einen Vorschlag oder gab einen Rat. Er saß bloß da und hörte zu. In diesem Punkt konntest du nicht auf ihn bauen. Aber da die meisten Leute bereits eine Lösung für ihre Probleme parat haben, bevor sie mit jemandem darüber sprechen, sind sie im allgemeinen damit zufrieden, einen Zuhörer zu haben. Selbst wenn du die oberste Führungsspitze kritisiertest, wußtest du, daß du keine Angst zu haben brauchtest, er würde schwatzen.» Obwohl er bemängelt hatte, daß es in einem bestimmten Punkt nicht möglich war, auf Usami zu bauen, schloß er dennoch mit einem Lob.

Ein Mann, dem jeder seinen Kummer vortrug. Ein Mann, dem jeder vertraute, weil er niemanden betrügen würde. War das ein Mann, den man ermordet?

Takahashi kam zu dem Schluß, daß es sich um Mord handle. Zu dieser Schlußfolgerung veranlaßte ihn Usamis Verhalten, das er an den Tag gelegt hatte, bevor das Gift zu wirken anfing. Jemand, der vorhat, sich umzubringen, wird in der Regel eine gewisse Erregung nicht verbergen können. Doch alle sagten aus, Usami habe es Spaß gemacht, ein wenig zu trinken. Das ließ nicht auf einen geplanten Selbstmord schließen. Die hohe Meinung, die alle von Usami hatten, machte Takahashi nervös. Die anderen Beamten merkten das.

Gegen vier Uhr nachmittags waren alle Angestellten der Firma Sanei wieder nach Hause zurückgekehrt.

Takahashis Stimme klang nüchtern, wenn auch ein wenig Erregung mitschwang, als er sagte: «Usamis Familienleben war friedlich und zufrieden. Keine nennenswerten Schulden. Sein Hobby war anspruchslos, er gärtnerte. Seine Nachbarn mochten ihn. Mit anderen Worten: er war ein prächtiges Mitglied der Gesellschaft, über das niemand ein böses Wort zu sagen wußte. Für mich kommt nur ein einziges Mordmotiv in Frage.»

«Welches?» fragte der zweite Inspektor Iizuka mit einem ungläubigen Blick. Auch die anderen Mitglieder des Teams sahen verblüfft aus.

«Stellen wir uns mal vor, jemand in der Firma erzählt Usami ein wichtiges Geheimnis. Später denkt er: ‹Jetzt ist es passiert. Wenn Usami das ausplaudert, ist es aus mit mir.› Da kommt dieser Bursche auf die Idee, Usami umzubringen...»

Einer aus dem Team wandte ein: «Aber Usami war dafür bekannt, daß er Geheimnisse bewahrte.»

«Ja. Wenn aber das Geheimnis sehr wichtig war, könnte doch

derjenige, der es verraten hatte, von schrecklichen Zweifeln befallen worden sein», sagte Kono, der glaubte, Takahashi ziele in diese Richtung.

Ein anderer sagte: «Ich kann mir nicht helfen, aber ich glaube, die Erklärung des Chefs beruht zu sehr auf Phantasie.»

Dieser Einwand war nicht von der Hand zu weisen. Takahashi war verärgert und sagte nichts mehr. Es trat eine unbehagliche Stille ein.

War es vielleicht doch Selbstmord gewesen? Kono spürte, daß die anderen Beamten ihre Zweifel an der Mordtheorie hatten. Niemand sprach sie aus. Bis jetzt hatten sie einen Mord untersucht, wie befohlen.

Beruflicher Streß führte bei leitenden Angestellten oft zum Selbstmord. Diesen Selbstmördern war ihre Umgebung oft gleichgültig. Sie warfen sich während der Rush-hour vor einlaufende Züge oder stürzten sich während der Bürostunden aus dem Fenster. Vielleicht gehörte auch Usami zu dieser Kategorie. Ein alter Detektiv namens Hosobe fragte: «Könnte es nicht Selbstmord gewesen sein?» Unter diesen Umständen war das mutig. Kono hatte gehört, daß Takahashi und Hosobe nicht gut miteinander auskamen.

Takahashi erwiderte brüsk: «Ich will Ihnen sagen, warum Selbstmord für mich nicht in Frage kommt. Erstens gibt es nichts in Usamis Leben, was einen Selbstmord rechtfertigen würde. Die Verwendung von Zyankali sieht nach einem geplanten Mord aus. Es gab keinen Abschiedsbrief. Und zwei Tage vor der Party hat Usami selbst Flugtickets für eine Geschäftsreise nach Tokio gekauft...»

«Verstehe.» Hosobe schien für den Augenblick überzeugt. Man machte also unverdrossen mit einer Morduntersuchung weiter, und Hosobe hatte nicht genug Selbstvertrauen, um weitere Bremsversuche zu machen.

Takahashi wandte sich an Kono und fragte: «Ihre Meinung?»

«Sie meinen Mord oder Selbstmord?»

«Ja.»

Kono kreuzte die Arme über der Brust. «Ich glaube, der Chef

hat recht. Sieht so aus, als hätten wir's mit Mord zu tun. Ich bitte
um Verzeihung, daß ich mich so vage ausdrücke.»

«Ich habe den Eindruck, die Nachforschungen sind jetzt an
einem toten Punkt. Was meinen Sie?»

«Sie sagten vorhin, jedermann sei davon ausgegangen, daß
Usami Geheimnisse bewahren werde. Vielleicht nähern wir uns
hier dem Kern der Sache. Ich sage nicht, daß wir direkt zu einer
Schlußfolgerung gelangen werden, doch es könnte ein guter Auf-
hänger sein, die Sache einmal im Hinblick auf gewisse Vorgänge
in der Firma unter die Lupe zu nehmen.» Kono blickte finster in
die Runde und sagte dann: «Also, das Streben nach Selbstschutz
ist bei Wirtschaftsunternehmen und in ihren Führungsetagen besonders stark entwickelt. Um ein einfaches Beispiel zu nennen...
eine Bank, bei der es Unterschlagungen gegeben hat. Da kann
man bestimmte Anstalten treffen. Sagen wir, es geht um einen
Betrag von fünf Millionen Yen. Die Bank wird dieses Problem
mit Sicherheit innerhalb des eigenen Hauses zu lösen versuchen
und kein Wort davon nach außen dringen lassen. Immerhin sind
die Banken auf das Vertrauen ihrer Kunden angewiesen. Wenn
also Usami ein wichtiges Geschäftsgeheimnis erfuhr – und wenn
das der Anlaß war, der zu dem Verbrechen führte, dann werden
die Nachforschungen –» er machte eine Pause und fuhr dann
fort – «sehr schwierig werden.»

Einer aus dem Team war hereingekommen und flüsterte Takahashi etwas ins Ohr. Takahashi sagte stirnrunzelnd: «Der Labor-
bericht sagt, die einzigen Fingerabdrücke auf dem Glas stammen
von Usami. Es gibt ein paar andere, die sich nicht identifizieren
lassen, weil sie verwischt sind. Noch was: Zyankali wird bei Sanei
verwendet. Streng kontrolliert, aber ein Angestellter, der es darauf anlegt, käme wahrscheinlich an das Zeug ran.»

Niemand sagte ein Wort.

In dieser Nacht konnte Kono schwer einschlafen. Seine Gedanken kreisten um den Fall Usami. Sein Gefühl sagte ihm, daß
es Mord war. Doch er war davon überzeugt, daß sich hinter der
Sache ein Geheimnis verbarg. Er hatte von dem Selbstschutz bei
Wirtschaftsunternehmen und ihren Angestellten gesprochen.

Doch solche Fälle gab es nicht nur bei Banken. Man fand sie auch bei der Polizei. Fälle von Unterschlagung, die dort vorkamen, regelte man intern unter Ausschluß der Öffentlichkeit. Auch die Polizei brauchte das Vertrauen der Leute. Wer Verbrechen aufklärte, mußte auch die eigenen Reihen davon freihalten. Kono erinnerte sich an den Fehler, den er in seiner Jugend gemacht hatte. Es peinigte ihn, daran zu denken, wenn man es auch nicht wirklich ein Verbrechen nennen konnte... Als er gerade zum zweiten Inspektor befördert worden war, durchlief er eine kurze Spanne, in der er seine hohen Wertmaßstäbe ein wenig herunterschraubte. Als derjenige, der für Wirtschaftsverbrechen zuständig war, mußte er sich mit illegalen Praktiken bei Pferde- und Radrennen befassen. Das bedeutete, daß er öfter Rennbahnen besuchte. Eines Tages – der Teufel mußte ihn geritten haben – überkam es ihn plötzlich, er kaufte bei einem Rennen Wettscheine und machte einen erklecklichen Gewinn. Obgleich ihm klar war, daß es nun nahelag, sich auch auf andere Glücksspiele einzulassen, begann er, an Pferde- und Radrennen ein lebhaftes Interesse zu nehmen. Nirgendwo stand geschrieben, daß ein Polizist nicht wetten durfte. Doch es gab ein ungeschriebenes Gesetz, daß man Selbstkontrolle zu üben habe. Weil er sich schuldig fühlte, mied Kono die Rennbahn in F. und suchte Bahnen in der Provinz auf. Eines Tages, als er sein ganzes Geld verloren hatte, das er bei sich trug, klopfte ihm jemand auf die Schulter. Er drehte sich um und erkannte Wakomoto, den Chef eines kleinen Kreditbüros.

«Das Rennen am Nachmittag ist der fette Brocken», sagte er lässig. «Soll ich Ihnen mit ein paar Scheinen aushelfen?»

Wakomoto hatte bemerkt, daß Kono pleite war.

«Vielleicht...»

Das war sein Fehler. Hat man mit dieser Art, Geld zu leihen, mal angefangen, wird es zur Gewohnheit, und die Schulden wachsen lawinenartig. Ein Polizist ist der beste Kunde, den ein kleiner Kredithai sich nur wünschen kann. Weil er ein Polizist ist, kann er sich nicht wehren. Bevor Kuno wußte, wie ihm geschah, hatte er mehr geliehen, als er zurückzahlen konnte. Die Zinsen und die Schulden wuchsen stetig. Er wußte, daß er etwas unternehmen mußte. Ein Tag nach dem anderen verstrich.

Eines Tages rief ihn sein Vorgesetzter, Inspektor Takami, zu sich. Sie gingen in ein abgelegenes Restaurant. Nachdem sie Platz genommen hatten, sagte Takami: «Ich halte Sie für einen fähigen Mann. In der ganzen Abteilung ist noch nie jemand so rasch befördert worden. Ich bin stolz auf Sie. Aber Sie sind in Schulden geraten, stimmt's?»

«Wie?»

«Sie haben sich mit einem üblen Kunden eingelassen. Wakomoto steht im Verdacht, Banden zu finanzieren.»

Das Blut wich aus Konos Gesicht. Takami wußte alles.

«Wieviel können Sie bei Freunden und Verwandten zusammenkratzen?»

Die Unterhaltung ging weiter, und Kono gab jeden Widerstand auf. Nachdem er alle Quellen angezapft hatte, fehlte ihm immer noch eine Million Yen. Takami lieh sie ihm aus seiner eigenen Tasche und bewahrte ihn vor einer bösen Zwangslage. Von dieser Zeit an sah er in Takami einen großen Wohltäter. Takami hatte Konos Namen zufällig in Wakomotos Büchern entdeckt, als er sie überprüfte. Seine Voraussicht bewahrte Kono vor einem dicken Minuspunkt als Polizist und Privatmann. Hätte man ihn öffentlich als einen Mann bloßgestellt, dessen Name in den Büchern eines Kredithais stand, wäre er mit Sicherheit in Ungnade gefallen.

Kono lernte aus diesem Fehler. Erstens wurde ihm ganz klar, was es hieß, Polizist zu sein. Zweitens erkannte er die Polizei als eine Organisation, die unverzüglich handelte, wenn es galt, Vorfälle wie diesen mit eigenen Mitteln zu vertuschen. Kono begriff, daß Takami diesen Schritt auch getan hatte, um seine eigene Position als rangältester Beamter zu schützen. Unzuverlässige Leute in der Abteilung hätten auch ihm einen Minuspunkt eingetragen.

Seit dieser Zeit war Kono in moralischen Fragen so streng gewesen, daß er sich den Spitznamen «der harte Bursche» eingehandelt hatte. Sein Fehler erwies sich als ein gutes Stimulans, das ihm später zu enormem Selbstvertrauen verhalf. Er mußte soweit kommen, daß er alles, was rings um ihn in der Organisation geschah, mit einem kühlen, professionellen Blick betrachtete. Ihm war klar, wie der Selbstschutz im Geschäftsleben funktionierte.

Er hatte den Verdacht, daß Taro Usamis Tod auf irgendeine Weise mit den Mechanismen des Selbstschutzes zusammenhing, die in der Firma oder bei einem ihrer Angestellten abliefen. In jahrelanger Erfahrung hatte er ein Gespür dafür entwickelt, wo etwas faul war.

Usamis Tod bereitete nicht nur Kono Schwierigkeiten beim Einschlafen; er teilte sie mit allen dreizehn Personen, die verhört worden waren.

Kenzo Yokomizo war hellwach. «Ich habe nicht gelogen. Das ist sicher. Es ist nur, daß ich unaufgefordert über ein paar Dinge nicht rede. Trotzdem...» Er warf sich hin und her. «Warum hätte ich es Usami nicht erzählen sollen? Ich wußte, daß alles, was er sagte, belanglos sein würde. Er hatte weder besondere Fähigkeiten noch Durchsetzungsvermögen. Er tat nichts als hart arbeiten. Aber immer, wenn ich mit ihm allein war, hatte ich den Wunsch zu reden. Vielleicht weil ich wußte, daß er nie plaudern würde. An jenem Tag, auf dem Heimweg von der Firma, als ich ihn traf, in ein Restaurant einlud und nach ein paar Drinks zu reden anfing... ‹Wenn Sie mir versprechen, es niemandem weiterzuerzählen...›»

Vor einem Monat hatten Vertreter der großen Elektrofirma K. mit Yokomizo eine geheime Unterredung gehabt. Sie wollten ausloten, wie die Chancen für eine Fusion standen. Die K-Gesellschaft war in den Abteilungen Heizung und Klimaanlagen schwach besetzt und hatte ihr Auge auf Saneis hervorragendes technisches Personal geworfen.

Da die Firma K. wußte, daß Kiyose, der Generaldirektor von Sanei, große Konzerne haßte, streckten sie ihre Fühler bei Yokomizo aus. Die Bedingungen waren gut. Als Köder boten sie ihm einen Direktorensessel. Klar, daß er zugriff. Sein Verhältnis zu Kiyose war ohnehin bereits an einem toten Punkt angelangt. Ihre Strategie erforderte Geheimhaltung. Über einen Strohmann wollte K. verstreute Sanei-Aktien aufkaufen. Dann wollten sie auf einer Generalversammlung der Aktionäre den Rücktritt von Kiyose verlangen, sich etwas ausdenken, um die leitenden Angestellten auf ihre Seite zu bringen usw. Dieses Projekt war bereits in aller Stille in Angriff genommen.

Yokomizo biß sich auf die Lippen. Warum hatte er Usami ein
so wichtiges Geheimnis anvertraut? Natürlich konnte er niemandem etwas von dem Brief erzählen, den er am Achten von
Usami bekommen und was er getan hatte, um Usami zufrieden-
zustellen. Wenn er das bekannte, war er ein Hauptverdächtiger
in diesem Mordfall.

Auch Yozo Misumi verbrachte eine schlaflose Nacht: «Wahrscheinlich wurde Usami ermordet, aber ich habe es nicht getan.
Aber warum, warum bloß habe ich ihm *das* erzählt?»

Die ganze Affäre war nach vier Monaten zu Ende gewesen.
Für sie war es bloß ein Spiel, eine Möglichkeit, ihre Frustratio-
nen abzureagieren, weil ihr zuckerkranker Ehemann sie nicht
befriedigen konnte. Für Misumi war es nicht das erste Mal, daß
er mit der Frau eines anderen Mannes ins Bett ging. Aber alle
anderen Affären hatten geendet, ohne daß jemand etwas gemerkt hatte. Wenn diese bekannt wurde, konnte das für Misumi
unangenehme Folgen haben. Er hatte sich die falsche Frau ausge-
sucht.

An jenem Tag, als er eine dichtbelebte Straße entlangfuhr,
blickte er aus dem Fenster und sah eine Frau, die ihm zuwinkte.

«Kann ich Sie mitnehmen?» fragte er. Sie trug eine Einkaufs-
tüte.

«Großartig.»

«Dann steigen Sie ein.»

Als sie eingestiegen war, sagte sie: «Oh, es ist noch nicht mal
drei.» Sie lächelte. «Ich möchte wetten, an einem Tag wie heute
ist die Luft auf dem Land frisch und sauber.» Wenn er zurückdachte, wurde ihm klar, was für eine raffinierte Aufforderung
das gewesen war.

«Warum fahren wir nicht raus zur Landzunge?» sagte er.

«Was ist mit Ihrer Arbeit?»

«Die Konferenz ist gerade vorbei. Das geht in Ordnung»,
sagte er und schlug das Steuer ein.

«Ich höre, Sie machen sich nicht viel aus Mädchen.»

Er sagte nichts.

«Mein Mann hat's mir erzählt.»

Dann wurde die Unterhaltung lockerer.

Viele Männer sagten, sie sei für ihren alten Gatten viel zu gut. Es stimmte, was man sich erzählte: Sie hatte einen jugendlichen, frischen Körper.

Misumi dachte, er würde es nie jemandem erzählen. Die einzige Person, die gewußt hatte, daß es sich bei der Frau um Shigeko Kiyose handelte, die Gattin des Generaldirektors, war Taro Usami. Er wußte es, weil Misumi es ihm erzählt hatte. Er hatte nichts mehr mit ihr zu tun. Wenn sie sich auf der Straße begegneten, gaben sie vor, einander nicht zu kennen. Trotzdem, wenn auch alles vorüber war, wenn es je rauskäme… Immerhin war sie die Gattin des Generaldirektors. Das bedeutete, daß sich die Sache nicht einfach unter den Tisch kehren ließ. Auf keinen Fall konnte er jemandem von dem Brief erzählen, den er – datiert vom Achten – von Usami bekommen hatte. Wenn das rauskam, war er ein Verdächtiger in einem Mordfall.

Saburo Matsushita von der Verkaufsleitung neigte dazu, sich selbst zu beobachten. Wenn er sich zurückerinnerte, verdüsterte sich seine Laune. Auch er litt, weil er Usami etwas erzählt hatte, das er nie hätte offenbaren sollen.

«Es ist tragisch…» Mit diesen Worten hatte es angefangen; dann erzählte er Usami alles.

Matsushita hatte homosexuelle Neigungen. Es war nicht so, daß er an Frauen vollkommen desinteressiert gewesen wäre. Er liebte es mal so, mal so. Doch wenn ein Mann auftauchte, der seinem Ideal glich, wirkte er wie ein starker Magnet, der ihn anzog.

«Mein Problem ist, ich fühle mich zu schwulen Männern nicht hingezogen. Sie widern mich an. Für mich muß ein Mann normal sein. Was heißt das? Keinen Sex. Weil normale Männer Schwule abstoßend finden.

Aber mein Idealtyp ist aufgetaucht. Versprechen Sie, es niemandem weiterzuerzählen, aber es ist der Chef der Verkaufsabteilung, Akira Atsuta. Er ist sportlich, tüchtig und ein guter Arbeiter. Er ist mein Ideal. Aber welch eine Ironie – er will, daß ich seine Nichte heirate. Natürlich werde ich sie heiraten. Auf diese Weise werde ich ihn immer um mich haben, als Mitglied der Familie.»

Matsushira machte sich Vorwürfe. Warum hatte er einem Abteilungsleiter ein derart intimes Geständnis gemacht – dazu noch dem Chef der Personalabteilung. Und die Hochzeit war für das kommende Frühjahr geplant! Und dann kam dieser vertrauliche Brief, datiert vom Achten, von Usami.

Manchmal hatte Matsushita Usami umbringen wollen. Dann starb Usami. Der Gedanke, daß er ihm gelegentlich den Tod gewünscht hatte, quälte Matsushita. «Ich habe ihn nicht umgebracht, aber...»

Shiro Shibaura von der Personalabteilung war überglücklich, daß Usami tot war. Wenn er weitergelebt und noch mehr von diesen Briefen geschickt hätte, wäre für Matsushita vielleicht nur noch der Selbstmord geblieben.

Er hatte sich geschworen, niemandem davon zu erzählen, und sollte es ihn das Leben kosten. Warum hatte er es dann Usami erzählt? Vielleicht weil Usami ihn an einen Priester erinnerte. Es ist einem Priester untersagt, etwas weiterzugeben, was ihm in einer Beichte anvertraut worden ist. Damals hatte er das Gefühl gehabt, er vertraue sich einem Priester an.

«Bitte, hören Sie...» hatte er geschluchzt. Dann hatte er sich buchstäblich an Usami geklammert und ihm von der Unfallflucht erzählt.

Er hatte sich nicht schuldig gemacht, soviel war klar. Er war auf der Heimfahrt von einer Bar. In der Nähe eines Appartementhauses sprang ihm plötzlich ein fetter Mann vor den Wagen. Es ging alles ganz schnell. Zwar hatte er nur ein Bier gehabt, aber er hatte getrunken. Fast ohne zu überlegen, ließ er den Motor wieder an. Er blickte sich nicht um.

Am nächsten Morgen warf er einen Blick in die Zeitung. Er erinnerte sich, mit welcher Furcht er den Artikel gelesen hatte. Zu seiner Überraschung erfuhr er, daß das Opfer ein Geschäftsführer der Firma S. war, die zu Saneis wichtigsten Kunden gehörte. Nicht nur das; der Mann hatte das Appartementhaus aufgesucht, weil seine heimliche Geliebte dort wohnte.

Eine Zeitlang grassierten Gerüchte. Doch der Skandal um den Generaldirektor nahm solche Ausmaße an, daß fast jeder das Interesse daran verlor, daß Unfallflucht im Spiel war.

Hätte er die Sache für sich behalten, wäre alles in Ordnung gewesen. Ohne Zweifel traf den anderen die Schuld. Shibaura hatte wenig Schuldgefühle, außer in bezug auf seine Unfallflucht. Er war der einzige, der die Wahrheit kannte. Warum also hatte er gemeint, sich Usami anvertrauen zu müssen? Vermutlich weil er glaubte, die Beichte werde ihm die Absolution eintragen. Das war's. Usami hatte lediglich «Ja» und «Verstehe» gesagt, wie ein Priester. Shibaura war ihm dankbar gewesen.

Der vertrauliche Brief vom Achten schockierte ihn, versetzte ihn in Angst und ließ ihn Usamis Tod wünschen. Usami war tot. Jemand hatte ihn umgebracht. Aber Shibaura würde schweigen wie ein Grab.

Die Stenotypistin Yumiko Murase behandelte die Sache wohl ein wenig sachlicher als alle anderen. Sie las den vom Achten datierten Brief am Neunten um sieben Uhr abends. Weil sie in einer kleinen Satellitenstadt von F. wohnte, brauchte der Brief bis zu ihr einen Tag länger. Er kam am Morgen an, als sie im Büro war. Am Abend las sie ihn:

«Geldmangel ist eingetreten. Bitte überweisen Sie bis zum 11. Dezember 100 000 Yen auf das Konto Nr. 821-5613 bei der S-Bank.» Der Brief trug die Unterschrift von Taro Usami. Ihr blieben noch zwei Tage bis zum genannten Termin.

Am Morgen des 11. Dezember rief Yumiko im Büro an und sagte, sie werde später kommen. Um zehn nach neun betrat sie die Filiale der S-Bank, bei der sie ihr Konto hatte. Die Firma Sanei überwies die Gehälter und Prämien auf die Bankkonten ihrer Angestellten. Yumikos Bonus zum Jahresende war am 7. Dezember auf ihr Konto überwiesen worden.

Yumiko versah einen Überweisungsauftrag mit ihrer Kontonummer und der Anweisung, 100 000 Yen auf das Konto 821-5613 bei der S-Bank zu überweisen, und eilte damit zum Schalter. Als sie die Bank verließ, sah sie auf der gegenüberliegenden Straßenseite einen Mann. Es war Akira Atsuta, der Chef der Verkaufsabteilung. Er war in Eile und sah blaß aus. Man brauchte

kein Detektiv zu sein, um darauf zu kommen: Auch er mußte
einen dieser eleganten Erpresserbriefe von Usami erhalten haben
und war vermutlich unterwegs, um das zu tun, wozu man ihn
aufgefordert hatte.

«Ich möchte wissen», dachte Yumiko, «was Atsuta Usami
wohl erzählt hat.» In ihrem eigenen Fall handelte es sich um eine
Affäre, wie sie in allen Firmen zwischen Männern in höherer und
Frauen in niedrigerer Position vorkommen.

Ein Jahr zuvor hatte sich Yumiko in Mr. S., einen höheren
technischen Angestellten, verliebt. Er war verheiratet und hatte
Kinder. Es war von Anfang an klar, daß er nicht die Absicht
hatte, Yumiko zu heiraten. Aber er war aufregend, attraktiv –
genau der Typ, den Yumiko bewunderte. Mit dreiunddreißig
war sie bereits eine alte Jungfer und auch nicht übermäßig
hübsch. Die Worte, die S. benutzte, um sie ins Bett zu bekommen, waren brutal. Als sie einmal spät in der Nacht in einer Bar
waren und beide zuviel getrunken hatten, sagte er: «Sieht so aus,
als müßte ich die Nacht außer Haus verbringen. Was meinst du?
Machen wir's doch zusammen, dann ist es nicht so langweilig.»
Seine Worte erregten sie, und sie gingen auf der Stelle in ein
Hotel, wo sie es bis zur Erschöpfung miteinander trieben. Dann
entdeckte Yumiko, daß sie schwanger war. S. drückte ihr
200 000 Yen für eine Abtreibung in die Hand und sagte: «Ziemlich teuer, die Übernachtung. Damit sind wir geschiedene
Leute.»

Dann die Demütigung, das anrüchige Krankenhaus und die
Stellung, in die man sie auf dem Operationstisch zwang. Dann
stellte ein Mann – wenn er auch Arzt war –, den sie nie zuvor
gesehen hatte, etwas mit dem Teil ihres Körpers an, den er sonst
nie hätte berühren dürfen. Das Skalpell, das sie fürchtete, drang
in ihren Körper ein. In diesem Augenblick, da sie begriff, daß sie
für etwas bezahlte, das sie getan hatte, empfing sie eine schwä-
rende Wunde.

Selbst eine sitzengebliebene alte Jungfer hat ihren Stolz. Es
war ihr Groll gegen S., der Yumiko dazu brachte, Usami die häßliche Wahrheit zu offenbaren. Dann bekam sie diesen arrogan-
ten Brief. Sie hatte keine Wahl, als auf die Forderung einzugehen.

Für jene, welche diese ganz normal wirkenden Erpresserbriefe bekamen, war Usamis Tod ein Schock. Yokomizo, Misumi, Matsushita und Shibaura waren keineswegs die einzigen Empfänger. Da waren auch noch Atsuta, Nakanishi, Murayama, Nakajima... Alle hatten zwei Dinge gemeinsam. Erstens argwöhnten sie, jemand habe Usami ermordet, und empfanden Wut und Furcht beim Anblick der sonderbaren, nach rechts geneigten Handschrift Usamis, mit der die Briefe geschrieben waren. Zweitens waren sie zu dem Schluß gekommen, unverbrüchliches Schweigen darüber zu bewahren, was sie Usami gebeichtet und wie sie seine Forderungen erfüllt hatten. Würde einer von ihnen, zum Äußersten getrieben, eines von beiden erwähnen, würde er zu einem Mordverdächtigen.

4

Sechs Monate nach Usamis Tod wurden die Nachforschungen im Fall Usami eingestellt. Sarkastische Fahnder sagten, die Sache sei im Sand verlaufen, weil der Mordtag eben ein Unglückstag gewesen sei: Der Mord hatte an einem Freitag, dem dreizehnten, stattgefunden, und es gab dreizehn Verdächtige.

Bevor man den Fall endgültig zu den Akten legte, trafen Takahashi, Kono und Kimura zusammen. Kimura war darauf erpicht, die Sonderkommission aufzulösen. Es gab in der Abteilung viel Arbeit, viele Fälle warteten, und er hielt es für reine Verschwendung, so viele Leute an einem Fall arbeiten zu lassen, bei dem nichts darauf hinwies, daß eine Aufklärung in Sicht war.

«Es war wohl eine Fehlkalkulation, von einem Mord auszugehen», sagte er bedauernd. Takahashi und Kono schwiegen und äußerten sich weder zustimmend noch ablehnend. Doch Takahashi sah deprimiert aus.

«Ich habe nichts dagegen, die Sonderkommission aufzulösen», sagte Kono. «Ich glaube nicht, daß sich neue Fakten ergeben werden. Trotzdem – ich denke nicht, daß wir *aufgeben* sollten. Wir sollten einfach nur den Operationsradius verkleinern. Überlassen Sie mir den Fall.»

«Sie meinen, Sie wollen immer noch nicht aufgeben?» fragte
Kimura.

«Nein, ich werde auf Zeit spielen. Der andere Bursche soll den
ersten Zug machen. Ich glaube, daß es so geht…»

«Sie wollen abwarten?»

«Yeah. Geben Sie mir Shibata und Kawanishi.»

«O. K.», sagte Kimura. «Es ist Ihr Fall.»

Sechs Monate nach dem Mord teilte die Stenotypistin Yumiko
Murase der Firma Sanei mit, sie wolle kündigen.

Am Tag ihrer Kündigung verließ sie ihr Appartement, als Ge-
päck hatte sie lediglich einen Handkoffer bei sich. Ihre Stereo-
anlage und ihren Fernseher hatte sie einer Kollegin geschenkt.
Sie winkte ein Taxi heran und sagte dem Fahrer, er solle sie zum
Flughafen bringen. Als die Kollegen aus der Firma, die zum Abschied gekommen waren, das hörten, muß es ihnen sonderbar
vorgekommen sein. Yumiko stammte aus einem kleinen Dorf in
den Bergen, das man erst nach dreistündiger Zugfahrt und zwei-
stündiger Busfahrt erreichte.

Eine Stunde später saß sie im Flugzeug. Als sie die Stadt F.
durch das runde, kleine Fenster verschwinden sah, dachte sie
ohne Bedauern: «Nun, auf Nimmerwiedersehn…»

Yumikos Heimatort war so klein, daß sie es kaum einen Tag
lang dort aushalten konnte. Die Stadt F. war nichts als ein Pro-
vinznest, voll von Gerüchten. Das Flugzeug war unterwegs nach
Tokio. Eine riesige Stadt mit zwölf Millionen Einwohnern. Eine
kalte Stadt, wo eine Leiche vielleicht ein ganzes Jahr in einer
Wohnung liegen konnte, ohne daß die Nachbarn es merkten.
Eine gute Stadt, um sich zu verstecken. «Verbrechen.» Ein küh-
les Lächeln lief über Yumikos Gesicht. Sie lächelte voll Stolz bei
dem Gedanken an das perfekte Verbrechen, das sie verübt hatte.
Sie berührte das Köfferchen in ihrem Schoß, die Belohnung. Es
gab eine Menge Nullen hinter den ersten Zahlen in den vier Spar-
büchern in diesem Köfferchen. Sie repräsentierten den Triumph
des Verstandes.

Vor etwa einem Jahr, als sie an Heirat dachte, war ihr die Idee
zu dem Verbrechen gekommen. Sie hatte angefangen, wie ein

Kriminalschriftsteller zu denken. Usami wußte von S. und ihrer Abtreibung. Angenommen, er würde Schweigegeld verlangen? Yumiko wußte, daß sie vermutlich alles versucht hätte, um dieses Geld zusammenzubekommen.

Als ihre Heiratspläne sich zerschlugen, spann sie ihre Gedanken weiter. Usami war ein Goldesel. Er war vollgestopft mit intimen Geheimnissen. Für jemanden wie Usami, der nie vorwärtskommen würde – vielleicht eben darum, weil er es gar nicht wollte –, wäre es doch wunderbar, alle diese Geständnisse in Geld zu verwandeln. Sie dachte weiter: «Wenn er es nicht tut, warum mache ich es dann nicht für mich selbst?»

Ein Jahr lang beschäftigte sie sich mit den Vorbereitungen. Am schwierigsten war es, Usamis sonderbare, nach rechts geneigte Handschrift nachzuahmen. Dafür brauchte es ein ganzes Jahr. Als nächstes mußte sie sich darüber klar werden, welche Summen sie von den einzelnen Personen verlangen sollte. Schließlich entschied sie sich dafür, von den höheren Angestellten der Firma mehr zu fordern. Das schien ihr mit den Grundsätzen sozialer Gerechtigkeit und den Vorstellungen von großzügigem Banditentum übereinzustimmen. Sie wollte den Text so einfach – und so eindringlich – wie möglich abfassen...

«Geldmangel ist eingetreten. Bitte überweisen Sie bis zum 11. Dezember... Yen auf das Konto Nr. 821-5613 bei der S-Bank.» Sie unterschrieb mit *Taro Usami*. Im Brief an Kenzo Yokomizo setzte sie den Betrag «5 Millionen Yen» ein. Dann hielt sie inne und überlegte, ob das vielleicht zuviel sei. Dann schüttelte sie den Kopf, strich über ihren Unterleib und sagte: «Nein. Es ist ein Spiel. Wenn man spielt, braucht man Mut.» Obgleich sie von geschäftlichen Dingen wenig verstand, hatte sie in der letzten Zeit bemerkt, daß Yokomizo etwas verbarg. Sie wußte nicht, was es war, doch sie war sicher, daß er etwas vorhatte. Wenn es um ein Geschäftsgeheimnis ging, würde er bereit sein, so viel zu zahlen.

Schließlich war sie so raffiniert, als Vertuschung auch einen Erpresserbrief an sich selber zu richten. Als Summe setzte sie hunderttausend Yen ein.

Insgesamt 32 Millionen, einhundertundsiebzigtausend Yen.

Am 12. Dezember ging sie zur Bank, um den Stand des Kontos auf den Namen Taro Usami zu prüfen. Alle dreizehn Personen – sie selber eingeschlossen – hatten die geforderten Summen überwiesen.

Es war die einfachste Sache von der Welt, das Geld mit Hilfe des Geldautomaten abzuheben.

«Schade um Taro Usami», dachte Yumiko. Doch um ihr Verbrechen perfekt zu machen, mußte er sterben. Als es bei der Party zum Jahresende ein wenig turbulent zuging, stellte Yumiko einen Highball vor Usami auf den Tisch, der Zyankali enthielt; sie achtete darauf, keine Fingerabdrücke zu hinterlassen.

Jedoch als das Flugzeug über dem Internationalen Flughafen von Tokio einschwebte, murmelte sie: «Hör auf, an die Vergangenheit zu denken. Vor dir liegt die Zukunft.»

◆ ◆ ◆

Inspektor Kono lauschte einem Bericht von Detektiv Shibata, den dieser telefonisch aus Tokio übermittelte. Shibatas Stimme klang unverkennbar aufgeregt.

«Yumiko Murases Aktivitäten seit ihrer Ankunft in Tokio. Bei einem Grundstücksmakler mietete sie ein Appartement – zwei Zimmer und Küche. Das Gebäude befindet sich in Shinjuku Ward, fünfzehn Minuten vom Vergnügungsviertel Kabuki-cho entfernt. Sie bezahlte eine Kaution und eine Jahresmiete, insgesamt fünfhunderttausend Yen. Als nächstes führte sie Verhandlungen wegen des Kaufs eines nahegelegenen Coffee shop samt Einrichtung. Ausgaben insgesamt: fünfzehn Millionen Yen. Als sie Sanei verließ, belief sich ihr Ruhegeld wegen unbezahlter Schulden auf lediglich drei Millionen Yen. Sieht so aus, als hätten Sie völlig recht. Yumiko Murase ist die Mörderin. Die Politik des Abwartens hat sich ausgezahlt. Trotzdem, irgendwie tut es mir um Taro Usami besonders leid. Ich schätze, er wußte einfach zuviel über zu viele Leute.»

«Das ist wirklich reizend», sagte Kono.

Deutsch von Hans J. Schütz

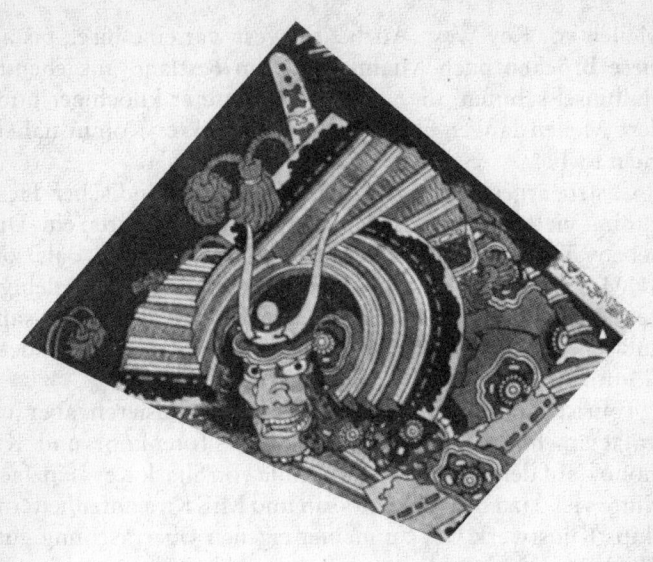

Janwillem van de Wetering
Totenkopf und Kimono

Janwillem van de Wetering (1931) studierte Buddhismus in Japan.
«Ich lebe jetzt in Amerika und habe oft Gelegenheit, Japaner,
meine früheren Gastgeber, die nun als Touristen, Studenten, Bewohner in diesem großen Land leben, zu beobachten. Die komplexe
amerikanische Haltung gegenüber dem früheren Feind und dem
heutigen, manchmal überlegenen Konkurrenten ist faszinierend. Es
scheint eine Tendenz zu geben, der mißlichen menschlichen Lage
gemeinsam die Stirn zu bieten, amerikanische und japanische Erfin-
dungsgabe und Energien zu vereinen. Ich habe mich gefragt, was
passiert, wenn eine solche Kooperation funktionieren könnte.»

Wir befinden uns auf Shark Key, einem winzigen, verlas-
senen, weniger als einen Morgen großen Mangroven- und
Koralleninselchen zwischen Florida und Kuba, etwa zwanzig

Meilen vor Key West. Auch Key West war eine Insel, bis all
diese Brücken nach Miami eine vom Festland ausgehende
Halbinsel schufen, die wie ein gekrümmter knochiger hundert Meilen langer Finger Castro zuwinkte: Komm näher,
mein Lieber.

Castro ärgert nur die Touristen, oft ausländischer Her-
kunft – viele Japaner fallen in letzter Zeit in Scharen ein. Die
lieben Touristen werfen mit Dollars um sich, als ob
M. Mouse der Drucker wäre, unbeschwerte, leichtlebige
Leute, wie mein neuer Freund, der alte Milliardär Sato-san,
und seine feurige, geschmeidige Miß Kira, die bestgekleidete
Göttin auf dieser Seite der Fifth Avenue.

Touristen kommen hierher, um sich zu amüsieren, aber ich
fragte mich, ob Skips Arrangement «Totenkopf und Kimono» auf der verwitterten Veranda von Shark Keys einziger
Hütte viel dazu beitrug, Sato-san und Miß Kira aufzuheitern.
Skips Kunstwerk war zu meiner eigenen Überraschung gut.
Wer hätte jemals gedacht, daß der rauhbeinige, ätzende Ab-
trünnige Skip etwas so Raffiniertes gestalten könnte? Ich bin
zwar ein alter Mann und nicht mehr leicht zu erschrecken,
aber die unheimlich wehenden Wirbel, die Skip in den rot-
orangenen Batikkimono auf einer Konstruktion aus zusam-
mengebundenen Zweigen drapiert hatte, so daß diese eine
schlanke weibliche Gestalt, im Begriff, sich aus einer demütig
knienden Position zu erheben, formten, und die delikat auf-
gesteckte Schädelmaske aus Lehm, die die Figur zum Betrach-
ter aufblicken ließ, als ob die reizende Riesin ihren Körper
schüchtern jeder Perversion darbot, die ihr neuer Herr zu
wünschen beliebte... das war entnervend.

Die lächelnde Maske war frühmexikanisch, Aztekenkunst
aus jenem ewig leidenden Reich der Magie. Die Azteken waren ein grausames Volk, das immer seine Artgenossen
schlachtete, um übelwollende Götter zu besänftigen, und die
Knochen beiseite warf, die dann zurückkamen, um sie heim-
zusuchen. Dieses besondere Schädelbildnis, glänzend weiß
lackiert mit eingesetzten durchsichtig blauen Steinsplittern
als Augen und silbernen Steinen als Zähnen, blickte kummer-

voll und spöttisch zugleich. Mein erster Eindruck war falsch.
Nachdem Skip uns auf Shark Island abgesetzt hatte und wir,
Sato-san, Miß Kira und ich, uns der sonderbaren lebensgro-
ßen Gestalt näherten, die uns von der Veranda der Hütte zuwinkte, veränderte sich die Erscheinung des Kunstwerks. Es
drückte nun eine Bedrohung aus. «Ihr habt mich einst gefol-
tert und getötet», schien die Puppe in Körpersprache zu sagen, «aber nun, meine Lieben, seid ihr mein, und ihr wißt nur
zu gut, was ich tun werde, um mit euch abzurechnen...»

Hinter uns jaulte Skips schwerer Außenbordmotor auf. Ich
drehte mich um, um meinen Schützling in Happy Hours
Schnellboot davonbrausen zu sehen, einen Silberstreifen in
das saphirblaue Meer schneidend. Die Konfrontation mit der
Riesenpuppe mußte Skips Werk sein. Ich hatte die Schädelmaske zuvor schon gesehen, ein Touristenstück, das Skip von
einem schlecht beratenen Urlaub im insektenverseuchten In-
land von Yukatan mitgebracht (der arme Junge übergab sich
noch eine Woche danach) und in seinem Büro in Happy Hour
als Papiergewicht für unbezahlte Rechnungen benutzt hatte.
Happy Hour ist das dem Verfall entgegengehende Key-West-
Hotel, das Skip im vergangenen Jahr von Old Skip erbte.

Old Skip war mein alter Kumpel.

Happy Hour verlor bis dahin schon regelmäßig Geld. Um
die Dinge in Ordnung zu bringen, wurde ich für Skip eine Art
onkelhafter Berater. Old Skip hatte mich in seinem Testa-
ment dazu gemacht. Ich sollte sogar dafür bezahlt werden,
zehn Prozent von allen zukünftigen Gewinnen und von dem
Laden selbst wurden mir übereignet. «Bring Happy Hour
wieder in Schwung, Jannie», flüsterte Old Skip, bevor er seinen letzten Atemzug tat. «Du wirst doch die Sterbenden nicht
verraten, oder, Jannie? Mach einen Mann aus meinem einzigen Erben.»

«Na klar, alter Kumpel.» Old Skip, der den neunten Grad
erlangt hatte, wuchs zusammen mit Voo-doo-Praktikern auf,
die er von Key Wests Klein-Haiti rekrutierte, wo die Hühner-
köpfe fliegen. Er pflegte mir von den Zauberkünsten zu erzählen, die er beherrschte. Machtvolles Zeug, das man in je-

nem Alter lernt, vergißt man nie, ließ Old Skip mich wissen.
Dieser letzte Blick, den Old Skip auf mich richtete, gefiel mir
nicht. Er brannte in meiner Stirn. Gewiß würde ich diese beiden kleinen Dinge für meinen alten Kumpel tun. Sein Hotel
vor dem Konkurs bewahren und den jungen Skip ein bißchen
auf Trab bringen. Zwei Seiten derselben Medaille. «Gewiß
doch, Old Skippo.»

Nachdem wir die Asche seines toten Papas in besänftigte
Sturmwellen nahe Shark Key gestreut hatten, parkte der einzige Erbe das Schnellboot an seinem Liegeplatz und führte
mich über die Mole in Happy Hours Büro. Ich bekam den
mexikanischen Horrorkopf gezeigt und wurde zum Staunen
über so lebensechte Details wie die hohen Wangenknochen
der Maske, die Haarstriche und die Vertiefungen an den
Schläfen gebracht. Skip gab auch mit dem Kimono an, den er
mit seiner letzten Kreditkarte – unter maximaler Ausnutzung
– am teuersten Ende der Duval Street, der Hauptstraße von
Key West, gekauft hatte, um jemandem eine ‹Aufmerksamkeit zu erweisen›.

Ich fragte, ob ich den glücklichen Empfänger kenne.

Skip lächelte sein Macho-Lächeln.

«Doch nicht etwa Miß Kira?»

Skips Absicht war natürlich die reine Güte. Denn vor welcher Situation stand unser weißer Ritter hier? Als Happy
Hours Eigentümer galt Skips erste Sorge dem Wohlergehen
seiner Gäste. Sato-san, der spät aufsteht, früh zu Bett geht,
zwischen seinen Nickerchen auf der hinteren Hotelveranda
am Strand und an der Mole herumschlurft, macht einen recht
glücklichen Eindruck. Aber was war mit seinem Spielzeug?
Der verwitwete, kinderlose Sato-san in der Zwischenzone der
Arteriosklerose lebt ein erfülltes Leben, während er mit seiner
lieblichen und, wie Skip mir versichert, einsamen Lady um
die Welt reist – doch kümmert sich irgend jemand um Miß
Kiras emotionale Bedürfnisse?

Gewiß, dachte ich. Skip macht sich Sorgen. Skip, Süd-Flo-
ridas milde Gabe für emotional vernachlässigte erotische
Schönheiten. Skips animalische – man betrachte diese Go-

rilla-Brust, diese Löwenmähne – Libido wird Miß Kiras
Leere füllen. Man beobachte, wie Skip Happy Hours neun
Meter langes Chriscraft mit dem 200-HP-Suzuki-Außenbord-
motor steuert, wie er sich in der Bar am Ende von Happy Hours
Mole zum CD-Jazz durch seine Version des Cha-Cha-Hop
wiegt. Ignorieren wir Skips Trinkerei und seinen Drogenkon-
sum. Übersehen wir, daß er seinen Harvard-Abschluß in Jura
ungenutzt läßt. Denken wir nicht an Happy Hours vernachläs-
sigten Zustand. Lassen wir Skips selbstverschuldete Serie von
Niederlagen, ‹meine Pechsträhne›, wie er sie nennt, außer acht.

Und dennoch, dachte ich, hält die junge und schöne Miß Kira
vielleicht nach anregender Gesellschaft Ausschau. Sato-san ist
wirklich alt, so alt wie ich. Miß Kiras schwächlicher Begleiter
raucht so viel, wie er hustet. Sato-san, der ein Bein nachzieht,
geht nirgendwohin ohne seinen Stock. Er nickt ein, während er
zum soundsovielten Mal denselben Witz erzählt. Ich habe ihn
sein Gebiß falsch herum tragen sehen.

«Recht hast du, Skip», sagte ich. «Wann gibst du Miß Kira
den Kimono?»

Skip hatte es bereits getan.

«Wie kommt's dann, daß er noch hier ist?»

Weil Miß Kira Skips Einladung zum Techtelmechtel aus-
schlug. Reine indonesische Baumwolle, handgewachst und ge-
schabt, um die individuellen organisch zermahlenen Farben zu
erhalten, und kunstvoll zu einem verführerischen Kleidungs-
stück zugeschnitten, hatte nicht zugunsten Bad Skippos funktioniert. Unser Verlierer starrte mich an, während er den Kimono
hochhielt.

Ich machte ‹ts›.

«Kannst du das glauben, Jannie?»

Tut mir leid, ich habe mich fortreißen lassen. Ich hätte mich
vorstellen sollen, bevor ich diese – bisher jedenfalls – Leidensge-
schichte ausplauderte. Hallo, diese Nase gehört Jannie, einem
früheren kleinen Immobilienmagnaten aus Boston. Jetzt mache
ich mir ein angenehmes Leben im unteren Teil der Florida Keys
(soweit wie ein anständiger Mann sich von Miami entfernen
kann, ohne ins Wasser zu plumpsen) und wohne in einem großen

baufälligen Haus am Heron Cove, allein mit Papagei. Meine Frau
ist tot, sie mochte mich nicht. In meinem Alter sollte ich es auch
hinter mir haben, aber vielleicht bin ich, wie Methusalem, dazu
verdammt, ewig zu leben: hellwache Langlebigkeit für meine
Sünden. Papagei mochte mich auch nicht, aber ich pfeife und
tanze jetzt für ihn, züchte seine Lieblingssonnenblumenkerne
auf der rückwärtigen Veranda, nehme ihn zu Spaziergängen an
den Strand meiner Bucht mit und spiele ihm seine Lieblingsbän-
der vor (Paarungsrufe des australischen rotschnäbeligen Kaka-
dus). Papagei gab schließlich auf und hängt mit dem Kopf nach
unten an seiner Stange, zärtlich zirpend, wenn ich nach Hause
zurückkehre. Ich komme ganz gut zurecht: ein genesender Ego-
ist, der sich zuletzt bemüht, auf andere, zum Beispiel auf den
schwachen alten Sato-san und seine junge Begleiterin, Rücksicht
zu nehmen, der eine Bootsfahrt auf ruhiger, sanfter See macht,
sich aber plötzlich durch Skips hastige Rückfahrt nach Key West
einem tödlichen Schrecken ausgesetzt sieht. Wenn alles klappt
und das Wetter mitspielt, sind kleine Inseln wie Shark Key wie
im Reiseprospekt: weiße Sandstrände, sich wiegende Kokospal-
men, blühende Mangroven, langbeinige weiße Reiher, ein Riff in
der Nähe zum Schnorcheln zwischen purpurroten Barschen und
gelbrückigen Schnapperfischen. Florida liefert alles. Aber nur,
wenn man ein Boot hat. Wissen diese arglosen Touristen, daß sie
auf einer winzigen ungastlichen Insel ausgesetzt worden sind, die
nichts aufzuweisen hat als eine vom Wetter zerzauste Hütte neben einem von wilden Ratten bevölkerten Palmenhain, umgeben
von allgegenwärtigen Mangroven, die zwischen den Stelzen, die
diese als Wurzeln benutzen, alle möglichen schleimigen und
zwielichtigen Tiere anziehen? Inseln wie Shark Key sind hübsche
Picknick-Plätze, die man am besten vor Sonnenuntergang wieder verläßt. Kleine Vampirinsekten kommen gegen Abend zum
Vorschein, Geier kreisen unaufhörlich und spähen herab, um zu
sehen, ob irgend jemand bereit ist, seinen Körper oder seinen
Geist aufzugeben. Man betrachte diese Seemöwen an dem kleinen Strand, an dem Skip uns gerade so heimtückisch ausgesetzt
hat. Seemöwen fallen über erschöpfte Menschen her. Skips Boot
war immer noch in Sicht und umkreiste uns in einiger Entfer-

nung wie die endlos patroullierenden Haie, die der Insel ihren Namen gaben.

«Ein Scherz?» fragte Sato-san, während er ein Gebißteil an den Gaumen drückte.

Ich war eigentlich nicht dieser Meinung.

Skip mußte hinter Sato-san her sein, um Lösegeld von ihm zu kassieren, und hinter Miß Kira, damit er Sato-san manipulieren konnte. Und ich? Skip benutzte mich als Dreingabe, da Sato-san und Miß Kira die Vergnügungsfahrt ohne mich vielleicht nicht riskiert hätten. Ich kann bisweilen schnell denken. Ich kann auch das niedrigste Motiv erfassen. Das Ganze hätte einen hübschen Knalleffekt, der rechtlich sicher und nur für Bad Skippo profitabel war.

Haben Sie bemerkt, wie sich die Dinge oft recht gut anlassen? Und dann eine Wendung zum denkbar Schlechtesten nehmen, wenn die Gestirne des Schicksals ihre Position ändern?

Happy Hour, Old Skippos lebenslanger Anspruch auf Ruhm, war jahrelang bestens gelaufen, mit hübschen Kellnern, die über die Terrasse wirbelten und schlitterten und leicht gegrillten Fisch des Tages servierten, mit der luxuriösen Bar an der Mole, herrlichen Zimmern mit Ausblick und Gratisausflügen per Schnellboot für Gäste in den Top-Suiten. Wir alle verfallen in Gewohnheiten – warum sich Sorgen machen, wenn die Dinge gut gehen? Man vergißt leicht, daß alles auf Key West zu den feuchten Tropen gehört und daß unser Grundbesitz von Termitenschwärmen überfallen wird und daß gutaussehendes Personal uns hinter unserem Rücken kahlstiehlt, während wir uns mit den Gästen herumräkeln, und nur zu bald werden dieselben Gäste sich nebenan einquartieren, und der Bankmanager wird seine Visitenkarte an der Rezeption hinterlassen.

Skip, triumphierend aus Harvard zurück, räkelte sich ebenfalls mit den Gästen herum. Dann machte Old Skippo den Absprung, und der Bankmanager ließ nicht seine Karte da, sondern stand auf dem Tisch im Hoteleingang und forderte unverzüglich alle Kredite zurück, sonst würde es diese Auktion geben.

Was gut für mich wäre. Ich habe schon früher heruntergewirtschaftete Hotels auf Auktionen billig gekauft, sie mit geringen

Kosten wieder so gut wie neu gemacht und sie teuer verkauft.
So kann ich mir Papageis ständigen Räucherlachs und meine
Shrimps mit Meerrettich leisten, und Beilagen für uns beide.
Versprechen an Old Skip? *Mach einen Mann aus meinem Sohn,*
sagt Old Skip. Also treibe ich den Strolch in den Bankrott,
heure ihn für einen Hungerlohn wieder an und lasse nicht lok-
ker, bis er Zeichen der Besserung zeigt. *Bring Happy Hour wieder in Schwung,* sagt Old Skip. Also reiße ich den alten Kasten
an mich, betreibe ihn zur Abwechslung ordentlich, mache die
richtige Werbung und verkaufe ihn an die Trottel.

Der alte Jannie macht's wieder.

Aber warum sollte er das?

Während ich in dieser Richtung dachte, konstruktiv kapita-
listisch, mit amerikanischem Optimismus, den Märkten die
Entscheidung überlassend, zwei weitere Dollar dem Haufen
hinzufügend, verspürte ich plötzlich ein kaltes Frösteln. Ich
schnupperte außerdem einen Hauch Tabak mit Honig, eine Mischung, die Old Skip in seiner Maiskolbenpfeife zu rauchen
pflegte.

«Okay», sagte ich. «Hab nur Spaß gemacht, alter Knabe.»

Noch ein Frösteln, noch mehr Tabakduft.

«Überlaß das ruhig mir», sagte ich, «ich weiß vielleicht, was
zu tun ist, alter Kumpel.»

Der junge Skip verfolgte mich. «Die Dinge stehen schlecht.»

«Das ist gut», sagte ich dann und sah ihn schwitzen.

«Es ist gut, daß du erkennst, daß die Dinge schlecht stehen»,
sagte ich und sah ihn mich anstarren.

«Weil du nur dann deine Situation ändern kannst», sagte ich
und hörte ihn ‹Nee!› sagen.

Vielleicht ist es das moderne Amerika. Dies ist ein Zeitalter
ohne Geduld. Vielleicht liegt es an den Videos, die wir in den
Rekorder schieben. Hollywood programmiert das Happy-End,
und es trifft uns alle neunzig Minuten wieder. Alles, was das
Publikum tut, ist, sich zurücklehnen. Vielleicht liegt es am modernen Reisen. Entspanne dich, Kokser, noch eine Stunde, und
der nette Pilot läßt dich an den Stränden aussteigen.

«Du hast Dad versprochen, dies in Ordnung zu bringen,

Jannie», sagte der junge Skip, mit zweifelhaften Rechnungen wedelnd.

Um Old Skips Gespenst zu besänftigen, das den armen alten Papagei erschreckte, indem es jedesmal, wenn ich von Key West zurückkam, über meine Veranda schwirrte, sollte ich besser etwas tun.

Ich sage Ihnen, ich tat viel. Ich bot alle meine Kräfte auf. Ich erinnerte mich an meine jugendlichen Fluchten zum White Cloud Monastery in der Nähe des vorkommunistischen Peking und ruderte um Heron Cove herum, das Plattform-Sutra in Neo-Sanskrit singend. Ich schickte meinen Geist zu Aufenthalten an der Küste von Maine zurück und verbrannte Weihrauch aus Passamaquoddy-Balsam, während ich den Höchsten Kraftgesang in Algonquin rezitierte. Ich las wieder das Leben des Silly Ivan Osikin von dem Gurdjieff-Adepten Pjotr Davilev O (ein Aufsatz über das ‹Wie-man-nicht›, der mich Boston schließlich für immer fliehen ließ). Ich machte mir sogar eine Vogelstange und hängte sie neben die von Papagei, damit wir zusammen mit dem Kopf nach unten darauf sitzen konnten, um unsere Kluft zwischen den Lebensformen zu überwinden und Energie zur Rettung der Situation zu bündeln. Ich bediente mich auch der Weisheit Old Skips selbst, und paffend und schnuppernd erinnerten wir uns gemeinsam an Pearl Harbor. Während ich verschiedene Faktoren in Betracht zog, dämmerte mir langsam die Lösung.

Skip auf dem schlechten Pfad. Happy Hour im Untergang begriffen. Sehr gut. Man schwimmt nicht gegen den Strom.

Ströme ändern ihre Richtung. Man muß nur den richtigen Moment abpassen.

Daß Happy Hour immer noch Gäste anzog, die blieben, mußte mit der Bar im alten Bootshaus am Ende der Mole zusammenhängen. Old Skip hatte sie mit altem Rosenholz aus dem Salon eines Klippers getäfelt, der vor eineinhalb Jahrhunderten an einem Riff vor Key West Schiffbruch erlitten hatte. Die langstieligen Kristallgläser der Bar stammten aus einem anderen alten Schiff. In Happy Hours Bar gibt es keine Flaschen, nur Karaffen, natürlich ebenfalls aus Kristall, jede mit ihrem Silberumhänger an einer kleinen Kette und dem magischen Leuchten ihres flüssi-

gen Inhalts. Die Teakholztheke ist ein solides Brett von einem
Riesenzuckerahorn, das auf Hochglanz poliert ist, um die
Schönheit der unendlich feinen Marmorierung hervorzuheben –
wie ein Gleichnis auf die Zen-Metapher von den Spiegeln, deren
jeder das ganze Universum reflektiert. Die Barhocker sind aus
Neuguinea-Teak mit dazu passenden Krokodilledersitzen. Und
es gibt ein großes Modell einer malaiischen Proha, dem Segelschiff der Einheimischen, so anmutig wie der letzte Gedanke
eines Zen-Poeten. Miß Kira stand neben der Proha, in einem
einfachen, glänzenden Kleid, groß, stattlich, mit feingeschnitte-
nen Gesichtszügen, Antilopenaugen und dem Mund einer fern-
östlichen Fee. Miß Kira ist selbst Halb-Malaiin.

Sato-san schleppte sich in der Nähe der Bar herum und hob
zum Abschluß des Abendessens seinen Brandy, während Miß
Kira ihr Begrüßungslächeln lächelte. Ich kannte die beiden nun
schon eine ganze Weile. Sato-san und ich nahmen auf dem Balkon seiner Suite fast jeden Morgen das Frühstück zusammen ein,
das von Happy Hours letztem schönem Kellner serviert wurde.
Ich schnitt die Grapefruit für Gäste erster Klasse in Schnitze,
während Sato-san mir erzählte, warum er keine Van-Gogh-Ge-
mälde sammelte.

«Jannie-san.»

«Ja, Sato-san?»

«Van Goghs sind heute tot.»

Ich reichte ihm die Grapefruit. Sato-san verneigte sich zum
Dank, lächelte, grub seine Zähne hinein, schlürfte, sah auf,
lachte. «Sterbende alte Männer müssen ins Leben investieren.»

Sato-san konnte bisweilen sehr klar sein, wenn auch nur kurz,
bevor er wieder lange einnickte, manchmal mit offenen Augen
und aufs Meer starrend, das ihm solch genüßliche Visionen von
Ewigkeit zu vermitteln schien, daß er keine Störung duldete,
nicht einmal von Miß Kira, die er mit einer Handbewegung ver-
scheuchte, wenn sie sich in diese Momente drängte.

Dann lächelte sie mir zu. «Einmischung in die Unendlichkeiten, das mag Sato-sensei nicht.» Wenn Sato-san sein inneres Wesen erreichte, nannte Miß Kira ihn gern Lehrer.

Er fand auch Gefallen an den tieferen Ebenen, während er zum

Beispiel Pelikane beobachtete, die im Sturzflug das Wasser bombardierten, auf der Jagd nach ihrer Mahlzeit aus Jungfischen. Sato-san sagte zu dieser Art von Kopulation, mit solcher Hingabe einzutauchen, sei er nicht mehr fähig. Er würde es jedoch gern. Dann pflegte er die Arme auszustrecken und die ganze Bucht zu umfassen, um sie in das große weibliche Empfängnisorgan zu verwandeln. Worauf wir zu zwei weiteren alten Männern wurden, die ihre längstvergangenen sexuellen Fähigkeiten miteinander verglichen wie Miami-Rentner, die auf Parkplätzen oder in Einkaufsstraßen endlos diskutieren, was niemals wieder sein wird und sehr wahrscheinlich niemals war.

«Aber da ist Miß Kira.»

Er nickte. Soviel war richtig.

Ich fragte Miß Kira, was ich ihr holen könne. Ich holte mir auch was. Bei unserem langsamen Tanz um das malaiische Segelschiff, die langstieligen Kristallgläser in Händen, gelang es uns, unsere Herzen ein wenig miteinander zu verbinden.

War ich wirklich Skips Onkel?

Ich sagte, ich sei jedermanns Onkel.

Seiner auch?

Ja, Papageis auch. Ich erzählte ihr von meiner Frau. Ich erzählte ihr, es sei nicht genug, all das Versäumte an dem Vogel nachzuholen.

«Dann sind Sie jetzt gut?»

Ich war nicht einverstanden. Mein Ziel liegt jenseits von Gut und Böse.

«Wo überhaupt nichts mehr ist?»

Ich habe keine Ahnung, was ‹überhaupt nichts› sein könnte, aber dahin will ich. So haben es meine Führer gemacht. Pjotr Davilev O vertritt die Behauptung des Passamaquoddy-Shamanen aus der Sechsten Plattform in Neo-Sanskrit, daß das Nirgendwo dort ist, wo der überlegene Mensch seine Werte findet. Nicht später. Genau jetzt.

«Sie sind nicht verrückt?» fragte Miß Kira.

Ich sagte ihr, daß ich in der Tat oft verrückt bin, daß ich aber hoffte, es gerade jetzt nicht zu sein. Ich erzählte ihr auch, daß die chinesischen Zeichen für ‹Weiser› und ‹Kind› identisch seien.

Sie formulierte ihre Anschuldigung neu. «Sie sind ein Un-
schuldiger.»

Ich erwiderte, das gefalle mir besser.

«Ich bin eine Hure», sagte Miß Kira. «Wollen Sie mehr hören?»

Alte Männer sollten lernen zuzuhören.

Ich hatte ein wenig über ihren Vater erfahren, einen japanischen Manager, der einen Vertrag in Kuala Lumpur, Malaysia,
erfüllte, wo er einen Betrieb leitete, in dem einheimische Mädchen Kriegsspielzeug aus Plastik zusammensetzten, das kredit-
kartenfinanzierte Weihnachtsgeschenke für die Kinder in New
York, Los Angeles und Chicago abgab. Die von japanischen Firmen beschäftigten Mädchen haben einen Farben-Kode. Schirm-
mützen und Schulterabzeichen in gedämpften Farben zeigen
einen höheren Rang an. Miß Kiras Mutter trug ein zartes zu-
rückhaltendes Orange. Manager Ishimura erteilte ihr seine Be-
fehle direkt und sprach oft von Heirat, aber dann war sein Vertrag plötzlich abgelaufen, und er mußte gehen, aber er wollte
Miß Kiras Mutter zu einem noch nicht genau festgelegten Zeitpunkt nachkommen lassen. Er ging keine Verpflichtung ein,
doch dies war seine feste Absicht, die er, vielleicht später, erfüllen würde.

Miß Kira wurde geboren, ihre Mutter sparte viele Jahre lang
und flog nach Japan. Vizepräsident Ishimura hatte bereits eine
Frau in Tokio. Außerdem hatte er noch eine Geliebte. Beide
Pfründeninhaberinnen waren eifersüchtig. Hinzu kam, daß Ishimura schwere Spielschulden drückten, er kurz vor einer Sinus-
Operation im Krankenhaus stand, er angeklagt worden war, seinen Lexus unter dem Einfluß von Sake-Fusel gefahren zu haben.
Das war kein günstiger Zeitpunkt. «Geht es dir gut? Ich könnte
dir genug Geld für einen schnellen Heimflug geben. Bist du sicher? Nettes kleines Mädchen, glaubst du wirklich, sie sieht mir
ähnlich? Warum hast du sie Kira genannt? Das ist kein japanischer Name. Jedenfalls von ganzem *Kokoro* viel Glück und
Sayonara.»

Miß Kira, zärtlich den Kiel der Modell-Proha streichelnd,
sagte, daß *Kokoro* ‹Herz› bedeute.

«Was machte Ihre Mutter also?» fragte ich und begann einen rituellen Tanz um Miß Kira zu Flötenmusik: Bill Evans am Piano, Scott LaFaro am Baß, Paul Motian an der Trommel. *Walzer für Miß Kira.* Sie applaudierte und sagte, daß ich die langen spindeldürren Beine des vom Aussterben bedrohten Kranichs hätte und daß ein Kranich ein heiliger Vogel in Japan sei, daß sie mir wegen meiner heiligen Beine vertraue.

Wir tanzten zusammen. Schade, daß ich Papagei zu Hause gelassen hatte. Er hätte mit dem Kopf nach unten zugesehen. Antiker Wikinger und moderne Exotin, nur durch Fingerspitzen verbunden, vollführten prä-Freudsche wienerische Eins-Zwei-Dreis zu fortschrittlichem US-Jazz.

Sato-sensei kam herbei, verneigte sich, lächelte und zog sich auf seinen Balkon zurück, um die von einem Vollmond gefilterten Unendlichkeiten zu betrachten.

«Was passierte dann?» fragte ich Miß Kira.

Miß Kiras Mutter wurde Bardame im Zentrum von Tokio, auf der berühmten Ginza. Es ging ihr eine Zeitlang gut. Miß Kira selbst wurde Hosteß. Es ging ihr längere Zeit besser, doch all das bedeutete nicht viel, bis sie Sato-san kennenlernte.

«Wissen Sie, wie ich jene Begegnung inszenierte?» fragte Miß Kira.

Fast wäre ich zurückgehopst und hätte zu Tutu-Klängen (diesmal Miles Davis) wieder zu tanzen begonnen. Die gute Miß Kira sagte: *inszenieren.* Es ist wahr, daß der Mensch nicht viel mehr tun kann, als wenigstens zu versuchen, auf den großen Wellen zu reiten, die ihn sonst ertränken würden, aber es gibt Zeiten, da uns das Glück lächelt und wir selbst eine kleine Welle erzeugen können.

«Wie haben Sie einen Wandel des Schicksals inszeniert, Miß Kira?»

«Kommen Sie mit, Jannie-san...»

Wir befinden uns auf dem Friedhof Fujimicho in Tokio (mit Blick auf den Fudschijama, aber dort ist ewiger Smog heutzutage), und Miß Kira hat der in Beton eingelassenen Urne ihrer Mutter einen Besuch abgestattet. Sie sah Sato-san aus einem wie neu aussehenden 1979er Lincoln, ‹dem letzten der großen›,

einem Sammlerstück, aussteigen. Sie sah, wie er sich auf einer
Schilfmatte ausstreckte, die sein Chauffeur sorgfältig für ihn ent-
rollt hatte. Sato-san erweist seiner Frau die Ehrenbezeugung.
Sato-san und Miß Kira haben denselben Zeitplan, denn die Szenen wiederholen sich genau eine Woche später. Es kam Miß Kira
in den Sinn, daß sie etwas zu ihrem Vorteil tun könnte.

«Ich wurde eine Kwannon der Gräber», sagte Miß Kira.
‹Kwannon der Gräber› ist ein japanischer Polizeiausdruck.
Kwannon ist ein Bodhisattwa der Barmherzigkeit, eine liebliche
Dame. Japanische Prostituierte ahmen die göttliche Erscheinung
nach, kleiden sich in wallende Gewänder und schlurfen sittsam
in der Nähe reicher Männer herum, die den Verlust der Ehefrau
beklagen. Dann wird der männliche Hinterbliebene in ein mit-
fühlendes Gespräch gezogen, in Erregung versetzt und maßlos
zur Kasse gebeten.

«Ah», sagte ich.

Ich hielt mein Kristallglas hoch, um es von einem charmanten
tüchtigen Skip in Weiß mit einer tadellos handgebundenen
schwarzen Fliege nachfüllen zu lassen – Skip liebt es manchmal,
so aufzutreten. Der gute Junge ist nicht wirklich allergisch gegen
Arbeit. Er reparierte eigenhändig einen großen Teil von Happy
Hours verfaulter Mole, und zwar gut, mit Hammer und Präzi-
sionsmaschinen, doch dann verlor er den Mut. Da war der Bankmanager, der Skip verfolgte. Da war seine Trunksucht. Das Ko-
kain. Und ich, der nicht aushalf.

Die Happy Hour verkam weiter, selbst Sato-san bemerkte es.
Miß Kira sollte andere Hotels testen. Skip mußte sich beeilen.

«Soll ich Sie morgen alle auf einen Ausflug nach Shark Key
mitnehmen?» fragte Skip tückisch lächelnd hinter der Bar. «Wie
würde Ihnen das gefallen?»

Hinter dem Strahlen verbarg sich eine Düsterkeit. Miß Kira
fiel es ebenfalls auf. «Ist er eifersüchtig?»

Ich glaubte nicht.

«Na?» fragte ich. «Haben Sie Sato-san maßlos zur Kasse gebeten?»

«Sato-sensei hat *mich* maßlos zur Kasse gebeten», sagte Miß
Kira.

Aha, ein guter alter Mann gibt dem, was das Schicksal mit ihm vorhat, den letzten Schliff. Zeig einem gewöhnlichen Menschen eine Falle, und er ist bereits halb gefangen, aber einigen von uns gelingt es, das Schicksal ein wenig zu beeinflussen, zum gegenseitigen Nutzen aller Beteiligten. Sato hatte also vielleicht einen Anspruch auf den Sensei-Titel. Der Mann hat Verdienste. Sato-sans Gesellschaft verkauft nützliche Geräte weltweit, billiger und besser als irgend jemand sonst in seiner Branche. Er liebte seine Frau aufrichtig. Er liebt auch aufrichtig, was Miß Kira ihm zu bieten hat. Er nahm sie überall mit hin.

«Eine Tochter-Schülerin», sagte Miß Kira.

Übertrifft bei weitem das Herumhängen in lärmenden Bars und auf zugigen Friedhöfen, dachte ich. «Haben Sie ihm eine angenehme Zeit bereitet?»

«Das war die letzte Idee seiner sterbenden Frau», sagte Miß Kira. Sie berührte mein heiliges Bein. «Was nun, Jannie?»

«Was nun, Jannie?» Hier sind wir auf Shark Key und lesen die Botschaft, die Skips ‹Schädel & Kimono›-Dämon uns mit seiner Zweigklaue anbietet. Ehrerbietig nahm ich die Mitteilung entgegen.

Sagen Sie Sato-san, daß er die Wahl hat, Jannie. Wenn er Happy Hour für eine Million kauft, ist er vor Einbruch der Nacht zurück in seiner Suite. Sie und Miß Kira werden morgen nach Feierabend abgeholt, nachdem ich Sato-sans Scheck eingelöst habe. Heben Sie diese Mitteilung auf, da ich sie zurückhaben möchte. Okay? Okay.

Ich blickte auf, aber da war der Schurke schon weit weg.

Entführung mit Lösegeldforderung, getarnt als legitimes Geschäft. Skip löst den Scheck ein und flieht. Sato-san hat ein wertloses Happy-Hour-Hotel. Skips geplantes Verbrechen bringt ihm lebenslänglich ein, und Florida läßt einen das gern in einem Trupp aneinandergeketteter Sträflinge verbringen.

«Hallo?» rief Sato-san, während er ziellos zwischen den stöbernden Seemöwen umherschlenderte, einen kreisenden Geier bewunderte und ein oder zwei Moskitos verscheute.

Ich fand den Kühlbehälter und die Matchbeutel, die ich früher versteckt hatte, als ich bei Tagesanbruch mit einem gemieteten

Kabinenkreuzer hierhergefahren war. Wir hatten einen Topf und eine Pfanne, einen Campingkocher, Tassen, Teller und Küchengeräte, Moskitonetze und Schläfsäcke, Tauchausrüstung, frischgerösteten hawaiischen Kona-Kaffee, Mangos und Guaven, Sojasauce, eine Tube Wasabi-Senf, einen Meter französisches Brot, Butter, Limonen-Torte.

«Hallo?» rief Miß Kira.

«Sashimi?» fragte ich. «Erst ein Nickerchen? Einen Tropfen Armagnac für den Sensei? Wie wär's mit einem kleinen Meerbad?»

Sato-san wollte alles, in umgekehrter Reihenfolge. Ich harpunierte einen ansehnlichen Barsch, den Miß Kira für das Sashimi zerschnitt. Zwei Schnapper ergaben den Hauptgang. Sato-san fing fünf Hummer, Miß Kira bereitete Seetang zu.

Nach dem Mittagessen wollte Sato-san Skips Mitteilung sehen.

«Haben Sie gewußt, daß dies passieren würde?»

Ich hatte Skips düsteren Blick in der Bar bemerkt, das Starren der Dämonen des toten Jungen. Wir würden ihre Richtung ändern. Es war nicht gut, Dämonen loszuwerden. Es sind hilfreiche Burschen, wenn man ihre Richtung ändern kann.

Wir schliefen an jenem Nachmittag, dann hüllten Sato-san und ich uns in Moskitonetze und versteckten uns in den Mangroven. Happy Hours Schnellboot tauchte in der Dämmerung auf, die sich in Dunkelheit verwandelte, als Skip das Boot auf den Strand setzte und leichtfüßig herabsprang, bereit, Sato-san und seinen Scheck abzuholen. Wir machen hier keine Scherze. Man verliert ein bißchen, man gewinnt ein bißchen. Dies war ein Gewinner. Ich muß dem bösen Skippo zugute halten, daß er daran dachte, einen Freßkorb und die notwendigen Dinge für Miß Kiras und meine Bequemlichkeit in jener Nacht mitzubringen. Ich hatte nichts anderes erwartet. Er wollte niemandem schaden, der liebe Junge. Skip wollte nur eine Million von Sato-sans Milliarde. Da haben wir Skip, er mustert die Szene vor sich und hält nach seiner Beute Ausschau. Niemand zu Hause, außer seiner eigenen Schöpfung.

Der Vollmond über den Mangroven half.

Miß Kiras Ausbildung als Kurtisane half ebenfalls. Sie kann wirklich tanzen.

Und ich kann singen. Und Sato-san liebt die Art Schlagzeug, die man als Untermalung zu japanischen No-Spielen hört: ein sonderbares Lärmen und Rasseln. Nach dem Schwimmen fanden wir leere Dosen und ein Stahlfaß. Sato-san hatte eine Rassel aus Muscheln gemacht, die unheimlich klang.

Die Klangeffekte waren gut, der Tanz war großartig. Skip taumelte zurück, als das Skelett in dem rot-orangenen Kimono, gekrönt von der grinsenden weißen Todesmaske mit den transparenten Steinzähnen und den glänzenden Augen, sich langsam erhob und von der Veranda trippelte. Miß Kira hatte geschickt dieselbe Ausgangsposition eingenommen, die Skip selbst ursprünglich schuf. Für ihn gab es keine Veränderung zwischen dem Key Shark, das er verlassen hatte, und dem, das er vorfand. Miß Kira wurde zur tückischen Pinocchia, in einem Tanz des nahenden Todes, mit Sato-san am Schlagzeug, Jannie off-stage-Schreie produzierend.

Skip, der einen harten Tag hinter sich hatte, mochte durch die Einnahme verschiedener Drogen noch besonders anfällig sein. Das Spektakel vollendete vielleicht seine schlimmste Halluzination. Skip drehte sich um. Skip rannte.

Zwei Boote waren jetzt hinter Skip. Das zweite war eine Sheriff's Patrouille mit dem freundlichen Beamten Wekko am Steuer. Wekko und seine reizbare Mini-Promenadenmischung Barnie sind meine Nachbarn, beides neugeborene Anarchisten, die daran glauben, die Dinge sich selbst zu überlassen, mit so viel Nichteinmischung, daß sie sich vor Eifer fast umbringen. Wekko jedoch ist ein Freund, und ein wenig Schauspielerei macht ihm nichts aus, wenn man ihn höflich darum bittet.

«Wie geht's uns, Skip?» fragte Wekko, indem er den Schlüssel aus Skips Instrumentenbrett zog.

«Können wir uns eine Minute unterhalten, Skip?» fragte ich.

Wekko, Sato-san und Miß Kira begannen, Essen zu kochen, während Skip und ich am Strand entlangschlenderten.

«Sie haben mich reingelegt, bei meinem Versuch, Sie reinzulegen?» fragte Skip.

«Lieber Junge», sagte ich, «du gehst selbst freiwillig in die Klinik und machst eine Entziehungskur, während Miß Kira Happy Hours Schulden übernimmt.»

Wir gingen Arm in Arm. Gutes Kaffeearoma und der Duft von gegrilltem Fisch, eingewickelt in die richtige Sorte Seetang, erfüllten die Luft. Hummerschwänze kochten. Französisches Brot knisterte. Miß Kira schlug Sahne für die Limonentorte.

«Nicht Sato-san?» fragte Skip.

«Sato-san wird Miß Kira die Million übertragen», sagte ich. «Miß Kira leitet Happy Hour, bis wir dich für würdig befinden.»

«Scheiße», sagte Skip.

«Miß Kira wird deinen Wechsel kriegen, so daß sie jederzeit die Zwangsvollstreckung betreiben kann, und dein Dad hat mir eine kleine, aber maßgebliche Beteiligung hinterlassen. Du kannst vielleicht zurückkommen, aber die Bedingungen werden hart sein.»

«Was soll das?» fragte Skip. «Wollt ihr, daß ich mich völlig umkrempele? Geh zum Teufel, Alter!»

Der hübsch uniformierte Deputy-Sheriff Wekko schloß sich uns an, Handschellen und Revolvertrommel glänzten an seinem Gürtel.

«Da ist die Mitteilung in deiner eigenen Handschrift», sagte ich. «Deine eigene Gruppe Kettensträflinge erwartet dich auf dem Festland.»

«Da ist die Krankheit», sagte Wekko. «Geborene Alkoholiker und Junkies dürfen weder trinken noch Drogen nehmen. Wenn sie aufhören, können sie sich mit ihrer Situation auseinandersetzen.»

«Sie auch?» fragte Skip. «Lassen Sie mich deshalb all das kostenlose Wasser servieren?»

«Ich komme wegen der Musik», sagte Wekko. «Bevor Sie sich's versehen, macht Ihnen die Arbeit vielleicht Spaß. Bringen Sie ein bißchen Live-Jazz in Ihrer Bar. Sie würden uns alle glücklich machen.»

Sato-san spielte wieder auf den Dosen und dem Faß und schüttelte seine Rassel.

«Kommt rein», rief Miß Kira.

Es geht nie alles vollkommen gut aus, aber das scheint für den ganzen Planeten zu gelten. Sato-sans tödlicher Krebs trat in das schmerzhafte Stadium ein. Wir sahen ihn mit Hilfe kleiner Becher krankenhauseigenen Morphiums in die Unendlichkeiten schweben. Miß Kira hielt seine Hände. Sato-san vermachte sein Vermögen, dessen Erträge dem Kampf irdischer Unannehmlichkeiten zugute kommen sollen, einem Treuhandfonds in Tokio. Skip floh aus der Klinik, versuchte es dann jedoch auf eigene Faust, wobei er die Arbeit in Happy Hour als Disziplin benutzt, um sauber zu bleiben. Miß Kira lädt Wekko und seinen egoistischen winzigen Köter Barnie jeden zweiten Donnerstag nach Happy Hour zum Essen ein. Sie will nicht im Hotel bleiben und heiratete mich, damit sie im Land bleiben kann. Skip kommt herüber, um das Plattform-Sutra in Neo-Sanskrit singen zu lernen, um die Passamaquoddy-Tänze zu üben und seine Bemühungen, Miß Kira zu beeindrucken, fortzusetzen. Es hat eine wesentliche Veränderung gegeben: Wekkos früher asozialer Mischling Barnie hat die Herausforderung angenommen, Papagei zu besuchen. Sie heulen zusammen. Old Skips Gespenst hat Besseres zu tun gefunden, als mich mit Tabakhauch und Fröstelanfällen zu belästigen.

Wie Pjotr Davilev O und der Zen-Meister sagen: Versuche, nur ein bißchen negativer zu sein, und du wirst sehen, daß die Dinge besser und besser werden.

Deutsch von Klaus Schomburg

Bildnachweis

Vorsatzabbildungen: Yoshitoshi (1839–1892);
Seite 11: Shuntei (1770–1820); Seite 22: Shōson
(1877–1945); Seite 43: Kiyochika (1847–1915);
Seite 75: Biho (um 1905); Seite 85: Uta Maro
(1753–1806); Seite 104: Chika Nobu (1838 bis
1912); Seite 131: Zeshin (1807–1891); Seite 151:
Shūhō (1898–1944); Seite 178: Kunisada
(1786–1864); Seite 203: Eiri (1750–1810).